픽션들

Ficciones

FICCIONES
by Jorge Luis Borges

세계문학전집 275

픽션들

Ficciones

호르헤 루이스 보르헤스

송병선 옮김

민음사

차례

두 갈래로 갈라지는 오솔길들의 정원

기교들

두 갈래로 갈라지는
오솔길들의 정원

서문

이 책에 수록된 여덟 편의 단편은 많은 설명을 필요로 하지 않는다. 여덟 번째 작품인 「두 갈래로 갈라지는 오솔길들의 정원」은 탐정 소설이며, 따라서 독자들은 한 범죄가 어떻게 저질러지며 그것이 어떻게 준비되는지 모두 지켜볼 수 있을 것이다. 독자들은 그 범죄의 목적이 무엇인지 알 수 없는 건 아니지만, 내가 보기에, 마지막 단락에서야 그것을 분명히 이해하게 될 것이다. 그 외 작품은 환상 소설이다. 그중 하나인 「바빌로니아의 복권」은 상징주의와 무관하지 않다. 나는 「바벨의 도서관」이라는 이야기를 처음으로 쓴 작가가 아니다. 이 작품의 역사와 내력에 관심이 있는 사람들은 잡지 《수르》 59호의 해당 페이지를 참고할 수 있다. 그곳에는 레우키포스*와 라스비츠**, 루

---

* Leukippos(? ~ ?). 고대 그리스의 철학자이자 원자론의 창시자.
** Kurd Laßwitz(1848~1910). 독일의 작가이자 과학자.

이스 캐럴*과 아리스토텔레스 등 서로 어울리지 않는 이름들이 기록되어 있다. 「원형의 폐허들」에서는 모든 것이 공상적이다. 그리고 「피에르 메나르, 『돈키호테』의 저자」에서는 이야기의 주인공이 고집하는 운명에서 비현실성이 나타난다. 내가 그의 것으로 밝히는 글들의 목록은 아주 흥미롭지는 않지만, 내가 멋대로 만들어 낸 것도 아니다. 그것은 그의 정신적 자취를 보여 주는 도표이다…….

방대한 분량의 책들을 쓰는 행위, 그러니까 단 몇 분 만에 완벽하게 말로 설명할 수 있는 생각을 장장 오백여 페이지에 걸쳐 길게 늘리는 짓은 고되면서도 별로 도움이 되지 못하는 정신 나간 짓이다. 이미 이러한 책들이 존재하는 것처럼 위장하고, 그것들에 관한 요약, 즉 논평을 제공하는 것이 더 좋은 방법이다. 그것은 바로 칼라일**이 『의상 철학』에서, 버틀러***가 『좋은 피난처』에서 쓴 수법이다. 그런 작품들 역시 책이라는 불완전함을 지니고 있으면서 다른 책들과 마찬가지로 중언부언한다. 더 분별력이 있고, 더 요령 없고, 더 게으른 나는 가상의 책 위에 주석을 쓰는 편을 택했다. 「틀뢴, 우크바르, 오르비스 테르티우스」와 「허버트 퀘인의 작품에 대한 연구」의 주석들이 바로 그런 것이다.

1941년 11월 10일, 부에노스아이레스에서

---

* 본명은 찰스 더위지 두지슨(Charles Lutwidge Dodgson, 1832~1898). 영국의 작가이자 수학자. 대표작으로는 『이상한 나라의 앨리스』가 있다.

** Thomas Carlyle(1795~1881). 영국의 역사가이자 비평가.

*** Joseph Butler(1692~1752). 영국의 성직자.

틀뢴, 우크바르, 오르비스 테르티우스

1

내가 우크바르를 발견한 것은 거울 하나와 어느 백과사전을 연관시킨 덕분이다. 그 거울은 라모스 메히아 지역의 가오나 거리에 있는 어느 별장의 복도 끝을 어지럽게 비추고 있었고, 백과사전은 『영미 백과사전』(뉴욕, 1917)이라는 헷갈리는 제목이 붙어 있었다. 그러나 사실 그것은 『브리태니커 백과사전』 1902년 판을 그대로, 하지만 뒤늦게 찍어 낸 것이었다. 사건은 약 오 년 전에 일어났다.

그날 밤 비오이 카사레스*는 나와 저녁 식사를 함께했고, 우리는 일인칭 소설을 쓰는 것에 대해 광범위한 논쟁을 벌이

---

* Adolfo Bioy Casares(1914~1999). 아르헨티나의 작가. 보르헤스와 여러 작품을 공동 저술했으며 그와 함께 라틴아메리카 환상 문학의 거장으로 꼽힌다.

면서 시간을 보냈다. 일인칭 화자는 사실을 생략하거나 왜곡할 수 있고 여러 가지 모순에 개입하기 때문에, 오직 몇 명의 독자들, 즉 극소수의 독자들만이 잔혹하거나 진부한 현실을 읽어 낼 수 있다. 저 멀리 있는 복도 끝에서 거울이 우리를 쫓아다니며 노리고 있었다. 우리는 거울들에 기괴한 무언가가 있다는 것을 깨달았다.(그렇게 늦은 밤에는 그런 발견을 피할 수 없는 법이다.) 바로 그때 비오이 카사레스는 우크바르의 어느 이교도 지도자가 거울과 성교는 사람들의 수를 늘리기 때문에 혐오스러운 것이라고 말했던 것을 떠올렸다. 나는 그에게 그 잊기 힘든 격언의 출처를 물었고, 그는 『영미 백과사전』의 '우크바르' 항목에 그 말이 기록되어 있다고 대답했다.

별장(가구까지 통째로 빌린)에는 그 백과사전이 한 질 구비되어 있었다. 46권의 마지막 페이지에서 우리는 '움살라'에 관한 글을 발견했다. 그리고 47권의 첫 페이지에는 우랄 알타이어에 관한 글이 있었지만, 그 어느 곳에도 우크바르에 관한 말은 찾아볼 수 없었다. 다소 당황한 비오이 카사레스는 색인을 뒤졌다. 그는 우크바르라고 발음할 수 있는 모든 철자들을 뒤졌다. Ukbar, Ucbar, Ookbar, Oukbahr…… 하지만 모두 허사였다. 떠나기 전에 그는 그곳이 이라크 혹은 소아시아에 있는 지역이라고 말했다. 고백하자면, 그때 나는 마지못해 고개를 끄덕였다. 나는 그 사전에 기록되지 않은 나라와 익명의 이교도 지도자는 자신의 말을 합리화하기 위해 비오이가 겸손하게도 즉석에서 만들어 낸 것이라고 추측했다. 유스투스 페르테스[*]

---

* 1785년 설립된 독일의 지도 전문 출판사.

의 지리부도를 샅샅이 살펴보았지만, 그런 노력 역시 헛되었다. 그러자 나의 의심은 더욱 굳어졌다.

다음 날 비오이가 부에노스아이레스에서 내게 전화를 했다. 그는 지금 바로 자기 앞에 백과사전 46권에 수록된 우크바르에 관한 글이 놓여 있다고 말했다. 그러면서 백과사전에는 그 이교도 지도자의 이름이 나와 있지 않지만 그의 교의에 대해서는 언급이 되어 있으며, 문학적 관점에서는 아마도 격이 낮아질지 모르나 자기가 인용했던 말로 이루어져 있다고 말했다. 그는 그 구절을 다음과 같이 기억했다. '성교와 거울은 혐오스러운 것이다.' 하지만 백과사전에는 다음과 같이 적혀 있다고 했다. "어느 그노시스 교도에 따르면 눈에 보이는 세계는 하나의 환영이다. 아니, 보다 정확하게 말하자면 궤변이다. 거울과 부권(父權)은 가증스러운 것이다. 그것들은 눈에 보이는 세계를 증식시키고, 분명하게 그런 사실을 보여 주기 때문이다." 나는 비오이에게 진심으로 그 글을 보고 싶다고 말했다. 며칠 후에 그가 그 책을 가지고 왔는데, 그 글은 나를 몹시 놀라게 했다. 왜냐하면 상세한 지명 색인을 담고 있는 리터*의 『지리학』에도 우크바르라는 이름은 전혀 나와 있지 않았기 때문이었다.

비오이가 가져온 책은 틀림없는 『영미 백과사전』 46권이었다. 거짓 책 표지와 책등에는 46권에 담겨진 항목이 알파벳 순서(Tor~Ups)로 적혀 있었으며, 그것은 별장에 비치된 것과 똑같았다. 하지만 917페이지가 아니라 921페이지로 이루어져 있

---

* Karl Ritter(1779~1859). 독일의 지리학자. 훔볼트와 함께 근대 지리학의 창시자로 알려져 있다.

었다. 추가된 네 페이지에는 우크바르에 관한 항목이 담겨 있었지만 그 글은 알파벳 순서상 그곳에 들어갈 수 없었다.(독자들도 아마 이런 사실을 눈치챘을 것이다.) 잠시 후 우리는 비오이가 가져온 책과 우리 별장에 있는 책을 비교했고, 그것 이외에는 그 어떤 차이점도 없다는 것을 확인했다. 두 책은 (내가 앞서 지적한 바와 같이) 『브리태니커 백과사전』 10판을 재인쇄한 것이었다. 비오이는 그 판본을 수없이 열리는 경매 가운데 한곳에서 샀다고 했다.

우리는 약간의 주의를 기울여 그 글을 읽었다. 놀랄 만한 대목은 아마도 비오이가 기억했던 그 부분뿐이었다. 나머지는 상당히 사실에 집중되어 있었고, 사전의 일반적인 말투를 그대로 따르고 있었으며, 당연한 일이지만 심지어 약간 지루하기도 했다. 하지만 다시 한 번 읽으면서 우리는 그 엄정한 글의 저변에서 근본적인 모호함을 발견했다. 지형에 관한 부분에 나타난 열네 개의 이름들 중에서 우리가 알아볼 수 있는 것은 호라산, 아르메니아, 에르제룸이라는 단지 세 개의 이름뿐이었다. 그마저도 글에는 애매하게 삽입되어 있었다. 역사적인 인물 중 우리가 기억할 수 있는 이름은 단 하나뿐이었다. 그는 가짜 마법사 스메르디스*로, 실제 인물이라기보다는 하나의 은유처럼 언급되어 있었다. 그 글은 우크바르의 국경을 정확하게 설정하고 있는 듯했지만, 그 지역의 강과 분화구, 그리고 산맥들에 관한 판단 기준은 매우 불투명했다. 예를 들면 차이 칼둔의 저지대와 악사 삼각주가 서쪽 국경을 이루고 있으며, 삼각주의 섬

---

* Smerdis(기원전 6세기~ ?). 페르시아의 왕자. 왕위 쟁탈에 져서 살해당했다.

들에서는 야생마들이 서식하고 있다고 적혀 있었다. 이것들은 918페이지의 시작 부분에 실린 내용이었다. 역사와 관련된 부분(920페이지)에서 우리는 13세기의 종교적 박해로 인해 정교회 신자들이 그 섬들을 피난처로 삼았으며, 거기에는 아직도 오벨리스크들이 남아 있고, 그들이 썼던 돌 거울이 자주 출토된다고 적힌 것을 읽었다. 언어와 문학에 대한 내용은 간략했다. 기억할 만한 특징은 딱 한 가지였다. 그 글은 우크바르 문학이 환상적이며, 전설과 서사시는 현실을 전혀 언급하지 않고 단지 믈레흐나스와 틀뢴이라는 두 환상적인 지역만을 언급하고 있다고 밝혔다……. 참고 문헌은 이제 와서야 우리가 발견한 네 권의 책을 열거하고 있었지만, 세 번째 책인 실라스 하슬람*의 『우크바르라 불리는 지역의 역사』(1874)만이 버나드 콰리치**서점의 도서 목록에 실려 있을 뿐이었다. 첫 번째 책은 1641년에 발간된 『소아시아의 우크바르라는 지역에 관한 알기 쉽고 읽을 만한 소견』으로 요하네스 발렌티누스 안드레아***가 쓴 것이었다. 이 사실은 의미심장한 것이었다. 그것은 이삼 년 후 내가 뜻하지 않게 그 이름을 드퀸시****의 책(『저작들』, 13권)에서 마주쳤기 때문이었다. 그 책에서 나는 그가 17세기

---

* 하슬람은 『미로의 모든 역사』를 출판하기도 했다.(저자 주) 가상의 인물. 보르헤스의 조모인 패니 하슬람의 이름에서 따왔다는 설이 있다.(역자 주)

** Bernard Quaritch(1819~1899). 영국의 서적상. 외서와 고문서에 관한 여러 목록을 발행함.

*** Johannes Valentinus Andreae(1568~1654). 독일의 신학자. 드퀸시는 안드레아가 장미 십자회의 기본 서적을 쓴 익명의 작가라고 주장한다.

**** Thomas De Quincey(1785~1859). 영국의 평론가이자 소설가. 대표작으로는 자신의 아편 중독 체험을 바탕으로 쓴 『어느 아편 중독자의 일기』가 있다.

초 '장미 십자회'라는 상상적 단체에 관해 쓴 독일 신학자이며, 후에 다른 사람들이 그가 예시한 것을 모방하여 실제로 그런 단체를 설립하게 되었다는 것을 알게 되었다.

그날 밤 우리는 국립 도서관을 찾았다. 그곳에서 지리부도, 색인 목록, 지리 학회에서 발행하는 연감, 여행자와 역사가의 비망록 따위를 샅샅이 살폈지만 허사였다. 그 누구도 우크바르에 있었다는 사람은 없었던 것이다. 심지어 비오이가 갖고 있는 백과사전 총 색인에도 그 이름은 나와 있지 않았다. 다음 날, 내게 우크바르에 대한 이야기를 들었던 카를로스 마스트로나르디*가 코리엔테스 거리와 탈카우아노 거리가 만나는 길 모퉁이의 서점에서 검은색과 금색이 섞인 책등의 『영미 백과사전』 한 질을 발견했다……. 그는 서점 안으로 들어가 46권을 들춰 보았다. 물론 그는 우크바르에 관한 언급을 단 한마디도 찾을 수 없었다.

2

남부 철도 회사의 기술자였던 허버트 애시에 관한 몇 안 되는 희미한 기억들은 아드로게 호텔에, 그러니까 인동덩굴 속에 파묻혀 있으며 거울들이 거짓된 깊이를 만들어 낸 그곳에 여전히 남아 있다. 살아 있을 때 그는 많은 영국인들이 그런 것

---

* Carlos Masrtonardi(1909~1976). 아르헨티나의 언론인이며 시인. 프랑스 상징주의 작품을 스페인어로 옮긴 것으로 유명하다.

처럼 환상에 시달렸다. 이미 죽어 버렸기에, 살아 있었을 때의 유령 같은 모습조차 온데간데없다. 그는 키가 컸고 늘 무기력한 모습이었으며, 늘어진 네모 모양의 구레나룻은 한때는 붉은빛이었다. 나는 그가 자식이 없는 홀아비였다고 알고 있다. 그는 몇 년마다 한 번 해시계와 떡갈나무 몇 그루를 찾아 (우리에게 보여 준 사진들로 추측해 볼 때) 영국에 가곤 했다. 우리 아버지는 그와, 속마음을 감춘 채 시작했으나 이내 대화조차 필요 없어지는 그런 영국식 우정을 무척 깊이 나누었다.(여기서 첫 번째 부사는 아마도 지나친 것 같다.) 그들은 항상 책과 신문을 서로 돌려 보곤 했다. 또한 늘 말없이 체스라는 전쟁을 벌이곤 했다……. 나는 호텔 복도에서 손에 수학 책을 들고서 순간순간 덧없이 변화하는 하늘의 빛깔을 올려다보던 그를 기억한다. 어느 날 오후 우리는 12진법에 관한 이야기를 나누고 있었다.(12진법에서는 12가 10인 셈이다.) 애시는 우연히도 그때 12진법 표를 60진법(60진법에서 60은 10으로 표기한다.) 표로 바꾸고 있는 중이라고 말했다. 그러면서 어느 노르웨이 사람이 리우그란데두술*에서 자신에게 그 작업을 의뢰했다고 덧붙였다. 우리가 서로 알게 된 지 팔 년이 되었지만, 그는 자기가 브라질에 있었다고 말한 적이 한 번도 없었다……. 우리는 목가적인 전원 생활과, 카팡가스**, 그리고 목동을 의미하는 가우

---

* 브라질 남단에 있는 주로, 아르헨티나와 우루과이와 국경을 이루고 있다.
** 노예나 반노예 상태에 있는 농장 노동자들의 감독이나 십장을 의미한다. 이 단어는 과라니나 아프리카에서 유래하지만, 보르헤스가 지적하듯이 브라질을 통해 스페인어로 유입되었다.

초*(우루과이의 노인들 중 일부는 아직도 '우'에 강세를 주어 발음한다.)라는 단어가 브라질에 어원을 두고 있다는 이야기를 나누었다. 그리고 다행히도 12진법의 기능에 관해서는 더 이상 언급하지 않았다. 1937년 9월(나와 우리 가족은 더 이상 호텔에 머물지 않고 있었다.) 애시는 동맥 파열로 세상을 떠났다. 죽기 며칠 전 그는 브라질에서 온 봉인된 등기 우편물을 하나 받았는데, 8절판 크기의 책이었다. 애시는 그 책을 술집에 놓고 갔고, 나는 몇 개월 뒤 그 술집에서 그것을 발견했다. 책장을 대충 넘기며 살펴보던 나는 너무나 놀란 나머지 약간의 현기증을 느꼈지만, 그 느낌이 어떤 것이었는지 상세히 설명하지는 않을 생각이다. 왜냐하면 이 이야기는 나의 감정에 대한 이야기가 아니라 우크바르와 틀뢴과 오르비스 테르티우스에 관한 이야기이기 때문이다. '밤 중의 밤'**이라는 이슬람의 어느 날 밤에는 천국의 비밀 문들이 활짝 열리고, 항아리에 담긴 물은 평상시의 밤보다 더욱 달콤해진다. 하지만 그런 천국의 문들이 열렸다 할지라도 내가 그날 저녁에 느꼈던 그런 황홀감을 경험하지는 못했을 것이다. 책은 영어로 쓰여 있었고, 1001페이지나 되었다. 나는 그 노란색 가죽 장정본 책등에서 날조된 책 표지에도 똑같이 반복되어 있던 단어들, 즉 『틀뢴 제1 백과사전 11권 — Hlaer에서 Jangr까지』를 보았다. 출간된 장소와 날짜에 관해서는 아무런 언급도 없었다. 첫 번째 페이지와 컬러

---

* 남아메리카의 라플라타 강 유역과 우루과이 강, 파라나 강 하류 등의 광대한 목축 지대인 팜파스의 주민 또는 목동.
**『코란』에서 천사 가브리엘을 통해 천국에서 내려왔다고 하는 성스러운 밤. 라마단의 마지막 밤이다.

화보들 중의 하나를 덮고 있는 얇은 반투명지에는 '오르비스 테르티우스'라는 책 제목과 함께 파란색의 둥근 인장이 찍혀 있었다. 이 년 전 나는 어느 해적판 백과사전에서 존재하지 않는 거짓 국가에 대한 간단한 설명을 발견했다. 이제 우연은 보다 정확하고 보다 공들인 무엇인가를 내게 제시하고 있었다. 이제 나는 알려지지 않은 행성의 전체 역사를 광범위하고 체계적으로 다룬 자료 일부를 손에 넣게 된 것이었다. 거기에는 그 행성의 건축과 카드 패, 소름 끼치는 신화와 그 언어의 속삭임, 그곳의 황제와 바다, 광석과 새와 물고기, 그곳의 수학과 불꽃, 그곳의 신학적이고 형이상학적인 논쟁들이 수록되어 있었다. 모든 것들이 눈에 띌 정도의 교리적 의도나 패러디적 요소 없이 분명하고 조리 있게 서술되어 있었다.

내가 지금 말한 11권에는 그 이전과 그 이후 권들에 대한 언급이 있다. 네스토르 이바라*는 《신 프랑스 리뷰》라는 잡지에 게재되어 이미 고전이 되어 버린 글에서 그렇게 앞뒤로 짝을 이루는 책들이 존재한다는 사실을 부정했다. 에세키엘 마르티네스 에스트라다**와 드리외 라 로셸***은 그런 의구심을 반박했으며, 아마도 성공적으로 그랬던 것 같다. 사실 지금까지 우리는 사방을 돌아다니며 부지런히 자료를 찾았지만, 그런 노

---

* Néstor Ibarra(1908~ ?). 아르헨티나의 작가. 보르헤스의 친구로, 그의 작품을 번역, 비평하기도 했다.
** Ezequiel Martinez Estrada(1895~1964). 아르헨티나의 작가. 자국의 역사를 배경으로 한 많은 작품을 발표했다.
*** Drieu la Rochelle(1893~1945). 프랑스의 소설가. 단편 소설과 여행기, 에세이 등을 남겼으며 《신 프랑스 리뷰》의 편집자로 일한 적이 있다.

력은 모두 수포로 돌아갔다. 북아메리카와 남아메리카, 유럽의 도서관들을 뒤죽박죽으로 만들어 놓았지만 허사였던 것이다. 탐정에게나 어울릴 단조롭고 힘든 단순 작업에 지친 나머지 알폰소 레예스*는 다 그만두고 우리가 수없이 방대하고 두꺼운 그 책들을 새로 만들어 버리자고 제안하면서 "발톱만 보아도 사자인지 알 수 있다."라고 말했다. 그는 농담 반 진담 반으로 한 세대의 틀뢴주의자들만 있어도 충분히 할 수 있는 일이라고 말했다. 이런 대담한 생각은 우리를 다시 최초의 질문으로 회귀하게 한다. 즉, 틀뢴을 만든 것은 어떤 사람들인가? 여기서 '어떤 사람들'이라는 복수는 피할 수 없다. 하나의 무한한 라이프니츠**처럼 표면에 나타나지 않으면서 어둠 속에서 일하는 단 한 명의 창조자라는 가설은 만장일치로 기각되었기 때문이다. 이 '멋진 신세계'는 잘 알려지지 않은 어느 천재의 주도하에 천문학자, 생물학자, 기술자, 형이상학자, 시인, 화학자, 대수학자, 윤리학자, 화가, 기하학자 등으로 구성된 비밀 결사의 작품으로 짐작된다. 이 갖가지 학문들에는 수많은 달인들이 있지만, 상상력을 지닌 사람들은 거의 없고, 자신이 상상한 것을 치밀하고 체계적인 계획으로 만들 수 있는 사람들은 더욱 적다. 그 계획은 지극히 방대해서 필자 개개인의 공헌도는 정말로 미미하다. 처음에 틀뢴은 단순한 하나의 카오스, 그러니까 무책임한 상상의 방종과 같은 행위라고 여겨졌다. 그러나 이제는 그것이 코스모스이고, 아직 잠정적이기는 하지만 그

---

* Alfonso Reyes(1889~1959). 멕시코의 시인이자 에세이 작가.
** Gottfried Wilhelm Leibniz(1646~1716). 독일의 철학자이자 수학자. '단자론'의 주창자로, 단자들을 하나의 소우주로 파악하였다.

것을 지배하는 은밀한 법칙들이 이미 명확하게 이루어져 있는 것으로 알려져 있다. 11권에서 발견되는 명백한 모순들이 사전의 다른 권들이 실재한다는 것을 증명하기 위한 초석에 지나지 않는다는 점을 상기시킨다는 것만으로도 내게는 충분하다. 11권에서 내가 발견한 질서가 완벽하게 분명하고 조화롭기 때문이다. 대중 잡지들은 틀뢴의 동물들과 지형에 대해, 눈감아 줄 수 있을 만큼이기는 했지만 과장된 어조로 떠들어 댔다. 나는 틀뢴의 투명한 호랑이와 피의 탑 들이 모든 사람의 끝없는 주목을 받을 정도로 가치 있는 것이라고는 생각하지 않는다. 하지만 여기서 잠깐 틀뢴의 우주관을 살펴보기 위한 시간을 감히 얻고자 한다.

흄*은 언제나 버클리**의 논지가 아주 사소한 논박도 허용하지 않기 때문에 아무런 설득력을 지니지 못한다고 주장했다. 그러한 견해를 지구에 적용해 보면 절대적으로 옳지만, 틀뢴에서는 완전히 틀린 이야기가 된다. 이 행성에 있는 국가들은 태생부터 관념적이다. 그들의 언어와 언어로부터 파생된 것들(종교, 문학, 형이상학)은 관념론을 전제로 하고 있다. 틀뢴 사람들에게 세상이란 공간 속에 물체들이 뒤섞인 것이 아니다. 그들에게 세상은 독립적인 행위들로 이루어진 이질적인 연속물이다. 그것은 연속적이고 시간적이지만 공간적이지는 않다. '오늘날' 틀뢴의 언어들과 방언들이 유래하는 가상의 '우르슈프라헤(본래의 언어)'에는 명사가 없고, 부사적 기능을 가

---

* David Hume(1711~1776). 스코틀랜드의 경험주의 철학자.
** George Berkeley(1685~1753). 아일랜드의 철학자이자 성공회 주교. 경험주의적 인식론에서 출발하여 극단적 관념론을 주장했다.

진 단음절의 접미사(또는 접두사)에 의해 수식된 비인칭 동사들만 존재한다. 예를 들자면, '달'이라는 단어에 해당하는 그 어떤 명사도 없지만, '달뜨다' 혹은 '달비추다'라는 동사가 있다. '강 위로 달이 떠올랐다.'라는 말은 '홀뢰르 우 팡 아샤샤샤스 믈뢰(hlör u fang axaxaxas mlö)'이다. 이 말을 우리 어순에 따라 바꾸면 '위쪽으로 뒤로 계속 흐르는 달떴다.'가 된다.(술 솔라르*는 간결하게 '위쪽으로 흘러가는 뒤로 달떴다.'라고 옮긴다.)

이런 원칙은 남반구의 언어에 적용된다. 북반구의 언어들(백과사전 11권에는 이들의 '본래의 언어'에 관한 자료가 거의 없다.)에 있어서, 가장 중요한 단위는 동사가 아니라 단음절 형용사이다. 명사는 형용사들의 집합으로 이루어진다. 그들은 '달'이라고 말하는 대신 '어두운-둥그런 위의 대기의-밝은', 혹은 '주황빛의-부드러운 하늘의', 아니면 또 다른 일련의 형용사들로 달을 지칭한다. 이러한 경우, 형용사들의 복합체는 실제 사물에 해당하지만, 그런 현상은 완전히 우연에 의해 이루어진다. 북반구의 문학은 (마치 마이농**의 존속하는 세계처럼) 시적 필요성에 따라 어느 순간 모였다가 흩어지는 관념적 대상들로 가득하다. 가끔 그런 것들은 순전히 동시성에 의해 결정되곤 한다. 그리고 하나는 시각적, 또 하나는 청각적 성격을 지

---

* Xul Solar(1887~1963). 아르헨티나의 화가이자 조각가, 시인. 아방가르드 잡지 《마르틴 피에로》의 주축으로 20세기 초 아르헨티나의 모더니즘을 이끌었다. 보르헤스의 친구로 보르헤스의 초기 작품을 삽화로 그렸다.
** Alexius Meinong(1853~1920). 오스트리아의 철학자이자 심리학자. 물질적 실체와 인식 안의 실체를 구분한 대상론(對象論)의 창시자이다.

닌 두 개의 말로 이루어진 단어도 있다. 일례로, 해가 떠오를 때의 빛깔과 한 마리 새의 아득한 지저귐이 그것이다. 어떤 대상들은 아주 많은 말로 구성되기도 한다. 태양과 헤엄치는 사람의 가슴을 때리는 물, 눈을 감으면 보이는 어렴풋이 아른거리는 장밋빛, 강물이나 꿈의 신에게 휩쓸려 가는 사람이 느끼는 기분이 그렇다. 부차적인 대상들은 다른 대상들과 결합될 수 있다. 이 결합 과정은 특정한 생략 부호들을 통해 실질적으로 무한해진다. 여기에는 단 하나의 거대한 단어로 이루어진 유명한 시들이 있다. 이 단어는 저자가 만든 하나의 시적 대상이다. 아무도 명사들이 표현하는 현실을 믿지 않는다는 사실은 역설적으로 명사들의 숫자가 셀 수 없을 정도로 많다는 것을 뜻한다. 틀뢴 북반구의 언어에는 인도 유럽어의 모든 명사들뿐만 아니라 또 다른 수많은 명사들이 존재한다.

틀뢴의 고전 문화가 오직 하나의 학문, 즉 심리학으로만 이루어져 있다는 것은 과장된 말이 아니다. 그 외의 학문은 모두 심리학의 하위에 속해 있다. 나는 이 행성에 사는 사람들이 우주를 공간이 아니라 시간 속에서 계속적으로 전개되는 일련의 정신적 과정으로 이해하고 있다고 말했다. 스피노자*는 자신의 고갈되지 않는 신성(神性)이라는 개념에 공간의 확장과 사상이라는 속성을 부여한다. 그러나 틀뢴에서는 아무도 공간의 확장(단지 특정 상태에서만 특징적으로 나타나는)과 코스모스와 완벽한 동의어인 사상이 나란히 함께할 수 있다는 것을 이

---

* Baruch Spinoza(1633~1677). 네덜란드의 유대인 철학자. 17세기 합리론의 주요 이론가로, 그의 철학은 동시대 데카르트 철학의 발전이자 그에 대한 반발이라고 평가된다.

해하지 못할 것이다. 다시 말하자면, 공간이 시간 속에서 지속된다는 것이라는 사실을 이해하지 못하는 것이다. 지평선에서 솟아오르는 연기와 불타는 들판, 그런 다음 들판을 태워 버린 제대로 꺼지지 않은 담배꽁초에 대한 지각 작용은 관념들의 연합을 보여 주는 하나의 예로 여겨진다.

이러한 일원론 혹은 관념론은 모든 과학을 무용지물로 만든다. 하나의 사건을 설명(또는 판단)한다는 것은 그것을 다른 사건과 연결시키는 것이다. 틀뢴에서 그런 결합은 주체 이후의 상태이며, 이전의 상태에 영향을 끼치거나 그것을 설명할 수 없다. 각각의 정신적 상태는 축약이 불가능하다. 그런 정신적 상태에 이름을 부여하는, 즉 분류하는 단순한 행위는 왜곡과 편견을 받아들이는 것이다. 그러므로 우리는 틀뢴에는 과학, 나아가 체계적 사고조차 존재하지 않는다고 유추할 수 있다. 하지만 역설적으로 틀뢴에도 이런 체계적 사고가 존재하며, 그것도 거의 셀 수 없을 만큼 많이 존재한다. 북반구에서 명사가 그러하듯 철학에서도 동일한 현상이 일어난다. 모든 철학이 오직 하나의 변증법적 유희, 즉 의제(擬制) 철학*이라는 사실이 철학의 무한한 자기 증식이라는 결과를 초래했던 것이다. 여기에는 도저히 믿을 수 없는 체계들이 넘쳐흐르지만, 그것들은 흔쾌히 동의할 수 있는 구조나 감각적인 양상을 띠고 있다. 틀뢴의 형이상학자들은 진실, 심지어 그럴듯한 진실조차 추구하지 않고, 오직 놀라움만을 찾는다. 그들은 형이상학을 환상 문학에서 파생된 하나의 기지로 생각힌다. 그들은 하나의 세계

---

* 허위임을 알면서도 설정하는 가설에 바탕을 둔 철학.

란 우주의 모든 양상들을 어느 한 양상 — 그것이 무엇이 되었든지 — 에 종속시키는 것과 다르지 않다는 것을 알고 있다. '모든 양상들'이라는 문구마저 거부된다. 그 말이 현재의 순간과 이미 지나간 과거의 순간들을 모두 합하는 불가능한 작업을 가정하고 있기 때문이다. 또한 '과거의 순간들'이라는 복수형조차도 적합한 말이 아니다. 그것은 또 다른 불가능한 작업을 전제하기 때문이다……. 틀뢴의 어느 학파는 시간을 부정하기도 한다. 현재란 확실하지 않고 일정하지 않으며, 미래는 현재의 희망과 같은 것을 제외하고는 실체가 없고, 과거는 실체가 없는 현재의 기억과 같은 것 같다고 주장하는 것이다.* 다른 학파는 이미 '모든 시간'은 지나갔고, 우리의 삶은 돌이킬 수 없는 과정에 대한 어스레한 기억 혹은 반영이며, 그것은 의심할 여지없이 왜곡되고 훼손되었다고 단정한다. 또 다른 학파는 우주의 역사 — 우리의 삶과 우리 삶의 희미하고 시시콜콜한 모든 것이 들어 있는 우주의 역사 — 란 악마와 소통하려고 애를 쓰는 하급 신의 필치라고 공언한다. 또 어느 학파는 우주란 모든 상징들을 포함한 것이 아니라 단지 삼백 일마다 밤에 일어나는 일만이 사실인 암호문과 비교될 수 있는 것이라고 말한다. 그리고 또 어느 학파는 우리가 여기서 잠들어 있는 동안 우리는 또 다른 어떤 곳에서 깨어 있고, 그래서 모든 사람은 사실상 두 사람이라고 주장한다.

틀뢴의 학설들 중에서 '유물론'만큼 소동을 일으킨 것은 없

---

* 러셀(『정신 분석(The Analysis of Mind)』, 1921, 159쪽)은 세상이 몇 분 전에 만들어졌으며, 가공의 과거를 '기억하는' 사람들로 가득하다고 가정한다.(저자 주)

다. 몇몇 사상가들은 명석함보다는 열의에 의해, 마치 역설을 제안하여 전개하는 사람처럼 유물론을 만들어 냈다. 도저히 받아들일 수 없는 이런 명제를 보다 쉽게 이해할 수 있도록 11세기의 어느 이교도 지도자는 아홉 개의 동전으로 이루어진 궤변을 착상했다. 이 궤변은 엘레아 학파*의 난제만큼이나 틀뢴에서 큰 논란을 불러일으켰다. 이 '그럴듯한 논법'에 관해서는 여러 가지 판본이 있는데, 판본에 따라 동전의 숫자와 발견된 동전의 숫자도 상이하다. 여기에서 나는 가장 일반적인 판본을 소개하고자 한다.

화요일에 X는 아무도 없는 거리를 가다가 동전 아홉 개를 잃어버린다. 목요일에 Y가 그 거리에서 수요일에 내린 비로 약간 녹이 슨 동전 네 개를 발견한다. 금요일에 Z는 길에서 동전 세 개를 발견한다. 금요일 아침, X는 자기 집 복도에서 동전 두 개를 발견한다.

이 이야기에서 이교도 지도자는 되찾은 동전 아홉 개의 현실, 즉 시간의 연속성을 유추하고자 한다. 그는 이렇게 말한다. "동전 네 개가 화요일에서 목요일까지 존재하지 않았고, 동전 세 개가 화요일과 금요일 오후 동안에 존재하지 않았으며, 화요일과 금요일 새벽 동안에 동전 두 개가 존재하지 않았다고 가정하는 것은 어불성설이다. 동전들은 그 세 기간에 ── 비록 우

---

* 기원전 5세기경, 소크라테스 이전에 활동한 고대 그리스 철학의 한 학파. 극단적 일원론을 주장하면서, 존재하는 모든 것은 존재 자체로 충만하며 따라서 분화하거나 운동하고 변화하는 것은 모두 환상이라고 간주했다.

리가 이해할 수 없도록 금지된 비밀스러운 방법일지라도 — 항상 존재했다고 생각하는 것이 이치에 맞다."

틀뢴의 언어는 이런 역설의 체계적 설명에 반대했고, 많은 사람들은 그 역설을 이해하지 못했다. '상식'을 옹호하는 학파는 처음에 그 일화의 진실성을 부정하는 데 그쳤다. 그들은 표준적으로 사용되지 않으며 엄밀한 사고와는 거리가 먼 두 개의 신조어를 무분별하게 사용한 데에서 기인한 언어적 오류라고 말했다. 다시 말하면, 처음의 동전 아홉 개와 나중의 동전 아홉 개가 동일하다고 전제하기 때문에 '발견하다'와 '잃다'라는 동사는 '선결 문제 요구의 오류'*를 야기했다는 것이다. 그들은 모든 명사들(사람, 동전, 목요일, 수요일, 비)이 단지 은유적 가치만 지니고 있다는 사실을 상기시켰다. 그들은 '수요일에 내린 비로 약간 녹이 슨'이라는 상황이 증명해 보이고자 하는 것이 사람들을 현혹시키는 것이라고 공격했다. 그런 표현이 증명하고자 하는 것, 바로 화요일에서 목요일까지 네 개의 동전이 계속 존재하고 있었다는 것을 전제하고 있기 때문이라는 것이었다. 그들은 '동등한 것'과 '동일한 것'은 다르다고 설명했고, 일종의 귀류법**을 만들었는데, 그것은 아흐레 동안 계속해서 극심한 통증에 시달린 아홉 사람의 가설적인 경우였다. 그들은 이렇게 질문했다. '사람들이 하나의 동일한 고통을 겪었다고 주장하는 것은 정말 황당한 생각이 아닌가?'*** 그들

---

* 논증하려는 명제 자체를 논증의 전제로 삼을 때 발생하는 오류.
** 간접 증명이라고 한다. 어떤 명제의 반대가 거짓임을 증명함으로써 본래 명제가 참임을 증명하는 방법이다.
*** 오늘날 틀뢴의 어느 교회는 어떤 고통, 어떤 초록색이 감도는 노란색, 어떤

은 이교도 지도자가 '존재'라는 신성한 범주를 몇 개의 보잘것 없는 동전에 부여하려는 신성 모독적인 목적에 의해 자극받았으며, 그가 어떤 때는 복수를 인정하고서 또 어떤 때는 그것을 부정하고 있다고 공박했다. 그들은 만일 동등성이 동일성을 수반한다면 아홉 개의 동전이 단 하나의 동전임을 인정해야 할 것이라고 주장했다.

터무니없는 일이지만 이런 갑론을박은 아무런 결론도 이끌어 내지 못했다. 그 문제가 처음으로 상정되고 백 년이 지난 후, 그 이교도 지도자 못지않게 명석하면서도 정교회의 전통을 따르는 한 사상가가 아주 대담한 가설을 만들었다. 그의 행복한 가설에 따르면 세상에는 단 하나의 주체만 있으며, 이 분리될 수 없는 주체는 우주 속에 있는 각각의 존재들이고, 이 우주의 존재들은 바로 신성의 기관들이며 가면들이다. X는 Y이고 또한 Z이다. Z는 X가 동전 세 개를 잃어버렸다는 것을 기억하기 때문에 그것들을 발견한다. X는 다른 동전들이 발견되었다는 것을 기억하기 때문에 자기 집 복도에서 두 개의 동전을 발견한다……. 백과사전 11권은 이 관념론적 범신론이 세 개의 중요한 논거로 인해 완전한 승리를 거두게 되었다는 것을 암시하고 있다. 첫째는 유아론(唯我論)에 대한 거부이고, 둘째는 과학의 심리학적 토대를 그대로 보존할 수 있는 가능성이며, 셋째는 신들을 숭배하는 종교 문화를 보존할 수 있는 가능성이

온도, 그리고 어떤 소리는 동일하며 단 하나의 현실이라고 관념적으로 주장한다. 성교가 절정에 이르는 순간에 모든 사람은 동일한 사람이다. 셰익스피어의 구절 하나를 여러 차례 반복하여 읊는 모든 사람들은 윌리엄 셰익스피어이다. (저자 주)

다. 쇼펜하우어*(열정적이고 명석한 쇼펜하우어)는 『소품과 보유집』** 1권에서 유사한 학설을 전개한다.

틀뢴의 기하학은 조금 상이한 두 분야, 즉 시각적 기하학과 촉각적 기하학으로 구성되어 있다. 후자는 우리의 기하학에 해당하며, 전자에 종속되어 있다. 시각적 기하학은 점이 아니라 면에 바탕을 둔다. 이 기하학은 평행선의 개념이 없으며, 사람이 공간을 통해 이동하는 것처럼 자신을 둘러싸고 있는 모습을 변화시킨다고 주장한다. 틀뢴의 산수는 부정수들에 대한 관념이 기초를 이룬다. 그들은 우리의 수학자들이 '>'와 '<'로 표기하는 '더 큰'과 '더 적은'의 개념들이 중요하다는 것을 강조한다. 틀뢴 사람들은 수를 세는 행위가 양을 변화시키고, 부정수를 정수로 바꾼다고 주장한다. 동일한 양을 세는 몇몇 사람들이 동일한 결과에 도달한다는 사실은 틀뢴의 심리학자들에게 관념들의 연합, 또는 기억의 연합을 보여 주는 한 예이다. 우리들은 이미 틀뢴에서 지식의 주체는 하나이며 영원하다는 것을 알고 있다.

문학 영역에 있어서도 유일 주체의 사상은 절대적인 힘을 떨친다. 저자명이 명시된 책은 거의 없다. 또한 표절이라는 개념도 존재하지 않는다. 그것은 모든 작품들이 단 한 작가의 작품이며, 그 작가는 영원하고 익명이라는 생각이 확립되어 있기

---

* Arthur Schopenhauer(1788~1860). 독일의 철학자. 흔히 염세주의 철학자로 불린다. 헤겔의 관념론에 반대하여 의지의 형이상학을 주장한 인물로 유명하다.
** 『소품과 보유집』은 2권으로 이루어져 있으며, '소품'에는 철학사와 관련된 짧은 글들이 수록되어 있고, '보유집'에는 글쓰기와 문체, 여성, 교육, 소음과 소리를 비롯한 에세이들이 실려 있다.

때문이다. 문학 비평은 늘 작가들을 고안해 내곤 한다. 비평은 두 개의 상이한 작품 — 가령 『도덕경』과 『천하루 밤의 이야기』 — 을 선정하고, 그것들이 한 작가에 의해 집필된 작품들로 규정한 다음, 그 흥미롭기 그지없는 문필가의 심리를 성실하게 측정한다…….

그들의 책들 역시 우리의 것과는 사뭇 다르다. 그들의 소설은 상상할 수 있는 모든 변형을 포함한 단 하나의 줄거리를 가지고 있다. 철학적 성격의 책들은 반드시 명제와 반명제, 곧 하나의 논지에 대한 엄밀한 찬성과 반론을 함께 보여 준다. 어떤 책이든 그 안에 그것에 대립하는 책이 들어 있지 않으면 그 책은 불완전한 책으로 간주된다.

수세기에 걸친 관념론은 현실에 영향을 끼치지 않을 수 없었다. 틀뢴의 가장 오래된 지역에서는 잃어버린 물건에 대한 복제가 아주 흔하게 일어난다. 두 사람이 연필 하나를 찾는다. 첫 번째 사람이 그것을 발견하지만 아무 말도 하지 않는다. 두 번째 사람은 첫 번째 사람이 발견한 것 못지않게 사실적이지만 자신의 기대치에 더 부응하는 두 번째 연필을 발견한다. 이런 제2의 물체들은 '흐뢰니르'라고 불린다. 그것들은 어줍지만 실제의 것보다 약간 길다. 불과 얼마 전까지만 해도 '흐뢰니르'는 방심과 망각에서 나온 우연의 산물이었다. 그것들이 체계적으로 생산되기 시작한 지 겨우 백 년밖에 안 됐다는 사실은 거짓말 같지만, 11권에서는 그렇다고 밝히고 있다. 최초의 시도들은 성공적이지 못했다. 그러나 그 절차는 기억할 만한 가치가 있는데 그것은 다음과 같다. 어느 주립 교도소 소장이 죄수들에게 옛날의 강바닥이었던 곳에 무덤들이 있다고 말하면서,

중요한 것을 찾아오는 사람은 석방해 주겠다고 약속했다. 발굴이 시작되기 몇 달 전, 죄수들은 그들이 찾을 유물들의 사진들을 보았다. 첫 번째 시도는 사람들의 희망과 탐욕이 억제될 수 있다는 것을 증명했다. 삽과 곡괭이를 가지고 일주일 동안 작업을 했지만, 그들이 발굴한 유일한 '흐뢴'은 녹슨 수레바퀴 하나뿐이었는데, 그것은 그들이 발굴을 시도했던 날짜보다 약간 늦게 만들어진 것이었다. 이 시도는 비밀에 부쳐졌지만, 이후 네 군데의 고등학교에서 똑같은 과정이 되풀이되었다. 네 학교 중에서 세 학교는 거의 완전히 실패했다. 네 번째 학교(그 학교 교장은 발굴 초기 단계에서 우연히 사망했다.)의 학생들은 황금 가면 한 개, 낡은 칼 한 개, 두세 점의 토기 항아리, 아직도 그 뜻을 해독하지 못한 문자들이 가슴에 새겨져 있는 어느 왕의 사지가 절단된 채 푸른 녹이 슨 흉상을 발굴 — 또는 생산 — 했다. 그래서 탐사의 실험적 본질을 알고 있던 그 어떤 증인의 말도 근거가 없다는 사실이 밝혀졌다. 집단적인 연구 계획은 상호 모순적인 대상들을 만들어 내곤 한다. 따라서 오늘에 이르러서는 개별적이며, 거의 즉흥적인 방식이 보다 선호된다. '흐뢴니르'의 조직적인 생산은 (11권에서 언급한 바에 따르면) 고고학자들에게 이루 말할 수 없는 도움을 주었다. 그것은 이제 미래에 맞먹을 정도로 탄력적이고 유연해진 과거에 대해 정보를 얻거나, 심지어 그것을 변형할 수 있도록 해 주었기 때문이다. 여기에 아주 재미있는 사실이 하나 있다. 두 번째 '흐뢴니르'(다른 '흐뢴'에서 파생된 '흐뢴니르')와 세 번째 '흐뢴니르'(어떤 '흐뢴'의 '흐뢴'에서 생긴 '흐뢴니르')는 처음 것과의 차이를 과장한다. 그리고 다섯 번째 '흐뢴니르'는 거의 동일하고, 아홉 번째 '흐뢰니르'는 두 번째 '흐뢰니르'와 혼동되며, 열한 번째 '흐뢰니르'에서는 원래의 것에는 없는 순수한 선(線)들이 발견된다. 이런 과정은 정기적으로 일어난다. 열두 번째 '흐뢰니르'에서는 퇴보하기 시작한다. 때때로 암시에 의해 만들어진 사물이자 희망에 의해 도출된 대상인 '우르'는 그 어떤 '흐뢴'보다 낯설고 순수하다. 내가 언급했던 장려한 황금 가면은 이런 것을 잘 보여 주는 예이다. 틀뢴에서 사물들은 복제된다. 그것들은 망각될 때면 지워져 버리거나 세부적인 것들을 잃어버리곤 한다. 거지가 찾아오는 동안에는 계속해서 존재했는데 그가 죽자 문지방 역시 사라져 버렸다는 말은 그 고전적인 예이다. 때때로 새 몇 마리, 말 한 마리가 원형 극장의 잔해들을 구하기도 했다.

1940년, 살토 오리엔탈에서

1947년의 후기

나는 『환상 문학 선집』(1940년)에 실었던 글을 지금 다시 보면 가벼워 보이는 몇몇 비유와 놀림조 같은 개요를 빼고는 삭제 없이 그대로 재수록했다. 그후 아주 많은 일이 있었다……. 나는 그것들을 떠올려 보는 데 그치려 한다.

1941년 3월 허버트 애시가 소장했던 힌튼*의 저서에서 군나르 에르프요르트**가 손으로 쓴 편지 한 통이 발견됐다. 봉투에는 오우루 프레투 우체국의 소인이 찍혀 있었다. 그 편지는 틀뢴의 신비를 완전히 밝혀 주었다. 편지는 마르티네스 에스트라다의 추측이 맞았음을 보여 준다. 이 빛나는 역사는 17세기 초의 어느 밤, 루체른, 혹은 런던에서 시작되었다. 한 자선 비밀 결사(정식 회원 중에는 달가르노***도 있었으며, 후일 조지 버클리도 가입했다.)가 하나의 국가를 고안해 내기 위해 결성되었다. 그들의 막연한 최초 계획에는 연금술 연구, 자선, 카발라의 흔적이 보였다. 발렌티누스 안드레아의 흥미로운 저서는 바로 그 초창기로 거슬러 올라간다. 몇 년에 걸쳐 비밀 회합을 갖고 서둘러 공동 초안을 만든 후, 그들은 한 세대로는 나라 하나를 만들고 완전히 설명할 수 없으리라는 사실을 깨달았다. 그

---

* James Hinton(1822~1875). 영국의 의학자이자 철학자.
** 가상의 인물.
*** George Dalgarno(1626~1687). 스코틀랜드의 철학자. 언어 문제에 관심을 가지고 수화 등을 연구했다.

들은 그 비밀 단체에 소속된 대가들 각자에게 이 작업을 계속할 제자를 뽑게 하였다. 그러한 세습 체제는 계속 이어졌다. 그렇게 2세기라는 과도기가 지난 후, 박해받던 이 단체는 미국에서 다시 모습을 드러낸다. 1824년 무렵 테네시 주의 멤피스에서 회원 중 하나가 속세를 등진 백만장자 에즈라 버클리*와 대화를 한다. 버클리는 어느 정도 경멸하는 태도로 그 회원이 말을 마칠 때를 기다리고는, 그들의 계획이 하찮다면서 비웃는다. 버클리는 상대에게 미국에서 하나의 나라를 만들어 낸다는 것은 말도 안 되는 소리라고 지적하면서, 아예 행성을 하나 만들어 내는 것이 어떻겠느냐고 제안한다. 그는 이 거창한 계획에 또 다른 한 가지 착안, 바로 자신의 허무주의적 발상**을 덧붙인다. 그것은 그 거대한 계획을 비밀에 부치자는 것이었다. 그때 미국에는 20권짜리 『브리태니커 백과사전』이 보급되고 있었다. 버클리는 가상의 행성에 관한 체계적인 백과사전을 제안한다. 그는 비밀 결사 앞으로 금광이 있는 산들과 선박 운행이 가능한 강들, 황소와 들소 떼가 우짖는 목초지들, 흑인 노예들, 사창가들과 돈을 남길 생각이었다. 하지만 그는 '그 작업은 사기꾼 예수 그리스도와 계약을 맺지 말아야 한다.'라는 조건을 제시한다. 버클리는 신을 믿지 않았다. 하지만 필멸의 인간들에게도 우주를 구상할 수 있는 능력이 있음을 존재하지 않는 신에게 보여 주고자 했다. 1828년 버클리는 배턴루지에서 독살된다. 1914년 비밀 결사는 약 삼백 명의 회원들에게 『틀뢴

---

* 가상의 인물. 조지 버클리에 대한 풍자라는 설이 있다.
** 버클리는 자유 사상가였고 숙명론자였으며, 노예 제도의 옹호자였다.(저자 주)

제1 백과사전』 마지막 권을 보낸다. 이 판본은 비밀리에 발행되었다. 40권에 달하는 백과사전(인류가 착수한 작업 중에서 가장 방대한 작품)은 영어가 아닌 틀뢴의 언어들 중의 하나로 쓰인, 보다 상세한 또 다른 백과사전의 토대를 이룰 것이었다. 이 가상 세계에 대한 개정판은 잠정적으로 '오르비스 테르티우스'라고 명명되었고, 그 얌전하고 보잘것없는 창조주 중 하나가 바로 허버트 애시였다. 나는 그가 군나르 에르프요르트의 동료나 대리인이었는지, 혹은 결사 회원이었는지에 대해서는 알지 못한다. 그가 백과사전 11권을 받았다는 사실은 후자의 가능성이 높다는 것을 보여 주는 듯하다. 그런데 다른 책들은 어떻게 되었을까? 1942년경에 더욱 복잡한 사건들이 일어났다. 나는 그 당시 최초의 사건들 중 하나를 아주 분명하게 기억하고 있으며, 그 일에서 어떤 징후를 느꼈던 것 같다. 그 사건은 라프리다 거리에 있는 어느 아파트에서 일어났다. 그 아파트는 석양을 향한 밝고 높은 발코니에 마주하고 있었다. 포시니 뤼생주 공작 부인*은 프와티에에서 은제 식기가 들어 있는 소포를 받았다. 국제 우편용 우표들로 아름답게 장식된 커다란 상자 속에서 꼼짝 않고 있던 고급 물건들이 하나씩 모습을 드러냈다. 위트레흐트와 파리에서 제작된 그것들은 또렷한 동물 문장을 새겨 넣은 은 제품들과 사모바르**였다. 그중에 나침반 한 개가 잠든 새처럼 미세지만 알아볼 수 있을 정도로 불가

---

* Princess Faucigny Lucinge(1893~ ?). 아르헨티나 출신으로 프랑스 귀족 가문 포시니 뤼생주와 결혼하면서 공작 부인 칭호를 받았다. 보르헤스의 친구로 결혼 전 이름은 마리아 리디아 요베라스(María Lidia Lloveras)이다.
** 러시아의 찻주전자.

사의하게 진동하고 있었다. 공작 부인은 그것을 알아보지 못했다. 나침반의 푸른색 바늘은 자북(磁北)을 애타게 열망하고 있었다. 금속 틀은 옴폭 들어가 있었고, 눈금판에 새겨진 글자들은 틀뢴의 알파벳들 중 하나와 일치하고 있었다. 바로 틀뢴이라는 환상적인 세계가 처음으로 실제 세계에 침범한 사건이었다. 아직도 내 마음을 어지럽게 하는 이런 우연 때문에 나는 두 번째 침투도 목격하게 되었다. 그 사건은 몇 달 후 쿠치야 네그라에 있는 어느 브라질 사람의 잡화점을 겸한 술집에서 일어났다. 아모림*과 나는 산타나에서 돌아오고 있었다. 타쿠아렘보 강의 물이 불어서 도저히 건널 수 없었기 때문에, 우리는 하는 수 없이 그 브라질 사람의 형편없는 대접을 받아야(참아야) 했다. 가게 주인은 우리에게 술통과 가죽 더미 따위가 어수선하게 널린 커다란 방에 삐걱거리는 간이침대 두 개를 마련해 주었다. 우리는 잠자리에 들었지만, 보이지 않는 이웃 사람의 술주정 때문에 새벽이 되도록 도통 잠을 이룰 수가 없었다. 그 사내는 몇몇 밀롱가 소절들 — 엄밀히는 밀롱가 한 곡의 몇 소절들 — 을 알아듣기 힘든 욕지거리와 뒤섞어 가며 시끄럽게 불러 댔다. 모두가 그렇게 짐작하겠지만, 우리는 당연히 이 끝없이 떠들어 대는 소리가 가게 주인이 내놓은 싸구려 독주 때문이라고 생각했다……. 새벽녘 그 사내는 복도에서 죽어 있었다. 걸걸한 목소리 때문에 우리는 착각을 했다. 그는 나이 어린 청년이었던 것이다. 그가 삶과 죽음의 경계에서 헛소

---

* Enrique Amorim(1900~1960). 우루과이 태생의 작가. 보르헤스와 혈연관계에 있다.

리를 할 때, 그의 널찍한 가우초 벨트에서 동전 몇 개와 주사위 정도 직경의 반짝이는 원추형 금속이 빠져나와 있었다. 작은 남자아이 하나가 그 원추형 물체를 주우려고 했지만 허사였다. 한 성인 남자가 간신히 그것을 들어 올릴 수 있었다. 나는 몇 분 동안 그것을 손바닥에 놓아두었다. 나는 그 금속의 무게가 견딜 수 없을 정도로 무거웠으며, 그것을 내려놓은 뒤에도 끔찍스러운 무게감이 지속되었던 것을 기억한다. 또한 내 손바닥에 원형이 선명하게 새겨졌다는 것을 기억한다. 아주 작지만 동시에 무겁기 그지없는 물체라는 것을 알고서, 나는 구토감과 두려움의 불쾌한 뒷맛을 느꼈다. 그 동네 사람 한 명이 그것을 불어난 강물에 내던지는 것이 어떻겠느냐고 제안했다. 아모림은 돈 몇 푼을 주고 그것을 손에 넣었다. 아무도 죽은 젊은이에 대해 그가 국경 지대에서 왔다는 것 이외에는 알지 못했다. 작지만 아주 무거운 그 원추(이 세계에서 채광된 적 없는 금속으로 제작한)는 틀뢴의 몇몇 종교에서 모시는 신의 형상이었다.

이쯤에서 내 이야기의 개인적 부분을 마치려 한다. 나머지 사항은 이미 모든 독자들의 기억에 (희망이나 공포 속이 아니라면) 남아 있다. 여기서는 다음과 같은 사건들을 아주 간단하게 회상하거나 언급하면 충분하리라. 그리고 그런 사건들은 오목 렌즈처럼 일반적으로 기억을 퍼져 나가게 하거나 선명히 보이게 해 줄 것이다. 1944년경에 테네시 주 내슈빌의 일간지 《아메리칸》에서 근무하는 한 연구자가 멤피스 도서관에서 『틀뢴 제1 백과사전』 40권을 발견했다. 오늘날까지도 그 발견이 우연이었는지, 아니면 여전히 베일에 싸여 있는 '오르비스 테르티우스'의 주요 인사들이 승인한 것인지에 대해서는 의견이 분분하다. 후자가 보다 그럴듯해 보인다. 11권에서 보이는 믿을 수 없는 몇 가지 특징들(한 예로 흐뢰니르의 증식 등)이 멤피스 사본에서는 삭제되어 있거나 상당히 약화되어 있다. 이런 삭제는 실제 세계와 어느 정도 호환될 수 있는 세계를 보여 주기 위한 계획에 의한 것이라고 가정하는 것은 타당해 보인다. 틀뢴의 물체들을 여러 나라에 유포시키는 것도 이런 계획의 보완책일 터였다……* 사실 전 세계 언론은 끊임없이 이 '발견'에 대해 호들갑을 떨었다. 인류의 가장 위대한 작품에 관한 안내서, 선집, 요약본, 직역본, 공인된 사본, 해적판 들이 온 지구를 가득 채웠고, 그런 현상은 여전히 계속되고 있다. 거의 즉각적으로 현실은 한 가지 이상을 양보했다. 분명한 것은 현실이 양보하고자 열망하고 있었다는 사실이다. 십 년 전에는 질서라는 외형만 갖추었다면 어떤 체계나 대칭도 — 변증법적 유물론, 반유태주의, 나치즘 — 인류를 매료시킬 수 있었다. 그러니 어떻게 틀뢴 앞에 무릎 꿇지 않을 수 있겠는가? 어떻게 질서 정연한 행성이라는 세밀하고 방대한 증거 앞에 굴복하지 않을 수 있겠는가? 현실 역시 논리를 따른다고 대답하는 것은 쓸데없는 일일 것이다. 아마 그럴지도 모르지만, 우리가 절대로 간과할 수 없는 신의 법칙들 — 나는 이것을 '비인간적 법'이라고 번역한다. — 에 따라 그렇다는 말이다. 틀뢴은 하나의 미로일 테지만, 인간에 의해 만들어진 미로, 인간에 의해 해독되도록 운명 지어진 미로이다.

---

* 물론 몇몇 물체의 '재료'가 무엇인가에 대한 문제는 여전히 남아 있다.

틀뢴의 성질과 틀뢴과의 접촉은 이 세상을 붕괴시켰다. 틀뢴의 엄밀함에 현혹된 인류는 그것이 천사들의 엄밀함이 아니라 체스 대가들의 엄밀함이라는 것을 잊고, 또다시 잊어버리는 중이다. 이미 학교에는 틀뢴의 '원시적 언어'(추측적인)가 침투했다. 이미 틀뢴의 조화로운 역사(감동적인 일화들로 가득한)를 가르치는 수업은 내가 어릴 적에 지배했던 역사를 지워 버렸다. 이미 허구적 과거는 인간의 기억에서 또 다른 과거, 즉 우리가 아무것도 확실하게 알 수 없는, 심지어 거짓인지도 알 수 없는 과거를 점령하고 있다. 화폐학, 약리학, 그리고 고고학 분야는 개혁되었다. 나는 생물학과 수학 역시 구체적으로 그렇게 될 차례를 기다리고 있음을 알고 있다……. 은둔자들이 만든 도처에 산재한 왕조가 세상의 모습을 바꾸어 버렸다. 그리고 그들의 작업은 계속되고 있다. 만일 우리의 예상이 빗나가지 않는다면, 앞으로 백 년 후에 누군가가 『틀뢴 제2 백과사전』100권을 발견할 것이다.

그때가 되면 지구상에서 영어와 프랑스어, 보잘것없는 스페인어는 사라질 것이다. 세계는 틀뢴이 될 것이다. 하지만 나는 별로 개의치 않고, 아드로게에 있는 이 호텔에서 조용한 매일을 보내며 토머스 브라운 경*의 『납골당 매장』을 케베도**식으로 엉성하게 번역해 놓은 원고(나는 이것을 출판할 생각이 없다.)를 계속 손보고 있다.

* Sir Thomas Browne(1605~1682). 영국의 의사이자 저술가.
** Francisco Gómez de Quevedo y Villegas(1580~1645). 스페인의 작가. 피카레스크 소설의 대가로 스페인 바로크 시대 문학을 대표한다.

알모타심으로의 접근

필립 게달라*는 봄베이 출신의 변호사 미르 바하두르 알리**의 소설 『알모타심으로의 접근』을 "여간하지 않으면 예외 없이 번역자들의 마음을 사로잡는 이슬람의 알레고리적인 시들과, 존 H. 왓슨***을 확실히 능가하며, 브라이튼 시의 흠잡을 데 없는 하숙방에서 영위되는 삶의 공포를 완성시키는 탐정 소설 한 편을 부자연스럽게 합쳐 놓은 작품"이라고 평한다. 그보다 먼저 세실 로버츠**** 씨는 바하두르의 작품에 "월키 콜린스*****와

---

* Philip Guedalla(1889~1944). 영국의 변호사이자 작가. 여행기나 전기를 주로 집필하였다.
** 가상의 인물.
*** 영국의 추리 소설 작가 아서 코난 도일의 대표적 시리즈 '셜록 홈즈 시리즈'에 등장, 사건을 회고하는 인물인 왓슨 박사를 가리키는 것으로 추측된다.
**** Cecil Edric Roberts(1892~1976). 영국의 저널리스트이자 작가.
***** Wilkie Colins(1824~1889). 영국의 추리 소설가.

12세기의 유명한 페르시아의 시인 파리드 알딘 아타르*에게 받은 이중적이고도 받아들이기 어려운 영향"이 있음을 비난했다. 게달라는 과격한 어조를 택하고 있다는 것을 제외하면 아무런 독창성 없이 이 차분한 의견을 그대로 반복하고 있다. 본질적으로 두 비평가는 일치한다. 두 사람은 똑같이 미르 바하두르 알리 작품의 탐정 소설 기법을 지적하고 있으며, 이 작품의 밑바탕에 흐르고 있는 신비주의적 속성을 언급하고 있다. 이러한 혼합성은 우리에게 이 작품이 체스터턴**과 어느 정도의 유사성을 띠고 있다고 상상하게 만든다. 우리는 이제 그렇지 않다는 것을 확인해 보려고 한다.

『알모타심으로의 접근』 1판은 1932년 말 봄베이에서 출간되었다. 재지는 거의 신문지 종이나 다름없었고, 표지는 구매자에게 이 책이 봄베이 시에서 태어난 작가가 쓴 첫 번째 탐정 소설임을 알리고 있었다. 1000부씩 네 번을 찍었지만, 몇 달이 지나지 않아 동이 나고 말았다. 《계간 봄베이》, 《봄베이 관보》, 《캘커타 리뷰》, 알라하바드에서 발행하는 《힌두스탄 리뷰》, 그리고 《캘커타 잉글리시맨》 등은 찬사를 아끼지 않았다. 그러자 바하두르는 『알무타심***이라는 자와의 대화』라는 제목을 붙이고 '만화경과 즐기는 놀이'라는 매혹적인 부제가 달린 삽화본

---

* Farid Al-din Attar(1145~1229). 페르시아의 시인이자 신비주의자.
** Gilbert Keith Chesterton(1874~1936). 영국의 작가. 저널리즘, 시, 철학, 소설 등 다양한 분야에서 왕성한 활동을 펼쳤으며 추리 소설인 '브라운 신부 시리즈'로 유명하다.
*** 스페인어 표기는 'Al-Motásim'으로 '알모타심'이라 발음하지만 영어 표기의 경우 'Al-Mu'tasim'으로, '알무타심'이라고 발음한다.

을 출간했다. 이것이 바로 빅터 고얀츠 출판사*가 도로시 L. 새이어스**의 머리말과 함께 런던에서 얼마 전에 재출간한 판본인데, 이 판본에는 삽화가 — 어쩌면 다행스럽게도 — 빠져 있다. 바로 그 책이 내 눈앞에 있다. 나는 그 판본보다 훨씬 우수할 것이라고 추측되는 초판본을 입수하지 못했다. 내가 이런 결론을 내린 것은 1932년의 판본과 1934년 판본 사이의 주요한 차이점을 요약해 놓은 부록을 갖고 있기 때문이다. 작품을 검토(그리고 논의하기)하기 전에 간략하게 이 작품의 전반적인 줄거리를 훑어보는 것이 좋으리라 생각한다.

작품에서 가시적인 주인공 — 그의 이름은 절대 언급되지 않지만 — 은 봄베이에 살고 있는 한 법대생이다. 불경스럽게도 그는 자기 부모들이 신봉하던 이슬람교를 부정한다. 그러나 무하람의 월력으로 열 번째 달이 기우는 밤***, 그는 자기가 이슬람교도들과 힌두교도 사이에 벌어진 폭동의 한복판에 서 있다는 것을 깨닫는다. 북소리와 기도 소리가 밤을 가득 메우고 있다. 적들의 무리 사이로 이슬람교도들의 행렬이 들고 있는 거대한 종이 닫집이 길을 연다. 어느 힌두교도가 근처 지붕에서 던진 벽돌 하나가 날아온다. 그러자 누군가가 어떤 사람의 배에 비수를 꽂는다. 이슬람교도인지 힌두교도인지 알 수 없는 누군가가 죽고, 발에 짓밟힌다. 삼천 명이 난투를 벌인다. 지팡

---

* Victor Gollancz Ltd 영국을 대표하는 대형 출판사로 1937년 빅토르 고얀츠 경이 창립했다.

** Dorothy L. Sayers(1893~1957). 영국의 추리 소설 작가이자 극작가.

*** 이슬람교의 축제일.

이와 권총, 음탕한 말과 저주의 말, 한 분이신 하느님*과 범신들 간의 싸움이다. 멍해져 있던 자유사상가 학생은 난동에 말려든다. 그리고 필사적으로 한 힌두교도를 죽인다.(또는 죽였다고 생각한다.) 우레와 같은 소리와 함께, 말에 탄, 반쯤 졸고 있던 인도 경찰들이 정의의 채찍을 내리치며 진압한다. 거의 말발굽에 깔릴 뻔했던 법대생은 간신히 도망친다. 그리고 도시에서 가장 외딴 변두리로 달아난다. 그는 두 개의 철길을 건넜거나, 아니면 같은 철길을 두 번 건넌다. 그런 다음 잡초들이 무성한 어느 정원의 담을 기어오른다. 그 정원의 안쪽에는 원형탑이 있다. 달빛을 띤 개 떼 — 깡마르고 흉악한 달빛의 사냥개들 — 가 검은 장미 관목 숲에서 나타난다. 위험을 느낀 그는 탑에서 은신처를 찾는다. 그는 가로장 몇 개가 빠져 있는 쇠사다리로 올라가고, 중앙에 시커먼 구멍이 있는 평평한 지붕에 이르러 비쩍 마른 한 남자와 마주친다. 그 남자는 달빛을 받으며 웅크리고 앉아 아주 기운차게 소변 줄기를 내뿜고 있다. 그 사람은 파르시**교도들이 백의를 입혀 이 탑으로 가져오는 시체들에게서 금니를 훔치는 일을 하고 있다고 털어놓는다. 그는 몇 가지 섬뜩한 얘기들을 들려주고서, 자기는 열나흘 전부터 소똥으로 정화하지 못했다고 말한다. 그리고 구자라트 주의 말 도둑들에 대해서 "개와 도마뱀을 처먹는 놈들, 어쨌거나 그놈들도 우리 두 사람처럼 천한 놈들."이라며 분노를 숨기지 않고 말한다. 이제 날이 밝아 오고 있다. 공중에서는 살찐 독

---

* 코란의 한국어 번역본에서 알라는 하느님으로 표기된다.
** 페르시아 조로아스터교도의 후손으로, 이슬람교에 의해 배척되었다.

수리들이 낮게 맴을 돈다. 녹초가 된 법대생은 잠든다. 잠에서 깨어나자 해는 벌써 중천에 떠 있고, 도둑은 자취를 감추었다. 또한 트리치노폴리스에서 제조된 담배 두 개비와 루피 은화 몇 닢도 사라지고 없다. 지난밤부터 투영된 위협을 떠올린 법대생은 인도에서 자취를 감추기로 마음먹는다. 그는 자기가 우상 숭배자를 죽일 수 있다는 사실을 보여 주었다고 생각하지만, 이슬람교도가 우상 숭배자인 힌두교도보다 더 옳은지 아직 확실하게 알지는 못한다. 구자라트라는 이름이 그에게서 떠나지 않는다. 그리고 송장들을 훔치는 그 남자의 저주와 미움을 한 몸에 받고 있는 팔란푸르의 어느 '말카산시'(도적 계급의 여자)의 이름도 뇌리에서 지울 수 없다. 그는 그토록 철저하게 야비한 남자의 증오는 한 편의 찬송가와 같다고 단정한다. 그는 별다른 기대 없이 이 여자를 찾기로 결정한다. 그는 기도를 하고, 느리면서도 확신에 찬 발걸음으로 긴 여행을 시작한다. 이렇게 작품의 2장이 끝난다.

나머지 19장에 걸쳐 일어나는 사건들을 요약한다는 것은 불가능하다. 거기에는 어지러울 정도로 많은 등장인물이 있다. 인간 정신의 모든 움직임(못된 생각에서 수학적 의견까지)을 모두 수록하는 한 편의 전기나 힌두스탄의 광활한 지역에 걸친 기나긴 여행에 관해서는 말할 것도 없다. 봄베이에서 시작한 이야기는 팔란푸르의 저지대에서 계속되고, 비카니르의 돌문 앞에서 하룻밤과 하루 낮을 머문다. 그리고 베나레스의 시궁창에서 맹인 점성가의 죽음에 관해 이야기하고, 다양한 모양을 한 카트만두의 궁전에서 음모를 꾸미고, 캘커타의 마추아 장터에 도착해서는 코를 찌르는 악취 속에서 기도를 하고 간음을 하며, 마드라스에 있는 어느 공중 사무실 의자에 앉아 바다 위로 떠오르는 아침을 지켜보고, 트라반코르 주에서는 한 발코니에서 바다로 저무는 저녁을 바라보며, 인다푸르에 도착하자 머뭇거리다가 사람을 죽이고, 달빛의 사냥개들이 있던 정원에서 몇 발자국 떨어지지 않은 바로 그 봄베이로 돌아와 기나긴 여정의 주기를 끝맺는다. 이 작품의 줄거리는 이렇다. 즉, 우리가 알고 있듯이 불신자이며 경찰을 피해 도망치던 어느 대학생이 가장 천한 계급의 사람들 속으로 들어가게 되고, 일종의 불법적인 행위와 시합을 벌이면서 그들의 삶에 적응하게 된다. 갑자기 — 마치 로빈슨 크루소가 모래사장에서 사람의 발자국 하나를 보자 느꼈던 기적과 같은 충격에 사로잡혀 — 그는 불행이 경감되고 있다고 느낀다. 그것은 혐오스러운 사람들 중 하나에게 사랑과 찬양과 침묵의 순간을 느끼면서 시작된다. "그것은 마치 보다 복잡한 대화자가 대화 속에 끼어든 것과 같았다." 그는 자기와 이야기를 나누고 있는 비천한 자가 순간적으로나마 품위를 지킬 능력이 없음을 알고 있다. 거기서 그는 이 비천한 사람이 한 친구, 또는 한 친구의 친구를 반영하고 있었다고 가정한다. 그 문제를 다시 깊이 생각하면서, 그는 이런 신비스러운 결론에 도달한다. "지구의 어딘가에 누군가가 있는데 바로 그에게서 이러한 깨달음이 유래한다. 지구의 어딘가에는 이 깨달음과 동일한 누군가가 있다." 법대생은 그 사람을 찾는 데 평생을 바치기로 결심한다.

이제 전반적인 개요가 어렴풋이 보인다. 이것은 한 영혼이 다른 영혼들에게 남긴 미묘한 반영을 통해 그 영혼을 하염없이 찾아가는 작업이다. 그것은 처음에 하나의 미소를 머금고 있거나 한마디 말을 하는 어슴푸레한 흔적이지만, 마침내는 이성과 상상과 선량함이 다양하게 점점 커져 가는 광채로 변한다. 법대생의 질문을 받은 사람들이 알모타심에 관해 더욱 많이 알게 됨에 따라, 알모타심이 지닌 신성의 크기는 점점 커져 간다. 하지만 우리는 그들이 단지 거울들에 불과하다는 것을 알 수 있다. 여기에 하나의 기계적인 수학 공식을 적용할 수가 있다. 많은 내용을 담고 있는 바하두르의 소설은 점점 커져 가는 오름차수 수열이며, 그것의 마지막 항은 이미 예견되고 감지된 '알모타심이라는 인물'이다. 알모타심 바로 앞의 선조는 극히 예의 바르고 행복한 페르시아의 한 서적상이다. 이 서적상 바로 앞의 조상은 한 성인이다……. 세월이 지나고 법대생은 "끝에는 문 한 개와 수많은 구슬이 달린 싸구려 커튼이 쳐 있으며, 뒤로는 강렬한 빛이 비치는" 한 진열실에 이르게 된다. 법대생은 한두 번 손바닥을 치고는 알모타심이 있느냐고 묻는다. 한 남자의 목소리 — 믿을 수 없는 알모타심의 목소리 — 가 법대생에게 들어오라고 말한다. 법대생은 커튼을 젖히고 안으로 들어간다. 바로 거기서 소설은 끝난다.

나는 작가가 그런 줄거리를 제대로 전개하기 위해서는 두 가지 조건을 충족시켜야 한다고 생각하고, 나의 그런 생각이 틀리지 않을 것이라고 여긴다. 첫째는 다양한 예언적 징후들을 고안하는 것이고, 둘째는 그런 징후들에 의해 미리 예시된 주인공이 단순한 환영이나 관례가 되지 않도록 하는 것이다. 바하두르는 첫 번째 조건을 만족스럽게 이행했으나, 두 번째 사항이 어디까지 수행되었는지에 대해서는 알 수 없다. 다시 말하자면, 아무도 보지 못하고 듣지 못했던 전대미문의 알모타심은 지루한 과장의 말로 뒤범벅된 인물이 아니라, 실제의 인물이라는 인상을 우리에게 남겨 주어야 한다는 것이다. 1932년 판에는 초자연적 설명들이 극히 드물다. '알모타심이라는 사람'은 약간 상징적인 성격을 띠고 있지만 개인적인 특성도 지니고 있다. 불행하게도 이런 훌륭한 문학 작업 방식은 지속되지 않았다. 지금 내 눈앞에 있는 1934년 판에서 이 소설은 알레고리로 전락하고 만다. 알모타심은 하느님의 표상이 되고, 주인공이 거치는 세세한 여정은 일정 부분 영혼이 신비적 충만감으로 승화하는 과정으로서 그려진다. 또한 비참하게 상술하는 글도 있다. 코친 출신의 어느 흑인 유대인은 알모타심에 관해 말하면서, 그의 피부가 검다고 말한다. 한 기독교도는 그가 탑 위에서 두 팔을 활짝 벌리고 있는 사람이라고 묘사한다. 붉은 승복을 걸친 한 라마승은 '타실훈포*의 수도원에서 자신이 새기고 경배했던 야크의 버터 같은 형상'처럼 앉아 있는 인물로 그를 기억한다. 이러한 진술들은 서로 상이한 인류에 맞게 자기 자신을 주조하는 단 하나의 유일신이라는 개념을 암시하려고 한다. 내가 보기에 이런 생각은 전혀 흥미롭지 않다. 그러나 이렇게 말할 수 없는 또 다른 해석도 있다. 그 해석은 전능하신 분이 누군가를 찾고 있으며, 이 누군가는 보다 우월한 (아니면 등급은 동일하지만 단지 피할 수 없는) 누군가를 찾고 있고, 그렇게 시간의 끝까지, 아니, 끝없이 그 과정이 이어지거나, 아니면 이 모든 것이 아마도 주기적으

---

* 티베트의 지역 이름.

로 순환할 것이라고 추측한다. 알모타심(여덟 번의 전쟁에서 이기고, 아들 여덟 명과 딸 여덟 명을 낳았으며, 팔천 명의 노예들을 남겼고, 왕국을 여덟 해 여덟 달 여드레 동안 통치했던 아바시드 왕조의 여덟 번째 왕의 이름)은 어원학적으로 볼 때 '도움을 구하는 자'라는 의미를 가지고 있다. 1932년 판에서 순례의 대상이 주인공 자신이라는 사실은 알모타심을 찾는 것이 얼마나 어려운지 명석하게 정당화하고 있다. 1934년 판에서 이런 사실은 내가 앞서 말했던 얼토당토않은 신학으로 이끈다. 우리가 보았던 것처럼, 미르 바하두르 알리는 예술의 유혹 중에서 가장 천한 유혹, 즉 천재가 되고자 하는 유혹을 거스를 힘이 없는 사람이다.

내가 쓴 글을 다시 읽어 보니, 이 책의 장점들을 부각시키지 않았을지도 모른다는 두려움이 든다. 이 소설에는 매우 진보적인 측면들도 있다. 예를 들어, 19장에 나오는 논쟁이 바로 그것이다. 여기에서 우리는 대학생이 알모타심의 친구, 즉 상대방의 궤변을 반박하지 않으면서, "다른 사람의 패배를 고소해하지" 않는 사람의 친구라는 것을 눈치챌 수 있다.

오늘날의 책이 과거의 책에 바탕을 두고 있다는 사실이 명예를 손상시키지 않는다는 것은 일반적으로 납득할 만한 일이다. 그것은 존슨*이 지적한 것처럼 그 누구도 자기와 같은 시대의 사람에게 빚을 지고자 하지 않기 때문이다. 왜 그런지 나는 절대 이해할 수 없을 테지만, 조이스**의 『율리시즈』

---

* Samuel Johnson(1709~1784). 영국의 언어학자.
** James Aloysius Joyce(1882~1941). 아일랜드의 작가. 20세기 문학에 큰 영향을 미쳤다.

와 호메로스의 『오디세이아』의 반복적이면서도 중요하지 않은 일치점들은 계속해서 비평계의 압도적인 찬탄을 자아내고 있다. 바하두르의 소설이 파리드 알딘 아타르의 작품『새들의 회의』와 지닌 일치점들은 런던뿐만 아니라 심지어 알라하바드와 캘커타에서도 신비스러울 정도로 찬사를 받는다. 물론 이 책은 다른 책들에도 바탕을 두고 있다. 어느 연구자는 이 소설의 첫 장면과 키플링*의 작품『성벽 위에서』의 몇몇 유사성을 열거했다. 바하두르는 그것을 인정하지만, 만일 무하람**의 열 번째 밤에 관한 두 개의 그림이 일치하지 않는다면 그것이 오히려 비정상이라고 주장한다……. 보다 조리 있게 엘리엇***은 스펜서****의 미완성 알레고리 작품인『요정 여왕』의 노래 일흔 개를 떠올린다. 리처드 윌리엄 처치*****가 비판했던 것처럼 그 노래에서는 여주인공인 글로리아나가 단 한 번도 등장하지 않는다. 나는 아주 겸허하게 시대적으로 멀리 떨어져 있지만 이 작품의 선구자가 되었을 사람을 지적하고자 한다. 그는 예루살렘에 살던 카발라 신비주의자인 이삭 루리아******로 16세기에 어느 선조의 영혼 혹은 스승의 영혼은 불행한 사람의 영혼 속으로 들어가 그를 위로하거나 가르침을 전할 수 있다는 사실을 드러냈다. 이러한 다양한 변신은

---

* Rudyard Kipling(1865~1936). 영국의 시인.

** 이슬람력에서 1월.

*** Thomas Sterns Eliot(1888~1965). 미국 출신의 모더니즘 시인. 대표작은 「황무지」이다.

**** Edmund Spenser(1552~1599). 영국의 작가.

***** Richard William Church(1815~1890). 영국의 성직자이자 저술가.

****** Issac Luria(1534~1572). 갈릴리 지역 출신의 유대교 신비주의 철학자.

'이부르'*라고 불린다.

<hr />

* 이 글을 쓰면서 나는 페르시아의 신비주의 시인 파리드 알딘 아부 탈립 무하마드 벤 이브라힘 아타르가 쓴『새들의 회의』를 언급했다. 그는 니샤푸르 시가 약탈당했을 때 칭기즈칸의 아들인 툴루이의 병사들에게 살해당했다. 아마도 그 시를 요약하는 것은 헛된 일이 아닐 것이다. 옛날 옛적 새들의 왕인 시무르그가 중국 한가운데에 화려한 깃털 한 개를 떨어뜨린다. 그러자 새들은 현재의 무정부 상태에 진저리를 내면서 그 깃털을 찾기로 결정한다. 새들은 자기 왕의 이름이 서른 마리의 새를 의미한다는 것을 알고 있다. 그리고 그의 성채가 카프에 있다는 것도 알고 있다. 카프는 땅을 에워싸고 있는 원형의 산이다. 새들은 끝이 없을 것만 같은 모험을 벌인다. 새들은 일곱 개의 계곡 혹은 일곱 개의 바다를 건넌다. 여섯 번째 계곡 혹은 바다의 이름은 '혼란'이고, 마지막 계곡 혹은 바다의 이름은 '소멸'이다. 순례를 떠난 많은 새들이 도중에 포기하고, 어떤 새들은 목숨을 잃는다. 결국 온갖 고생으로 정화된 서른 마리의 새들이 시무르그가 살고 있는 산을 밟게 된다. 마침내 그들은 자신들의 왕을 바라본다. 그러자 자기들이 바로 시무르그이고, 시무르그는 그들 각자이며 동시에 모두라는 것을 깨닫는다.(『엔네아데스』(8권 4장)에서 플로티노스도 동일성의 원칙이 천국의 확장이라고 주장한다. "지성이 인지할 수 있는 천국에서 모든 것은 모든 곳에 존재한다. 그 어떤 것이건 모든 것이다. 태양은 모든 별들이며, 각각의 별은 모든 별들이며 태양이다.")『새들의 회의』는 가르생 드 타시에 의해 프랑스어로 번역되었고, 영역본은 에드워드 피츠제럴드에 의해 이루어졌다. 이 글은 리처드 버튼의『천하루 밤의 이야기』10권과 마거릿 스미스의 연구서『페르시아의 신비주의자들: 아타르』(1932)를 참고하여 작성되었다.

이 시와 미르 바하두르 알리의 소설 사이의 유사성은 과장된 것이 아니다. 20장에서 어느 페르시아의 서적상이 알모타심의 말이라고 여기는 몇 마디는 아마도 주인공이 말했던 다른 말들을 확대한 것 같다. 그래서 이러저러한 애매한 유사성들은 '찾는 주체'와 '찾는 대상'이 동일하다는 것을 의미하는지도 모른다. 또한 '찾는 대상'이 '찾는 주체'에게 이미 영향을 끼쳤음을 의미할 수도 있다. 또 다른 장에서는 알모타심이 법학생이 죽였다고 생각하는 '힌두교도'라는 것을 암시하기도 한다.(저자 주)

피에르 메나르*, 『돈키호테』의 저자

— 실비나 오캄포**에게

이 소설가가 일생 동안 남긴, 눈에 보이는 작품들은 쉽고 간단하게 열거할 수 있다. 그러므로 앙리 바슐리에 부인이 사기성 짙은 목록에 행한 삭제와 첨가는 용납하기 힘든 행위다. 공공연하게 개신교 성향임을 드러내고 있는 어느 일간지는 프리메이슨이나 할례 받은 자들까지는 아니라도 소수의 칼뱅주의자들일지 모르는 애처로운 독자들에게 분별없이 이 잘못된 목록을 그대로 제시했다. 메나르의 진정한 친구들은 이 목록을 견딜 수 없이 불안한 마음으로 바라보았을 뿐만 아니라 슬픔마저 느꼈다. 혹자는 우리가 울적한 삼나무 숲에 에워싸인 그의 대리석 묘비 앞에 모인 것이 불과 어제인데, 그 엉터리 목

---

* 가상의 인물.
** Silvina Ocampo Aguirre(1903~1993). 아르헨티나의 작가. 비오이 카사레스의 부인이며, 보르헤스와 함께 『환상 문학 선집』(1940)과 『아르헨티나 시 선집』(1941)을 출간했다.

록이 벌써 그의 대한 빛나는 기억을 퇴색시키고 있다고 말할지도 모른다……. 보다 분명히 말하자면, 간단한 수정이 불가피하다는 뜻이다.

나는 사람들이 내가 이 문제를 다룰 만한 권위가 없다고 생각할 것임을 알고 있다. 그렇지만 내가 두 가지 귀중한 증거를 밝히는 것을 막지 말았으면 한다. 바쿠르 남작 부인(그녀가 주관하는 금요일 모임에서 나는 영광스럽게도 우리가 애도하는 그 시인을 만나게 되었다.)은 친절하게도 다음에 이어지는 글을 승인해 주었다. 모나코 공국에서 가장 세련된 영혼들 중의 하나인 바뇨레지오 백작 부인은(아, 그녀는 사리사욕 없는 일처리 때문에 희생자들에게 중상모략을 당한 세계적인 자선 사업가 사이먼 카우츠시와 갓 결혼하여 지금은 미국의 펜실베이니아 주 피츠버그에 살고 있다.) '진실 아니면 죽음'(그녀가 이렇게 표현했다.)을 위해 자기의 식별 표시인 귀족적 과묵함까지 희생시켰다. 그리고 잡지 《뤽스》에 기고한 공개서한에서도 내 생각을 추인했다. 나는 이 정도의 추천이면 부족함이 없다고 생각한다.

앞에서 나는 메나르의 눈에 보이는 작품들은 쉽게 열거할 수 있다고 말했다. 아주 주의 깊게 그의 개인 자료들을 점검한 다음, 나는 그의 작품이 다음과 같이 이루어졌음을 확인했다.

1. 《라 콩크》 1899년 3월 호와 약간의 수정을 거쳐 10월 호에 각각 발표한 상징주의 소네트.

2. 일상 언어에 생명을 불어넣는 동의어들이니 안곡어법이 아니라 '관습에 의해 만들어졌으며 본질적으로 시적 필요성을 지향하고 있는 관념적 대상들'인 관념적 시어를 구성할 가능성

에 대한 논문.(님, 1901년)

3. 데카르트*, 라이프니츠, 그리고 존 윌킨스** 사상들의 '몇 가지 연관성과 유사성'에 대한 논문.(님, 1903년)

4. 라이프니츠의 '보편 언어'에 대한 논문.(님, 1904년)

5. 폰 하나를 없앰으로써 체스 게임을 보다 풍부하게 만들 수 있는 가능성에 대한 전문적인 글. 메나르는 이런 혁신적 방식을 제안하고 권고하고 논의하지만, 결국 이런 혁신을 거부한다.

6. 라몬 율***의 『아르스 마그나(위대한 작품)』에 대한 논문.(님, 1906년)

7. 루이 로페스 데 세구라****의 『자유로운 창안과 체스 게임의 기술에 대한 책』에 서문과 역주를 단 번역본.(파리, 1907년)

8. 조지 불*****의 상징 논리학에 대한 논문 초고.

9. 생시몽******의 예로 살펴본 프랑스 산문의 기본적인 운율 연구.(《로망스어》, 몽펠리에, 1909년 10월)

10. 앞서 언급한 법칙의 존재를 부정했던 뤽 뒤르탱의 논지에 대해 그의 작품을 예시로 든 반론.(《로망스어》, 몽펠리에,

---

* René Descartes(1596~1650). 프랑스의 합리주의 철학자.

** John Wilkins(1614~1672). 영국의 주교이자 학자. 자의적 범주로 현실을 구분하여 보편어의 가능성을 탐구했다.

*** Ramón Llull(1232~1315). 스페인의 신비주의 신학자이자 작가. 카탈루냐 문학의 창시자 중 하나로 여겨진다.

**** Ruy López de Segura(1530~1580). 스페인의 주교이자 체스 선수. 그의 책은 체스 이론를 수립했다고 평가된다.

***** George Boole(1815~1864). 영국의 수학자이자 상징 논리학 창시자 중의 하나.

****** Duc de Saint-Simon(1675~1755). 프랑스의 작가이자 정치가. 루이 14세 사후, 섭정 회의에서 중요한 역할을 하였다.

1909년 12월)

11. 케베도의 『문화인들의 항해 지침』을 『교양의 나침반』이라는 제목을 붙여 번역한 원고.

12. 카롤루스 우르카드의 석판화 전시회 도록 서문.(님, 1914년)

13. 아킬레스와 거북이에 관한 유명한 문제*의 해결책들을 연대순으로 토론하는 『하나의 문제에 관한 문제들』.(파리, 1917년) 지금까지 이 책은 두 가지 판본으로 출간되었다. 두 번째 판본에는 "선생, 거북이를 두려워 마시오."라는 라이프니츠의 충고가 제사(題詞)로 붙어 있고, 러셀**과 데카르트에게 할당된 장들이 개작되어 있다.

14. 툴레***의 '구문론 관습'에 대한 집요한 분석.(《신프랑스》, 1921년 3월 호) 내 기억에 따르면 메나르는 여기서 비판이나 찬양은 비평과 아무 상관없는 감상적인 작업이라고 밝히고 있다.

15. 폴 발레리****의 시 「해변의 묘지」를 알렉산더 시행으로 변환한 작품.(《신프랑스》, 1928년 1월 호)

16. 자크 레불 편저 『현실의 은폐에 관한 글들』에 실린 폴

---

* 그리스 철학자 제논의 궤변적 역설. 그의 논리에 따르면 거북이가 먼저 출발할 경우, 발이 빠른 아킬레스도 발이 느린 거북이를 결코 따라잡을 수 없다. 거북이를 뒤쫓는 아킬레스는 우선 거북이가 걷기 시작한 출발점에 도달해야만 하며, 그사이에 거북이는 그 출발점보다 더 앞서 나가 있게 된다. 따라서 서로의 거리는 좁혀질 수는 있어도 아킬레스는 영원히 거북이를 따라잡을 수 없다.
** Bertrand Russell(1872~1970). 영국의 철학자이자 수학자, 사회 사상가.
*** Paul Jean Toulet(1867~1920). 프랑스의 작가. 환상주의적인 시편을 남겼다.
**** Paul Valéry(1871~1945). 프랑스의 시인. 상징시의 정점을 이루었다고 평가받는다.

발레리에 대한 비난.(참고로 덧붙이자면 이 비난은 폴 발레리에 대한 메나르의 생각과 정반대이다. 발레리도 그렇게 이것을 이해했고, 그래서 두 사람의 오랜 우정은 깨어지지 않았다.)

17. 바뇨레지오 백작 부인이 대중 매체의 불가피한 왜곡을 바로잡고, (그 미모와 행동으로 인해) 잘못되거나 경솔한 해석에 지나치게 노출되어 있는 자신의 진정한 모습을 '세계와 이탈리아'에 보여 주고자 매년 발간하는 '승리의 책'(이 표현은 이 간행물에 기고하던 가브리엘레 단눈치오*의 말이다.)에 실린 바뇨레지오 백작 부인에 대한 '정의(定義)'.

18. 바쿠르 남작 부인에게 바친 일련의 훌륭한 소네트.(1934년)

19. 구두점의 효율성에 기인한 육필 시고 목록.**

여기까지가 연대순으로 정리한 메나르의 '눈에 보이는' 작품이다.(앙리 바슐리에 부인의 후의에 차 있거나 혹은 탐욕스러운 기념 선집에 수록하기 위해 대충 쓴 하찮은 소네트들을 제외하면 빠진 작품은 없다.) 이제 다른 작품을 살펴보자. 그것은 지하에 묻혀 있고, 끝없이 위대하며, 그 무엇과도 비교할 수 없는 작품이다. 아, 인간이 지닌 가능성이란 얼마나 무한한가! 그것은 미완성 작품이기도 하다. 그 작품, 아마도 우리 시대에서 가장 의미 있는 작품일 그 작품은 『돈키호테』 I부의 9장과 38장, 그

---

* Gabriele D'Annunzio(1864~1938). 이탈리아의 작가.
** 앙리 바슐리에 부인도 케베도가 프란치스코 드 살의 『신심 생활 입문』을 직역한 것을 다시 직역한 판본을 목록에 싣고 있다. 그러나 피에르 메나르의 서재에는 그런 작품의 흔적조차 없다. 우리 친구가 농담으로 한 말을 그녀가 잘못 듣고 그랬음에 틀림없다.(저자 주)

리고 22장의 일부로 이루어져 있다. 나는 이러한 주장이 분명히 터무니없이 들릴 것임을 알고 있다. 그런 '터무니없음'을 합리화하는 것이 바로 이 글의 가장 중요한 목표이다.*

상이한 가치를 지닌 두 글이 메나르의 작업에 영감을 주었다. 한 편은 드레스덴 판에서 2005번을 달고 있는 노발리스**의 문헌학적 단상이다. 이것은 특정 작가와의 '완전한 일치'라는 개념을 그리고 있다. 다른 한 편은 그리스도를 어느 대로변에, 햄릿을 카네비에르 거리에, 돈키호테를 월 스트리트에 갖다 놓는 그런 기생적인 작품들 중의 하나이다. 세련된 취향을 지닌 사람들처럼, 메나르는 그런 무의미한 모조품들을 혐오했다. 그는 그런 것들이 시대착오적인 천박한 기쁨을 야기하거나, 아니면 (그보다 더하게) 모든 시대가 동일하거나 또는 모든 시대가 다르다는 초보적인 개념으로 우리를 미혹하기 위해서만 적절하다고 말하곤 했다. 비록 모순적이고 피상적으로 만들어졌지만, 그에게 보다 흥미롭게 보였던 것은 알퐁스 도데의 그 유명한 제안을 시도하는 것이었다. 다시 말하면, 어느 타타르인***의 모습 속에 재치 넘치는 기사(돈키호테)와 그의 종자(산초 판사)를 결합시키는 것이었는데……. 메나르가 현대판 『돈키호

---

* 또한 나는 피에르 메나르의 모습을 그리려는 부차적인 목표도 가지고 있었다. 그렇지만 바쿠르 남작 부인이 지금 준비하고 있다는 황금과도 같은 글이나, 아니면 카롤루스 우르카드의 섬세하고 정확한 글과 어떻게 내가 감히 경쟁할 수 있겠는가?(저자 주)

** Novalis(1772~1801). 독일의 낭만주의 작가. 본명은 프리드리히 폰 하르텐베르크(Friedrich von Hardenberg).

*** Alphonse Daudet(1840~1897). 프랑스의 작가. 여기서 타타르인은 『타라스콩 출신의 타타르인』, 『알프스의 타타르인』의 주인공이다.

테』를 쓰기 위해 평생을 바쳤다고 에둘러 비꼬았던 사람들은 그의 뛰어난 기억력을 모독하고 있는 것이다.

그는 또 다른 『돈키호테』를 집필하려고 하지 않았다. 그것은 쉬운 일이었기 때문이다. 그가 쓰려고 했던 것은 『돈키호테』 그 자체였다. 그가 원작을 기계적으로 옮겨 쓰는 것을 목표로 삼지 않았다는 사실은 덧붙일 필요가 없다. 그의 경탄스러운 야심은 미겔 데 세르반테스의 작품과 모든 단어와 모든 행이 완전히 일치하는 몇 페이지를 만들어 내는 것이었다.

"나의 목표는 놀라움 그 자체야."라고 그는 1934년 9월 30일 바욘에서 내게 편지를 썼다. "신학적이거나 형이상학적인 증거 ─ 외부 세계, 하느님, 우연성, 보편적 형식들 같은 ─ 가 지향하는 최종점은 내가 공표한 소설보다 더 이전의 것도 아니고 더 일반적인 것도 아니야. 한 가지 차이가 있다면, 철학자들은 자기 작업의 중간 단계들을 멋진 책으로 출판하는 반면에, 나는 그것들을 없애 버리기로 결정했다는 거지." 실제로 수년에 걸친 그의 작업을 증명해 줄 초고는 단 하나도 남아 있지 않다.

그가 처음 고안한 방법은 상대적으로 단순했다. 그것은 스페인어를 열심히 배우고, 가톨릭 신앙에 귀의하고, 무어인들이나 터키인들과 전쟁을 벌이고, 1602년부터 1918년까지의 유럽 역사를 잊어버리고, 미겔 데 세르반테스가 되는 것이었다. 피에르 메나르는 그런 과정을 숙고했지만 (나는 그가 17세기 스페인어를 거의 완벽하게 습득했다는 사실을 알고 있다.) 그 방법이 지나치게 쉽다는 이유로 버리고 말았다. 독자는 오히려 불가능하기 때문에 그랬을 것이라고 말할 것이다! 나도 그 말에는 동의

하지만, 그 작업은 애초부터 불가능했고, 처음 고안한 방법은 그런 작업을 실행하기 위한 모든 불가능한 일들 중에서도 가장 흥미가 떨어지는 방법이었다. 메나르는 20세기에 17세기의 대중 소설 작가가 된다는 것이 자기 목표를 축소시키는 것이라고 생각했다. 아무래도 세르반테스가 되어 『돈키호테』에 이르게 되는 것은 피에르 메나르로 계속 존재하면서 피에르 메나르의 경험을 통해 『돈키호테』에 이르는 것보다 덜 도전적이고, 따라서 덜 흥미롭다고 생각했던 것이다.(여담이지만, 그런 확신 때문에 그는 『돈키호테』 2부에 실린 자전적인 「서문」을 뺄 수밖에 없었다. 그 「서문」을 포함시키면 또 다른 인물, 즉 세르반테스를 창조할 수는 있겠지만, 그것은 또한 『돈키호테』를 메나르의 눈이 아닌 세르반테스의 눈으로 제시하는 것을 의미했을 것이다. 물론 메나르는 그런 쉬운 해결책을 거부했다.) "내 작업이 본질적으로 힘든 것은 아니야." 나는 편지의 또 다른 대목에서 이러한 구절을 읽었다. "죽지 않을 수만 있다면, 나는 이 일을 해낼 수 있겠지." 내가 이미 그는 그 작업을 끝냈으며, 나 역시 메나르가 생각했을 그런 방법으로 『돈키호테』, 그러니까 『돈키호테』 전체를 읽고 있다고 종종 상상한다는 사실을 고백해야만 할까? 며칠 전 밤에 나는 메나르가 결코 시도해 본 적이 없는 『돈키호테』 26장을 훑어보다가, 우리 친구의 문체를 알아보았고, "강의 요정들, 고통에 시달리며 축축하게 젖어 있는 에코."라는 멋진 문장에서 그의 목소리를 들은 것만 같았다. 감정 형용사와 물질 형용사의 절묘하고 훌륭한 결합을 보고, 나는 어느 날 오후 우리가 함께 토론을 벌였던 셰익스피어의 시구 하나를 떠올렸다.

그곳에서 터번을 두른 터키 사람이 가증스럽게도…….*

그렇지만 왜 하필이면 『돈키호테』일까? 독자는 그렇게 물을
것이다. 그가 스페인 사람이라면 세르반테스를 선택한 것을 충
분히 이해할 수 있다. 그러나 의심할 나위 없이 그는 님 출신
의 상징주의 시인이다. 에드몽 테스트**를 낳은 발레리, 발레리
를 낳은 말라르메***, 말라르메를 낳은 보들레르****, 바로 이
보들레르를 낳은 에드가 앨런 포*****를 본질적으로 신봉하는 사
람이다. 앞에서 인용한 편지는 이 점에 어느 정도의 빛을 밝혀
주고 있다. 메나르는 이렇게 밝히고 있다.

"나는 『돈키호테』에 몹시 깊은 관심을 갖고 있어. 어떻게
말해야 할까? 하지만 이 일이 불가피했다고는 생각지는 않
아. 나는 에드거 앨런 포가 말한 "아, 이 정원이 마법에 걸려
있다는 것을 명심하라."라는 감탄문이나 「술 취한 배」****** 혹
은 「늙은 선원」******* 없이는 우주를 상상할 수 없어. 하지만 나
는 내가 『돈키호테』 없이도 우주를 상상할 수 있다는 것을

---

* 윌리엄 셰익스피어의 희곡 「오셀로」 5막 2장의 한 장면.
** Edmond Teste. 발레리의 산문에 등장하는 작중 인물로, 작가의 페르소나.
*** Stephane Mallarmé(1842~1898). 프랑스의 상징주의 시인. 랭보, 베를렌
과 함께 19세기 상징주의 시단을 주도했다.
**** Charles-Pierre Baudelaire(1821~1867). 프랑스의 시인. 랭보 등 상징주
의 시인들에게 영향을 끼쳤으며 에드거 앨런 포를 번역, 소개하였다.
***** Edgar Allan Poe(1809~1849). 미국의 낭만주의 작가. 괴기 소설과 시
로 상징주의에 영향을 주었다.
****** 프랑스 상징주의 시인 아르튀르 랭보의 대표작.
******* 영국의 시인 새뮤얼 콜리지의 장편 시. 전체 제목은 「늙은 선원의
노래」.

알고 있어.(물론 나의 개인적인 능력을 말하는 것이지, 그 작품 들의 역사적 반향을 말하는 것은 아니야.)『돈키호테』는 우연의 작품이고, 또 불필요한 책이야. 나는 그 작품을 반복하는 우 매한 짓을 하지 않고서도 그 작품을 머릿속에 그릴 수 있고, 그걸 쓸 수 있어. 열두 살인가 열세 살 때 난 그 작품을 읽었 어. 아마 전체를 다 읽었던 것 같아. 그 이후에 나는 몇몇 장 을 아주 꼼꼼하게 다시 읽었어. 적어도 지금은 내가 시도하지 않을 그런 부분들이었지. 또한 그의 막간 극들, 희극들,『갈라 테아』,『모범 소설집』, 그리고 그의 역작인『페르실레스와 세 히스문다의 시련』을 비롯해서『파르나소스로 가는 여행』등 을 읽었어……『돈키호테』에 대한 나의 일반적인 기억은 망각 과 무관심 때문에 단순화되어 있어. 그건 아직 집필되지 않은 어떤 책에 대해 가지고 있는 막연한 이미지에 가까울 거야. 그런 이미지(제대로 된 판단력의 소유자라면 그 누구도 내 말을 부정하지 못하겠지.)를 갖게 된다면, 내 문제가 세르반테스가 겪었던 문제보다 훨씬 어려울 거라는 사실에는 의심의 여지 가 없어. 나의 자상한 선구자는 우연과의 협력을 거부하지 않 았어. 그는 타성적인 언어와 상상에 이끌려 약간 마구잡이로 그 불멸의 작품을 써 내려갔어. 나는 그의 우발적인 작품을 문자 그대로 다시 쓴다는 신비로운 의무를 떠맡은 거야. 나의 이 고독한 놀이는 서로 정반대인 두 가지 법칙에 의해 지배되 고 있어. 첫 번째 법칙은 내게 형식적이거나 심리적인 변수들 을 시험해 보게 만들어 주고 있어. 두 번째 법칙은 원래 작품 을 위해 그런 변수들을 희생시키고, 그 누구도 반박할 수 없 는 방식으로 그런 희생을 합리화시켜 주지……. 이런 인위적인 두 개의 문제에 더해 이 계획이 본질적으로 함축하고 있는 또 다른 하나의 문제가 있어. 17세기 초에 『돈키호테』를 쓴다는 것은 일리가 있었고 반드시 필요했으며, 거의 숙명적인 작업이었지. 하지만 20세기 초에는 그런 것이 실질적으로 불가능해. 아주 복잡한 사건들로 가득한 삼백 년이란 세월이 헛되이 흘러간 것만은 아니야. 그런 사건들 중 단 하나만 언급하자면, 그것은 바로 『돈키호테』야."

이런 세 가지 장애에도 불구하고 메나르가 쓴 『돈키호테』의 일부는 세르반테스의 작품보다 훨씬 더 미묘하고 교묘하다. 세르반테스는 조악한 방법으로 기사도 소설의 허구와 자기 나라의 초라한 시골 현실을 대립시킨다. 메나르는 자기의 '현실'로서 레판토 해전이 일어나고 로페 데 베가*가 활동했던 시절, '카르멘'의 땅을 선택한다. 만일 모리스 바레**, 혹은 엔리케 라레타*** 박사에게 그런 선택을 했다면, 작품 안에 우스꽝스러운 스페인적인 지방색이 얼마나 많이 드러났겠는가! 메나르는 아주 자연스럽게 이러한 것들을 피한다. 그의 작품에는 집시들에 대한 비난이나 정복자들, 혹은 신비주의자들이나 펠리페 2세나 종교 재판소의 이교도 처형도 없다. 그는 지역적 특색을 간과하거나 아니면 아예 없애 버린다. 이런 경멸은 역사 소설의 새로운 의미를 보여 준다. 그런 경멸은 반박의 여지없이 『살람

---

* Lope Felix de Vega Carpio(1562~1635). 스페인의 극작가이자 시인.
** Maurice Barrès(1862~1923). 프랑스의 작가. 스페인을 무대로 한 작품을 즐겨 썼다.
*** Enrique Rodríguez Larreta(1875~1961). 아르헨티나의 소설가. 역시 대부분의 작품이 스페인을 배경으로 하고 있다.

보』*를 폐기 처분한다.

각 장들을 분리해서 살펴보아도 놀라움은 줄어들지 않는다. 예를 들어 '문(文)과 무(武)에 관해 돈키호테가 행한 흥미로운 연설에 관하여'라는 제목이 붙은 I부의 38장을 살펴보자. 거기서 돈키호테가 (케베도가 유사한 장면에서 그랬고, 나중에 『모든 사람들의 시간』에서 그랬듯이) 문을 반대하고 무를 옹호하겠다는 결정을 내린다는 사실은 익히 잘 알려져 있다. 세르반테스는 퇴역 군인이었다. 그러므로 그의 그러한 판단은 이해할 만하다. 하지만 버트런드 러셀과 『성직자의 배신』**과 동시대 사람인 피에르 메나르의 돈키호테가 그런 애매한 궤변에 다시 빠지다니! 바슐리에 부인은 그런 궤변에서 작가가 주인공의 심리에 종속되는 경탄할 만한, 그리고 전형적인 면모를 보았다. 전혀 명민하지 못한 다른 사람들은 『돈키호테』가 글자 그대로 '옮겨졌음'을 보았다. 한편 바쿠르 남작 부인은 니체의 영향을 보았다. 내가 보기에 반박의 여지가 없는 이 세 번째 해석에 피에르 메나르의 하느님과 같은 겸손함에 어울리는 네 번째 해석을 감히 덧붙여야 할지 나는 잘 모르겠다. 그의 겸손함이란 그가 선호하는 생각들과 정반대되는 생각들을 유포하는 체념적이고 반어적인 습관을 가리킨다.(우리는 다시 한 번 편집자 자크 레불의, 단명해 버린 초현실주의 잡지에 수록된 폴 발레

리에 대한 공격을 상기할 필요가 있다.) 세르반테스의 작품과 피에르 메나르의 작품은 글자상으로는 하나도 다르지 않고 똑같다. 그러나 피에르 메나르의 작품은 세르반테스의 작품보다 거의 무한할 정도로 풍요롭다.(그를 비방하는 사람들은 더 '모호'하다고 말할 것이다. 그러나 모호성은 풍요로움이다.)

메나르의 『돈키호테』와 세르반테스의 『돈키호테』를 비교해 보면 이것은 확연히 드러난다. 가령 세르반테스는 다음과 같이 적고 있다.

> ……'진리'의 어머니는 역사이자 시간의 적이며, 행위들의 창고이자 과거의 증인이며, 현재에 대한 표본이자 조언자고, 미래에 대한 상담자다.
>
> ─『돈키호테』1부, 9장

'재치 넘치는 평민'인 세르반테스가 17세기에 쓴 이런 열거들은 역사에 대한 단순한 수사적 찬양에 불과하다. 반면에 메나르는 이렇게 적는다.

> ……'진리'의 어머니는 역사이자 시간의 적이며, 행위들의 창고이자 과거의 증인이며, 현재에 대한 표본이자 조언자고, 미래에 대한 상담자다.

역사는 진리의 '어머니'이다. 이런 생각은 어마어마하게 놀라운 것이다. 윌리엄 제임스*와 동시대 사람인 메나르는 역사를 현실에 대한 탐구가 아니라, 현실의 기원으로 정의한다. 메나르에게 역사적 진실이란 일어난 사건이 아니라, 우리가 일어났다고 생각하는 행위이다. 마지막 문장 — "현재에 대한 표본이자 조언자이고, 미래에 대한 상담자다." — 은 뻔뻔스럽게도 잘난 척하고 있다.

또한 대조적인 문체도 아주 두드러진다. 어쨌거나 외국인인 메나르의 고어체는 다소 부자연스럽다. 하지만 자기가 살았던 시대의 스페인어를 자연스럽게 구사하던 선구자 세르반테스의 경우는 그렇지 않다.

모든 지적 활동은 결국 무용지물이 되고 만다. 하나의 철학 이론은 처음에는 세상을 그럴듯하게 묘사한다. 하지만 세월이 흐르면, 그것은 철학사의 한 장 — 만일 한 단락이나 하나의 고유 명사로 변하지 않는다면 — 으로만 남게 된다. 문학에서 이런 소멸 현상, 즉 적절성의 상실은 더욱 잘 알려져 있다. 메나르는 내게 『돈키호테』가 무엇보다도 재미있는 책이라고 말했다. 하지만 지금 그것은 애국주의의 축배이며 문법적 오만함이고, 호화롭고 요란한 판본을 낼 기회일 뿐이다. 영광이란 것은 일종의 몰이해이며, 어쩌면 최악의 몰이해일지도 모른다.

이 허무주의적인 견해는 전혀 새로운 것이 아니다. 특별한 점이 있다면 피에르 메나르가 그런 허무주의적 견해에서 하나의 결정을 이끌어 냈다는 사실이다. 그는 모든 사람이 힘들게 일하더라도 그건 결국 헛된 행위임을 깨달았고, 그래서 그런 행위를 먼저 하기로 결심했던 것이다. 그래서 무한하게 복

---

* Wiliam James(1842~1910). 미국의 실용주의 철학자로 소설가 헨리 제임스의 형이기도 하다.

64 픽션들

잡한 작업, 즉, 무엇보다도 쓸모가 없는 작업에 전념했다 그는 이미 존재하고 있는 책을 다른 언어로 다시 쓰기 위해 모든 주의를 기울이면서 수없이 잠들지 못하는 밤을 보냈다. 그는 끝없이 초고를 작성했다. 그는 집요하게 원고를 수정했으며, 손으로 쓴 수많은 페이지들을 찢어 버렸다.* 그는 그 누구도 그 초고들을 보지 못하도록 했으며, 그것들이 살아남지 않도록 유의했다. 나는 그것들을 재구성해 보려고 했지만 헛된 일이었다.

나는 그의 마지막 『돈키호테』에서 일종의 팔림세스트**, 즉 우리 친구가 썼다가 지운 흔적들이 ─ 희미하지만 알아볼 수는 있는 ─ 어렴풋이 들여다보이는 양피지를 당연히 볼 수 있으리라 생각했다. 하지만 불행하게도 첫 번째 메나르가 행했던 작업을 역으로 뒤집을 수 있는 제2의 피에르 메나르만이 이 트로이의 유적들을 발굴하고 부활시킬 수 있을 것이다…….

그는 또한 내게 이렇게 썼다.

"생각하고, 분석하고, 창조하는 것은 비정상적인 행위가 아니라, 지성의 정상적인 호흡 작용이야. 때때로 그런 기능을 행하는 행위를 찬미하고, 오래되고 동떨어진 이질적인 사상들을 소중히 여기며, '우주의 박사'***가 사고한 바를 의심 섞인 경외로 돌아보는 것은, 우리의 무기력과 야만성을 고백하는 것과

---

* 나는 조그맣게 가로와 세로줄이 쳐진 메나르의 공책과 까맣게 삭제한 부분들, 메나르만이 사용하던 활자의 상징들, 벌레가 기어가는 듯한 필체를 기억한다. 저녁이 되면 그는 님의 교외로 산책 나가길 좋아했다. 또한 그는 항상 공책을 가지고 다니면서, 즐거운 마음으로 그것을 태워 버리곤 했다.(저자 주)

** 양피지 사본.

*** 프랑스의 철학자 알랭 드릴(Alain de Lille, 1128~1202)의 별명. 프랑스의 철학자로, 그 박학다식함 때문에 '우주의 박사'라는 별명이 붙었다.

다름없어. 사람들은 누구나 모든 것을 생각할 수 있는 능력이 있음에 틀림없고, 나는 미래에는 사람들이 그렇게 될 것이라고 믿어."

메나르는 (아마 자기도 모르게) 새로운 기법 — 계획적인 시대착오와 잘못된 원저자 설정 — 을 통해 꼼꼼하고 흔적을 남기는 기술인 독서를 풍요롭게 만들었다. 무한한 인내심을 필요로 하는 그 기법은 우리로 하여금 마치 『오디세이아』가 『아이네이스』 이후의 작품이고, 앙리 바슐리에 부인의 『켄타우로스의 정원』이 정말로 앙리 바슐리에 부인의 작품인 것처럼 읽도록 북돋운다. 그 기법은 가장 평온한 어조의 작품들조차 모험으로 가득하게 만든다. 『그리스도를 본받아』*라는 책을 루이 페르디낭 셀린**이나 제임스 조이스의 작품으로 돌리는 것은 그런 희미한 정신적 충고에 기인한 혁신으로 충분하지 않을까?

1939년, 님에서

---

* 신학자 토마스 아켐피스의 대표적인 신비주의적 신앙 서적.
** Louis Ferdinand Céline(1894~1961). 프랑스의 작가. 과격한 작풍으로 유명하다.

원형의 폐허들

그리고 그가 너에 관해 꿈꾸기를 그만두었다면⋯⋯.
——『거울 나라의 앨리스』, 4장

그 누구도 이의를 제기하지 않는 그날 밤, 아무도 그가 배에서 내리는 것을 보지 못했고, 아무도 대나무로 만든 카누가 성스러운 진흙 속으로 가라앉는 것을 보지 못했지만, 며칠 지나자 그 말없는 사람이 '남부'에서 왔고 그의 조국이 강의 상류에 위치한 험준한 산기슭에 자리 잡은 무수히 많은 마을들 중 하나라는 사실을 모르는 사람은 없었다. 그의 고국은 젠드어*가 그리스어에 오염되지 않았으며, 도덕적 부패를 찾아보기 힘든 곳이었다. 분명한 것은 회색빛의 남자가 진흙탕에 입을 맞추고는, 살을 찢는 (아마도 그런 것을 느끼지도 못하고) 가시덩굴을 옆으로 밀치지도 않은 채 강둑으로 기어 올라가서, 한때는 불의 색을 띠었다가 지금은 잿빛이 되어 버린 호랑이, 혹은 말의 형상을 새긴 석상이 꼭대기에 얹혀 있는 원형의 경내를

---

* 중세 후기 페르시아어.

향해 피투성이가 된 채 거의 실신한 상태로 몸을 질질 끌고 갔다는 사실이다. 그 고리 모양의 터는 옛날 화마가 삼켜 버린 신전이었다. 이후 말라리아가 창궐하는 밀림이 그곳을 더럽혔고, 이제 사람들은 그 신전의 신을 더 이상 숭배하지 않았다. 이방인은 주춧돌 아래로 몸을 뉘었다. 중천에 뜬 해가 그를 깨웠다. 그는 전혀 놀라지 않은 채 이미 아물어 버린 상처 자국들을 살펴보았다. 그러고는 핼쑥한 눈을 감고 잠을 청했다. 그것은 몸이 쇠약해졌기 때문이 아니라 스스로의 의지에 따라 내린 결정이었다. 그는 그 신전이 그 누구도 억누를 수 없는 자신의 목표에 반드시 필요한 장소임을 알고 있었다. 또한 쉬지 않고 꾸준히 자라나던 나무들이, 강 아래쪽에 있는 또 다른 신전의 유적을 질식시키지 못했다는 것도 알고 있었다. 그곳 역시 불에 타 죽어 버린 신들이 있는 신전이었다. 그리고 그는 자기가 당장 해야 할 일은 잠을 자는 것이라는 사실 역시 알고 있었다. 자정 무렵에 그는 어느 새의 슬픔에 잠긴 울음소리를 듣고 잠에서 깼다. 맨발자국들과 무화과 열매 몇 개와 물 항아리 한 개가 그 지역 사람들이 그가 잠자는 모습을 몰래 공손히 살펴보았으며, 그의 호의를 바라거나 혹은 그의 마술을 두려워하고 있다는 것을 알려 주었다. 그는 두려움의 한기를 느꼈고, 허물어진 담벼락 속에서 매장용 구멍을 찾아서, 이름 모를 잎사귀들로 자기 몸을 덮었다.

그가 추구하고 있던 목표는 초자연적인 것이기는 했지만 불가능한 것은 아니었다. 그는 한 명의 사람을 꿈꾸고 싶었다. 그는 아주 자세하고 완벽한 꿈을 꾸어 현실을 기만하고 싶었다. 그의 영혼 속속들이 이런 마술적인 계획이 가득 차 있었다. 만일 누군가가 그의 이름이나 그때까지 살아온 삶의 흔적에 대해 물었다면, 아마도 그는 어떻게 대답해야 할지 몰랐을 것이다. 그는 아무도 살지 않으며 폐허가 된 사원이 마음에 들었다. 왜냐하면 그것은 눈에 보이는 세계의 최소치였기 때문이다. 또한 그가 필요로 하는 소박한 음식을 제공해 줄 나무꾼들이 근처에 사는 것도 마음에 들었다. 그는 잠을 자고 꿈을 꾸기만 하면 되었기 때문에, 그들이 시주하는 쌀과 과일만으로도 그의 육체가 필요로 하는 영양소를 충분히 섭취할 수 있었다.

처음에 꾼 꿈들은 혼란스러웠다. 하지만 조금 지나자 꿈들은 논증적 성격을 띠게 되었다. 그 이방인은 자기가 원형 경기장 한복판에 있는 꿈을 꾸었다. 어떻게 보면 그것은 바로 폐허가 되어 버린 신전이었다. 말없는 학생들의 무리가 계단들을 가득 메우고 있었다. 가장 먼 곳에 앉아 있는 학생들의 얼굴에는 높이 떠 있는 별처럼 수백 년, 아니 수천 년의 거리가 드리워 있었지만, 그 얼굴들은 아주 또렷이 보였다. 남자는 그들에게 해부학과 우주 구조론, 그리고 마술을 강의하고 있었다. 얼굴들은 열심히 강의를 들으면서 자신들이 이해한 것으로 대답을 하려 했다. 마치 그들 중 하나를 공허한 허상에서 구원하여 현실 세계에 끼워 넣을 그 시험의 중요성을 가늠하고 있는 것 같았다. 꿈을 꾸든 아니면 깨어 있든 남자는 그 환영들의 답변에 대해 깊이 생각했고, 사기꾼들에게 속아 넘어가지 않도록 주의를 기울였으며, 다소 당혹해하면서 하나의 지성이 자라나고 있음을 감지하고 있었다. 그는 우주에 참여할 만한 그런 영혼을 찾고 있었다.

아홉 번째, 혹은 열 번째 밤이 되자, 그는 쓸쓸한 심정으로 자신의 가르침을 수동적으로 받아들이는 그런 학생들에게서는 아무것도 기대할 게 없다는 것을 깨달았다. 물론 가끔씩 합리적으로 반대 의견을 개진하려고 모험하는 학생들도 있었다. 수동적으로 받아들이는 학생들은 사랑과 애정을 받을 가치는 있었지만 결코 하나의 개인으로 상승할 수는 없었다. 한편 가끔씩 의문을 던지곤 하는 학생들에게는 좀 더 가능성이 내재되어 있었다. 어느 날 오후(이제 매일 오후는 꿈의 공물이었다. 요즘 남자는 단지 새벽에만 두어 시간 정도 깨어 있을 뿐이었다.) 그는 넓디넓은 꿈속의 학교를 영원히 잊어버리고 단 한 명의 학생과 남아 있었다. 그는 말수가 없고 창백한 얼굴에 이따금씩 말을 듣지 않는 청년이었다. 그는 자기를 꿈꾸고 있는 사람의 모습을 빼닮은 날카로운 얼굴을 지니고 있었다. 그는 자신의 학우들이 갑자기 사라진 것에 대해 오랫동안 당황하지 않았다. 몇 번의 개인 교습을 거친 후, 그는 선생을 놀라게 할 정도로 발전했다. 하지만 재앙이 덮쳤다. 어느 날 남자는 마치 끈끈한 사막에서 나온 듯이 꿈속에서 빠져나와 저녁의 무의미한 빛을 쳐다보았고, 잠시 그것을 여명의 빛으로 착각했다. 그런 다음 자기가 꿈을 꾸지 않았다는 사실을 깨달았다. 그날 밤과 낮 동안 그는 잠을 이루지 못한 채 견딜 수 없을 만큼 또렷한 정신으로 고통을 받았다.

그는 밀림을 돌아다니며 몸을 탈진시키고자 했다. 그는 독미나리 사이로 자기에게는 아무 소용도 없는 가장 설익은 환영들로 히밍하게 얼룩진 신점민을 간신히 질 수 있을 뿐이었다. 그는 다시 학생들을 불러 모으고 싶었지만, 그가 간단한 훈계의 말을 몇 마디 내뱉자마자, 학생들의 얼굴은 일그러지고 지워졌다. 영속적일 것만 같은 불면 속에서 분노의 눈물이 남자의 나이 든 눈을 태워 버리고 있었다.

그는 상위 질서와 하위 질서의 모든 비밀을 알아낸다 할지라도, 꿈을 이루고 있는 뒤죽박죽의 어지러운 재료들을 틀에 넣어 주조하겠다는 일은 자기가 할 수 있는 어떤 일보다도 더 어려운 것임을 깨달았다. 그것은 모래로 밧줄을 만들거나 아니면 정체불명의 바람으로 동전을 만드는 것보다 더욱 힘든 일이었다. 그는 또한 최초의 실패는 불가피했다는 것도 깨달았다. 그래서 처음에 그를 잘못된 길로 인도한 거대한 환각을 송두리째 잊어버리기로 맹세하고 다른 작업 방법을 찾았다. 그것을 실천에 옮기기 전에, 그는 망상 때문에 소진되었던 기력을 재충전하는 데 한 달을 보냈다. 그는 꿈을 꾸겠다는 모든 계획을 포기했다. 그러자 거의 즉시 낮 동안에도 상당 시간 잠을 잘 수 있게 되었다. 이 기간에 그는 아주 드물게 꿈을 꾸었고, 그런 꿈들에 관심을 기울이지 않았다. 자기 작업을 다시 시작하기 위해 그는 달의 원반이 완전한 원형을 이룰 때까지 기다렸다. 그리고 그날 저녁에 강물로 몸을 정화하고, 행성의 신들을 경배한 다음, 한 강력한 이름의 음절을 허락된 발음으로 읊고서 잠에 들었다. 잠에 빠지자마자 그는 고동치는 심장을 꿈꾸었다.

그는 살아 움직이고 따뜻하고 비밀스럽고 주먹만 한 크기의, 아직 얼굴도 성별도 없는 한 인간 육체의 어둠 속에 있는 석류빛 심장을 꿈꾸었다. 그는 찬란하게 빛나는 열나흘 밤 동안 정성스러운 애정으로 그것을 꿈꾸었다. 매일 밤마다 그는 갈수록 분명하게 그것을 느끼고 있었다. 하지만 그것을 건드리지는 않았다. 단지 눈으로 지켜보고 관찰하기만 했다. 아마 눈으로 바로잡는 일도 했을지 모른다. 그는 다양한 거리와 여러 각도에서 그것을 느끼고, 그것에게 생명을 부여했다. 열나흘째 밤에 그는 둘째손가락으로 폐동맥을 건드렸고, 그다음에는 심장 안팎을 모두 만져 보았다. 그런 조사를 마치자 그는 만족스러웠다. 그다음 날 밤 그는 일부러 잠을 자지 않았다. 그런 뒤 그는 다시 심장을 잡고서 어느 행성의 이름을 부르며 기원한 다음, 주요 기관들의 또 다른 행성들을 꿈꾸기 시작했다. 일 년이 채 되지 않아, 그는 두개골과 눈꺼풀에 이르렀다. 무수히 많은 머리카락들이 아마도 가장 힘든 작업이었을 것이다. 남자는 하나의 완전한 인간, 바로 한 명의 소년을 꿈꾸었다. 하지만 그는 일어서지도 못했고 말도 하지 못했으며 눈을 뜰 수도 없었다. 밤마다 남자는 잠들어 있는 소년을 꿈꾸었다.

그노시스 학파의 우주 창조론에서는 조물주들이 일어설 수 없는 붉은 아담을 빚어 만든다. 흙으로 빚은 그 아담처럼 수많은 밤에 걸쳐 마법사가 제작한 꿈의 아담도 서투르고 조잡하고 초보적이었다. 어느 날 오후 남자는 자기의 작품을 거의 부수어 버리고서 후회했다.(차라리 완전히 파괴하는 편이 나았을 것이다.) 땅과 강의 모든 신들에게 하염없이 맹세를 하고서, 그는 아마 호랑이일지도 모르고 말일지도 모르는 석상의 발치에 무릎을 꿇고서, 아직 시도해 보지 않은 것을 도와 달라고 간청했다. 그날 해가 질 무렵, 그는 석상의 꿈을 꾸었다. 그것이 살아서 몸을 떠는 꿈을 꾸었다. 그것은 호랑이와 말 사이에서 태어난 흉측한 잡종이 아니라, 동시에 사나운 두 동물이었을 뿐만 아니라 황소이기도 했고 장미나 폭풍이기도 했다. 여러 가지 형상의 이 신은 속세에서의 자기 이름이 '불'이며, 바로 그 원형의 신전(그리고 그와 비슷한 다른 신전들)에서 사람들이 자기에게 희생 제물을 바치고 숭배했으며, 남자가 꿈꾸었던 환영에게 마술적으로 생명을 불어넣어 '불'인 자신과 꿈꾸는 남자를 제외한 모든 창조물들이 그 환영을 뼈와 살로 이루어진 실제 사람이라고 믿게 했다는 사실을 밝혔다. 그리고 새로 창조된 그 인간에게 제의를 가르친 다음, 강 아래에 피라미드들이 아직 남아 있는 부서진 다른 신전으로 보내 그 허물어진 신전에서도 자신을 찬양하는 목소리가 들리도록 하라고 꿈꾸는 사람에게 명령했다. 그러자 꿈꾸는 사람의 꿈속에서 꿈꾸어진 소년이 잠을 깼다.

마법사는 그 명령들을 실행에 옮겼다. 그는 아이에게 일정 기간(결국 이 년이라는 시간이 걸렸다.)을 바쳐서, 우주의 신비와 '불' 숭배의 비밀을 드러냈다. 마법사는 그 아이와 헤어져야 한다는 사실에 마음 깊이 슬퍼하고 있었다. 그는 교육시킬 필요가 있다는 명목 아래, 매일 꿈에 바치는 시간을 늘려 나갔다. 또한 문제가 있는 것처럼 보이는 오른쪽 어깨를 다시 만들기도 했다. 가끔씩 그는 이런 모든 일이 이전에 이미 일어났을지도 모른다는 느낌에 불안해했다……. 전반적으로 그의 나날들은 행복했다. 그는 눈을 감으면 '이제 내 아들과 함께 있게 될 거야.'라고 생각하곤 했다. 또한 자주 일어나는 일은 아니었지만, 어떤 때에는 '내가 만든 아이가 나를 기다리고 있어. 내가 가지 않으면 그는 존재하지 않게 될 거야.'라는 생각을 하기도 했다.

점차로 남자는 아이가 현실에 익숙해지도록 만들어 가고 있었다. 한번은 아이에게 멀리 있는 산꼭대기에 깃발을 꽂으라고 지시했다. 다음 날 산꼭대기에서는 깃발이 펄럭이고 있었다. 그는 그것과 비슷하지만 갈수록 점점 더 어려운 다른 실험들을 시도했다. 그리고 자기 아들이 태어날 준비가 되었다는 사실, 혹은 아마도 태어나고 싶어 안달하고 있다는 사실을 씁쓰레한 기분으로 깨달았다. 그날 밤 그는 처음으로 아이에게 키스를 했고, 아이에게 발을 들여놓을 수 없이 울창하고 광활한 밀림과 넓디넓은 늪지를 거쳐 폐허가 된 부스러기들이 햇빛을 받아 강 아래를 하얗게 만들고 있는 다른 사원으로 가라고 보냈다. 발을 들여놓을 수 없이 울창하고 광활한 밀림과 넓디넓은 늪지를 지나야 도착할 수 있는 사원이었다. 그전에 (아이가 자신이 환영이라는 것을 절대로 깨닫지 못하고, 자기가 다른 사람들처럼 한 명의 인간이라고 믿도록 하기 위해) 남자는 아이가 교육을 받았던 몇 년 동안의 기억을 모두 망각하도록 만들었다.

남자는 승리를 거두고 마음의 평화를 얻었지만, 이내 그의 삶은 따분하고 단조로워졌다. 저물녘과 새벽녘이 되면 그는 석상 앞에 엎드리곤 했다. 그리고 아마도 가공의 아이가 강 아래에 있는 다른 원형의 유적들에서 동일한 제의를 행하고 있을 것이라고 상상했다. 밤이면 그는 꿈을 꾸지 않거나, 아니면 모든 인간들이 꿈꾸는 그런 꿈을 꾸곤 했다. 남자는 우주의 소리와 형상 들을 다소 희미하게 감지했다. 그의 곁에 없는 아들이 그의 영혼에서 줄어든 부분을 먹으며 자라고 있던 것이다. 그의 인생의 목표는 이루어져 있었다. 그래서 남자는 계속해서 일종의 황홀경에 빠져 있었다. 시간이 어느 정도 흐른 후 ─ 그의 이야기를 전하는 어떤 사람들은 몇 해라고

계산하기도 하고, 어떤 사람들은 몇 십 년이라고 말하기도 한
다. ── 한밤중에 두 명의 뱃사공이 그의 잠을 깨웠다. 그는 그
들의 얼굴을 볼 수 없었지만, 그들은 그에게 북쪽 신전에 살
고 있는 어느 마법사에 관해 말하면서, 그가 불에 타지도 않
고 불 속을 걸어 다닌다는 이야기를 들려주었다. 불현듯 마법
사는 신의 말을 떠올렸다. 그리고 그는 지구상에 있는 모든 창
조물 중에서 단지 '불'만이 자기 아들이 환영이라는 것을 알
고 있다는 사실을 기억했다. 그 기억은 처음에 그의 마음을 진
정시켰지만 결국 그를 고통스럽게 만들었다. 그는 자기 아들이
이러한 비정상적인 특권에 대해 깊이 생각하게 될지도 모르고,
어떻게든지 그가 단지 환영에 불과하다는 사실을 발견하게 될
지도 모른다는 사실에 두려워했다. 사람이 아니라 다른 사람
의 꿈이 투영된 것이라는 사실, 이것이야말로 그 무엇과도 비
교할 수 없는 치욕이고 혼란스러운 것이 아닌가! 모든 아버지
는 자기가 낳은 아이(자기가 그 탄생을 허락한 아이)가 행복하
게 사는지, 아니면 매우 착잡한 삶을 사는지에 관심을 보인다.
그러니 천하루 동안의 비밀스러운 밤 내내 자기 아들의 모든
신체 기관과 모든 특징들을 일일이 생각했던 마법사가 아들의
미래에 대해 불안해하고 두려워했을지도 모른다는 것은 당연
한 일이다.

　그의 명상은 갑작스레 끝이 났지만, 몇 가지 징후가 이미 그
런 것을 예언하고 있었다. 첫 번째는 (아주 오랜 가뭄 끝에) 저
멀리 산꼭대기에 떠오른 마치 새처럼 가볍고 날렵한 구름이었
다. 그다음은 남쪽을 향해 전진하는, 표범의 잇몸과도 같은 장
밋빛 하늘이었다. 그다음은 밤의 금속을 녹슬게 만들던 연기

였다. 그리고 마지막은 동물들의 겁에 질린 듯한 질주였다. 그
것은 수백 년, 아니 수천 년 전에 일어났던 일이 똑같이 반복
되고 있기 때문이었다. 불의 신을 모시던 신전의 폐허는 불에
의해 파괴되어 있었다. 새들이 없는 새벽에 마법사는 집중적인
화염이 벽들을 향해 닥쳐오는 것을 보았다. 순간적으로 그는
물속으로 도망치려고 생각했지만, 죽음이 자기의 노년을 영광
스럽게 하기 위해, 그리고 그의 작업을 용서하기 위해 다가오
고 있음을 깨달았다. 그는 불길을 향해 걸어갔다. 하지만 불길
은 그의 살을 물어뜯지 않았다. 불길은 그를 쓰다듬었고, 아무
런 열기도 없이 아무것도 연소시키지 않은 채 그를 불로 뒤덮
었다. 안도감과 치욕감 그리고 두려움을 느끼면서, 그는 자기
역시 그를 꿈꾸고 있던 또 다른 사람의 환영이라는 사실을 깨
달았다.

바빌로니아의 복권

바빌로니아의 모든 사람이 그랬듯이 나는 총독이었다. 모두가 그랬듯이 나는 노예였다. 또한 나는 전능함과 치욕과 감옥 생활을 알게 되었다. 여기를 보라. 나의 오른손에는 둘째손가락이 없다. 여기를 보라. 찢어진 내 망토 사이로 배에 새겨진 주홍빛 문신이 보인다. 이것은 두 번째 글자인 베트*이다. 보름달이 뜨는 밤이면 이 글자는 내게 기멜**을 새기고 다니는 사람들을 이길 수 있는 힘을 주지만, 알레프***를 새긴 사람들에게는 나를 종속시킨다. 하지만 알레프를 새긴 사람들은 달이 뜨지 않는 밤이면 기멜을 새긴 사람들에게 복종해야 한다. 희미하게 새벽이 밝아 올 무렵, 어느 지하실의 검은 제단 앞에서 나는 신성한 황소들의 목을 잘랐다. 나는 태음력으로 일 년

---

* ‎ב‎. 히브리어 알파벳의 두 번째 글자.
** ‎ג‎. 히브리어 알파벳의 세 번째 글자.
*** ‎א‎. 히브리어 알파벳의 첫 번째 글자.

내내 보이지 않는 사람이 될 것이라는 신탁을 받았다. 그래서 소리를 질렀지만 아무도 내게 대답하지 않았고, 빵을 훔쳤지만 아무도 나를 참수하지 않았다. 나는 그리스인들이 알지 못한 것을 알게 되었는데, 그것은 불확실성이란 것이었다. 황동으로 만들어진 어느 방에서 교살자의 말없는 스카프와 마주했을 때도 희망은 나를 버리지 않았다. 마치 쾌락의 강에서 공포가 나를 버리지 않았듯이 말이다. 헤라클레이데스 폰티쿠스*는 놀랍게도 피타고라스**가 자기가 전생에서는 피루스***였고, 그전에는 에우포르보스****였으며, 그 이전에는 또 다른 인간이었다는 것을 기억하고 있다고 언급한다. 이와 유사한 순환 과정을 떠올리기 위해 나는 죽을 필요도, 사기를 칠 필요도 없다.

내가 거의 잔인하기까지 한 그런 다양한 운명과 마주하게 된 것은 한 제도에 기인한다. 그것은 다른 나라들에는 알려져 있지 않거나, 시행되고 있다고 해도 불완전하고 은밀한 방식으로 진행되는 복권이었다. 나는 이 제도의 역사를 자세히 조사하지는 않았다. 현자들은 내게 동의할 수 없을 것이다. 나는 점성학에 해박하지 못한 사람이 달에 대해 아는 정도밖에는 그것의 강력한 용도에 대해서 알지 못한다. 나는 복권이 현실

---

* Heraclides Ponticus(기원전 390~기원전 322). 그리스의 천문학자로 지동설을 주장했다.

** Pythagoras(기원전 582~기원전 497). 그리스의 자연학자로 만물의 근원을 수에서 찾았다.

*** Pyrrhus. 그리스 신화에 등장하는 트로이 전쟁의 영웅. 아킬레우스와 데이다메이아의 아들로, '젊은 용사'라는 뜻의 네오프톨레모스라고도 불린다.

**** Euphorbos. 그리스 신화에 등장하는 트로이 전쟁의 영웅. 메넬라오스와의 싸움에서 전사하였다.

의 주요 부분을 차지하고 있는 어지러운 땅에서 태어났다. 오늘날까지 나는 해독할 수 없는 신들의 행동이나 내 심장의 움직임에 대해서처럼 복권에 대해서도 거의 생각을 해 보지 않았다. 바빌로니아와 그곳의 소중한 관습에서 멀리 떨어진 지금에야 나는 다소 당황스러워하면서, 복권과 몸에 수의를 두른 사람들이 어슴푸레한 새벽녘에 속삭이던 신성 모독적인 추측들을 생각한다.

우리 아버지는 오래전 — 수세기 전, 혹은 몇 년 전 일일까? — 에 바빌로니아에서 복권은 평민들이 즐기던 놀이였다고 말씀하시곤 했다.(사실인지 아닌지는 모르지만.) 아버지는 이발사들이 구리 동전을 받고서 기호들이 장식된 사각형의 뼈나 양피지를 주었다고 말씀하시곤 했다. 환한 대낮에 추첨이 실시되었다. 운명이 미소 지은 사람들은 더 이상의 행운이 있는지에 대한 확증 없이 은으로 주조된 동전을 받았다. 여러분들도 알 수 있듯이, 그런 과정은 아주 초보적인 것이었다.

당연하게도 그런 '복권'은 실패했다. 그런 복권에는 그 어떤 도덕적 가치도 없었고, 인간이 가진 모든 능력들에 호소하지도 않았다. 그것은 단지 인간의 희망만 겨냥한 것이었다. 대중들이 관심을 보이지 않자 이내 금전 위주의 이런 복권 제도를 만들었던 상인들은 손해를 보기 시작했다. 누군가가 개선책을 강구해, 행운의 숫자들 사이에 몇 개의 불운의 숫자들을 끼워넣었다. 이러한 개선을 통해 숫자가 새겨진 직사각형 조각을 구입한 사람들은 당첨 금액을 받을 수도 있었고, 종종 상당한 액수에 해당하는 벌금을 물게 되는 이중의 아찔한 모험을 즐길 수 있게 되었다. 당연히 그런 경미한 위험 요소(서른 개의 행운의 숫자마다 들어가 있는 불운의 숫자 한 개)는 사람들의 관심을 일깨웠다. 바빌로니아 사람들은 복권에 흠뻑 빠져 버렸다. 복권을 사지 않는 사람들은 소심한 사람, 즉 모험 정신이 없는 겁쟁이로 간주되었다. 그렇게 정당화된 경멸은 시간이 흐르면서 또 다른 표적을 찾아내었다. 복권 놀이를 하지 않는 사람뿐 아니라 벌금 패를 뽑은 사람들도 조롱당하게 되었던 것이다. '회사'(그때부터 그렇게 알려지기 시작했다.)는 당첨자들의 이익을 보호해야만 했다. 벌금 총액이 거의 다 들어오지 않으면 당첨자들은 상금을 받을 수가 없었기 때문이다. 회사는 추첨에서 진 사람들이 벌금을 내도록 소송을 벌였다. 판사는 벌금을 내지 않은 사람들에게 원래의 벌금과 소송 비용을 지불하든지, 아니면 며칠 동안 감옥에 있으라는 판결을 내렸다. 그러자 모든 피고인들은 '회사'가 낭패를 보도록 감옥행을 선택했다. 그리고 몇몇 사람들의 도전적인 엄포로 인해 '회사'는 종교적이며 형이상학적인 힘까지 지닌 무소불위의 권력을 손에 넣게 되었다.

얼마 후 추첨 번호 통지문에 벌금 목록은 빠지고 불행의 번호에 부여된 구류 기간만 표시되기 시작했다. 당시에 사람들은 거의 눈치채지 못했지만, 그런 간결한 문구는 극도로 중요한 것이었다. 왜냐하면 '그렇게 최초의 비금전적인 복권이 나타났기' 때문이었다. 그것은 대단한 성공이었다. '회사'는 복권 놀이에 참여한 사람들의 성화에 못 이겨 불운의 숫자를 늘릴 수밖에 없었다.

바빌로니아 사람들이 논리와 심지어는 대칭까지도 매우 좋아했다는 사실을 모르는 사람은 없다. 따라서 행운의 숫자들은 돈으로 계산되고, 불운의 숫자들은 구금 날짜로 계산된다는 것은 앞뒤가 맞지 않는 일이었다. 몇몇 도덕가들은 돈이 있다고 항상 행복한 것은 아니고, 다른 형태의 행복이 보다 직접적일 수 있다고 주장했다.

하층 계급들이 사는 동네에서는 또 다른 불평이 터져 나왔다. 성직자 계층이 판돈을 늘리고는 변화무쌍한 온갖 공포와 희망을 즐겼던 것이다. 가난한 사람들은 (합당하거나 불가피한 질투심으로) 그토록 달콤한 불확실성에서 자신들이 배제되어 있다는 것을 알았다. 서민이건 부자건 모두가 평등하게 복권 놀이에 참여하고 싶다는 정당한 욕망은 사람들에게 분노에 찬 시위를 하게 만들었다. 세월이 흘렀지만 그 시위에 대한 기억은 아직도 지워지지 않고 있다. 몇몇 고집 센 사람들은 그것이 필연적인 역사의 단계인 새로운 질서라는 사실을 이해하지 못했다⋯⋯.(혹은 이해하지 못한 척했다.) 한 노예가 주홍색 복권을 훔쳤고, 추첨 결과 그 복권의 소지자는 혀를 태우는 형벌을 받게 되었다. 형법에 규정된 복권을 훔친 도둑에 대한 처벌 역시 그것과 똑같았다. 몇몇 바빌로니아 사람들은 그가 도둑이기 때문에 달군 쇠로 벌을 받아 마땅하다고 주장했다. 그러나 관대한 다른 사람들은 행운이 그렇게 결정한 것이기 때문에 형 집행자가 달군 쇠를 사용해야 한다고 주장했다⋯⋯. 소요가 일어났고, 유감스러운 유혈 사태까지 벌어졌다. 그러나 바빌로니아 서민들은 마침내 부유층의 반발을 꺾고 자신들의 의지를 관철시켰다. 그들은 자신들의 까다롭지 않은 목표들이 완전히 이루어지는 것을 보았다. 첫째, 그들은 '회사'가 대중의 힘을 수용하도록 했다.(그런 통합은 새로운 운영 체계가 방대하고 복잡했기에 필연적인 것이었다.) 둘째, 복권이 비밀리에 만들어져 무료로 모든 사람들에게 배포되도록 했다. 이로 인해 돈을 목적으로 한 복권 판매가 폐지되었다. 바알 신의 비의에 따르는 입사 의식을 치른 모든 자유인들은 자동적으로 신성한 추첨에 참가하게 되었다. 추첨은 신의 미로 속에서 예순 번의 밤 동안 실시되었고, 그 후 예순 날에 걸친 그들의 운명을 결정했다. 헤아릴 수 없이 많은 추첨 결과가 나왔다. 행운의 패를 뽑게 되면 그 사람은 마기 승려 위원회의 회원으로 승격될 수도 있었고, 어떤 적(공공의 적이든 개인적 원한에 의한 적이든)을 감옥에 수감시킬 수 있었으며, 조용하고 어두운 방에서 가슴을 두근거리게 만드는 여자나 아니면 다시는 보고 싶지 않았던 여자를 만날 수도 있었다. 하지만 불운의 패를 뽑게 되면 팔다리가 잘리거나, 온갖 치욕을 당하거나, 죽을 수도 있었다. 때로는 단 하나의 사건 — 술집에서 C를 살해하는 것이나 B를 신비스럽게 신격화하는 것 — 이 서른 번이나 마흔 번의 추첨 끝에 나오는 결과를 낳기도 했다. 복권의 여러 추첨 방식을 배합하는 것은 어려운 일이었다. 하지만 '회사'의 사람들은 전권을 쥐고 있었고 매우 영리했으며, 지금도 그렇다는 점을 기억해야 한다. 대부분의 경우, 어떤 행복들이 단지 우연의 소산일 따름이라고 생각하는 것은 그런 결과들을 과소평가하는 일이었을 것이다. 이러한 문제를 피하기 위해 '회사'의 요원들은 암시와 마술을 사용하곤 했다. 그들이 어떤 길을 밟았는지, 그리고 어떤 음모를 꾸몄는지는 철저히 비밀에 부쳐져 있다. 모든 사람이 마음속으로 품고 있는 희망과 공포가 무엇인지 알기 위해, 그들은 점쟁이와 첩자들을 이용했다. 몇 개의 사자 석상과 '카프카'라고 불리던 성스러운 화장실이 있었다. 그리고 먼지투성이의 하수도에는 틈새들이 있었는데, 사람들 말에 의하면 그것들은 '회사'로 가는 길이었다. 바로 그런 장소에다 선하거나, 혹은 악한 사람들이 비밀 정보들을 놓아두곤 했다. 그런 다양한 진상들을 담은 문서들은 문서 보관소에 알파벳 순서로 보관되었다.

믿을 수 없게도 소문이 떠돌았다. 늘 그랬던 것처럼 '회사'는 신중한 태도를 취하면서 그런 풍문에 직접적으로 대응하지 않았다. 대신 이제는 성스러운 책에 들어 있는 짤막한 성명서를 어느 가면 공장의 폐허 더미에 적어 넣었다. 그 문구는 '복권이란 세계의 질서 속에 우연을 삽입시키는 것이며, 실수를 받아들이는 것은 우연을 반박하는 것이 아니라 오히려 그것을 강조하는 것'이라고 교리에 의거해 지적하고 있었다. 또한 사자 석상들과 그 성스러운 화장실은 (그것들을 참고할 권리를 지닌) '회사'가 거부하지는 않았지만, '회사'의 공식적인 보증 없이 작동되고 있다고 지적했다.

그 성명문은 대중의 불안을 잠재웠다. 또한 그것은 아마도 그것을 쓴 사람이 예견하지 못했을 또 다른 결과를 초래했다. 바로 '회사'의 정신과 운영 방식을 뿌리부터 수정한 것이다. 이제 내게는 남은 시간이 별로 없다. 배가 곧 떠날 것이라고 알리고 있기 때문이다. 그렇지만 나는 이 사실을 설명하도록 애써 볼 생각이다.

도무지 믿을 수 없는 사실처럼 보일지라도, 그때까지 복권놀이에 관한 전반적인 이론을 만들려고 시도한 사람은 한 명도 없었다. 바빌로니아 사람들은 깊이 생각하는 사람들이 아니다. 그들은 우연의 지시를 따르고, 그것에 자신들의 목숨과 희망과 이름 모를 공포를 바친 사람들이다. 그러나 그들은 복권의 미로와 같은 법칙들을 연구할 생각을 하지 못하고, 그것의 작동 방식을 드러내는 회전하는 천체에 대하여 연구할 생각도 하지 않는다. 하지만 내가 앞에서 언급했던 비공식적인 성명은 법률적이고 성격의 수많은 논쟁들을 불러일으켰다. 그런 논쟁들 중의 하나에서 다음과 같은 가정이 탄생했다. 만일 복권이 우연을 강화시키는 것, 즉, 코스모스에 주기적으로 카오스를 불어넣는 것이라면, 단 하나의 단계가 아닌 추첨의 모든 단계에 우연을 개입시키는 게 좋지 않을까? 우연이란 것이 어떤 사람의 죽음을 지시하면서도 이 죽음의 상황 — 비밀리에 죽음을 맞든지, 공개 처형을 당하든지, 한 시간에 걸쳐 이루어지든지, 아니면 한 세기에 걸쳐 이루어지든지 — 이 우연에 종속되지 않는다는 것은 우습지 않을까? 완벽하게 사리에 맞는 그런 걱정은 마침내 중요한 개혁을 유발시켰다. 그런 새로운 제도의 복잡성(수세기 동안 행해져 왔기 때문에 더욱 복잡해진)은 몇몇 전문가들만이 이해할 수 있는 것이지만, 나는 상징적으로나마 그것들을 요약하려고 노력할 것이다.

어떤 사람의 죽음을 선고한 첫 번째 추첨을 상상해 보자. 그것이 이행되려면 또 다른 추첨이 이루어져야 한다. 그 추첨에서 가령 아홉 명의 가능한 집행자가 제안된다고 해 보자. 그 아홉 명의 집행자 중에서 네 사람이 형을 집행할 사람의 이름을 결정할 세 번째 추첨을 시작한다. 그리고 그중의 두 사람이 불행한 추첨을 행운의 추첨(가령 보물의 발견)으로 바꿀 수 있고, 다른 한 사람은 더욱 심한 죽음(다시 말하자면 불명예스러운 죽음이나 용의주도한 고문으로 죽게 하는 것)을 결정할 수 있고, 또 다른 사람들은 단순히 형 집행을 거부할 수도 있고…… 복권의 상징적인 도식은 그러하다. 현실적으로 '추첨의 횟수는 무한'하다. 그 어떤 결정도 최종 결정이 될 수 없고, 모든 결정은 다른 결정들로 가지를 치게 된다. 무지한 사람들은 무한한 추첨에는 무한한 시간이 요구된다고 추정한다. 하지만 '거북이와의 경주'* 비유가 보여 주듯이, 시간은 사실상 무한하게 세분화될 수 있다는 것으로 충분하다. 그런 무한성은 '우연'의 복잡한 숫자들과 플라톤주의자들이 사랑했던 복권의 '천상의 원형'과 놀라우리만큼 일치한다…… 우리들의 제의를 왜곡한 한 줄기 메아리가 티베르 강가에 도착한 듯하다. 아일리우스 람프리디우스**는 『안토니우스 헬리오가발루스***의 인생』에서 이 황제가 저녁 식사에 초대받은 손님들의 운명을 조개 껍질에 적었고, 그래서 어떤 손님은 금 열 파운드를, 다른 손님은 열 마리의 파리를, 또 다른 손님은 열 마리의 쥐나 열 마리의 곰을 받을 수도 있었다고 말한다. 여기서 우리는 헬리오가발루스가 소아시아에서 국가의 창조신을 모시는 사제들과 함께 교육을 받았다는 것을 상기해 볼 필요가 있다.

또한 사람과 관계없고 목적이 불확실한 추첨도 있다. 어떤 추첨은 유프라테스 강에 타프로바나산(産) 사파이어를 던지라고 명령한다. 다른 추첨은 어느 첨탑의 꼭대기에서 새 한 마리를 날려 보내라고 선고한다. 또 다른 추첨은 해변에 있는 셀

---

* 제논의 역설.
** Aelius Lampridius(1460~1521). 현재 크로아티아인 라구사 출신의 저술가.
*** Heliogabalus(203~222). 로마의 황제. 폭군으로 유명하다.

수 없이 많은 모래알 중에서 한 알을 빼거나 더하는 작업을 백 년마다 반복하라고 명하기도 한다. 가끔씩 그것은 무시무시한 결과를 낳는다.

'회사'의 자애로운 영향 아래서 우리들의 관습은 이제 우연으로 가득하다. 다마스쿠스에서 만든 포도주 열두 항아리를 산 사람은 그중의 하나에 부적이나 뱀이 들어 있다고 해도 놀라지 않을 것이다. 계약서를 정성 들여 작성하는 공증인은 빠짐없이 몇 개의 실수를 포함시킨다. 시간에 쫓겨 서두르며 말하고 있는 나 또한 어떤 훌륭한 것이나 어떤 잔혹한 것을 왜곡시켰다. 아마도 몇몇 신비하게 지루한 것 또한……. 지구상에서 가장 현명한 우리 역사학자들은 우연을 교정할 수 있는 방법을 고안했다. 이런 방법을 사용한 결과는 (일반적으로) 매우 믿을 만한 것으로 유명하다. 물론 약간의 속임수가 없이 그 방법이 그렇게 널리 유포될 수는 없지만 말이다. 그 이외에도 '회사'의 역사만큼 그토록 허구로 오염된 것은 존재하지 않는다……. 한 사원에서 발굴된 고문서 자료는 어제의 추첨 결과일 수도 있고, 수백 년 전에 했던 추첨의 작품일 수도 있다. 각 권마다 그 어떤 차이도 없는 책은 출간되지 않는다. 유대교 율법학자들은 생략하고 덧붙이며 바꾸겠다는 비밀 맹세를 한다. 또한 간접적인 거짓말도 행한다.

'회사'는 신처럼 겸손하게 공개적인 것은 모두 피한다. 당연히 회사 요원들은 비밀리에 활동한다. 계속해서 (아마도 끊임없이) 회사기 전해 주는 지시들은 사기꾼들이 퍼뜨리는 것들과 다를 바가 없다. 게다가 자신이 사기꾼이라고 떠벌리며 다니는 사람이 있을까? 허황된 명령을 마구 내뱉는 주정꾼, 갑자기 잠에서 깨어나 자기 옆에서 자고 있던 여자를 양손으로 목 졸라 죽이는 잠자는 남자, 혹시 그들이 '회사'의 비밀 결정을 이행하는 사람들은 아닐까? 하느님의 작업과 비교될 만한 그런 조용한 작업은 온갖 종류의 추측을 불러일으킨다. 혹자는 '회사'가 수백 년 전부터 존재하지 않고 있으며, 우리 삶 속의 신성한 혼돈은 단순히 물려 내려온 것이며 전통에 따른 것이라고 무례하게 강조한다. 혹자는 '회사'를 영원하다고 믿으면서 최후의 신이 세상을 파괴할 때까지 계속될 것이라고 가르친다. 다른 누군가는 '회사'가 전지전능하지만 아주 사소한 것들에게만 영향을 끼칠 수 있다고 말한다. 예를 들자면, 그것들은 새의 울음소리, 녹과 먼지의 희미한 색깔, 새벽녘의 비몽사몽과 같은 것들이다. 또 다른 누군가는 교묘히 변장한 이교도 지도자들의 입을 통해 '회사'는 '결코 존재하지 않았으며 앞으로도 존재하지 않을 것'이라고 말한다. 그런 사람들과 비열하기로는 마찬가지인 또 다른 누군가는 바빌로니아가 우연의 무한한 놀이에 불과하기 때문에, 그런 그늘에 숨은 회사의 실재를 긍정하건 부정하건 아무런 차이가 없다고 말한다.

허버트 퀘인*의 작품에 대한 연구

허버트 퀘인은 로스커먼에서 죽었다. 나는 《타임스》 문학 부록에서 반 단짜리 추모 동정 기사밖에 할애하지 않았으며, 거기에 부사를 사용해 수정되거나 아니면 질책받지 않아도 될 찬미의 표현이 하나도 없다는 사실에 그리 놀라지 않았다. 같은 주에 발행된 《스펙테이터》에 실린 기사는 의심의 여지 없이 덜 간결하고 어쩌면 더 정중해 보인다. 하지만 거기에서 는 퀘인의 첫 번째 작품인 『미로의 신』을 애거서 크리스티** 여사의 작품 한 편을 비롯해 거트루드 스타인***의 다른 작품 들과도 비교하고 있다. 이런 식의 환기는 아무도 필수적이라

---

* 가상의 인물.
** Agatha Christie(1890~1976). 영국의 여성 추리 소설 작가. '추리 소설의 여왕'이라 불린다.
*** Gertrude Stein(1874~1946). 미국의 여성 작가. 1차 세계대전 이후 미국 문학에 지대한 영향을 끼쳤다.

고 생각하지 않을 것이며, 고인도 결코 기뻐하지 않을 것이었다. 게다가 고인은 자신이 천재라고 생각한 적이 한 번도 없었다. 심지어 언론 매체들을 이미 피곤하게 만든 작자가 변함없이 테스트 씨나 새뮤얼 존슨* 박사처럼 구는 순회 문학 대담도 신뢰하지 않았다……. 사실 그는 아주 분명하게 자기의 책들에 담긴 실험적 성격들을 감지하고 있었다. 그 책들은 열정적이라는 장점 때문이 아니라 새롭고 간결하면서도 완전하다는 면에서 칭찬을 받을 만한 것이었다. 그는 1939년 3월 6일 롱포드에서 "나는 카울리**의 송가들과 같다네."라고 내게 썼다. 그리고 "나는 예술에 속하지 않고 그저 예술사에만 속해 있다네."라고 덧붙였다. 그의 견해에 따르면 역사보다 저급인 학문은 없었다.

나는 허버트 퀘인이 겸손하게 말한 대목을 인용했다. 물론 그런 겸손함이 그의 사고 영역까지 고갈시키는 것은 아니다. 플로베르와 헨리 제임스는 우리에게 예술 작품이란 희귀하며 그것을 짜내기란 미칠 듯이 힘들다고 생각하게 만들었다. 16세기(『파르나소스로 가는 여행』***을 떠올려 보자. 그리고 셰익스피어의 운명을 상기해 보자.)에는 이런 쓸쓸한 견해에 동조하지 않았다. 허버트 퀘인도 마찬가지였다. 그는 좋은 문학은 아주 흔

---

* Samuel Johnson(1709~1784). 영국의 평론가이자 작가. 영국 시인 52명의 전기와 작품론을 정리한 『영국 시인전』으로 유명하다.
** Abraham Cowley(1618~1667). 영국의 시인으로 고대 그리스의 시풍을 모방해 불규칙한 시행으로 쓴 핀다로스풍의 송시를 썼다.
*** 세르반테스의 3천여 행에 이르는 자전적 풍자시로 작가의 2대 역작이라 불린다.

하며 길거리의 대화조차도 대개의 경우 그런 수준에 도달할 수 있다고 생각했다. 또한 미학적 행위에는 놀라움이라는 요소가 반드시 수반되며, 암기에 의해 놀라움을 느낀다는 것은 어려운 일이라고 보았다. 그는 쾌활하고 솔직하게 지나간 과거의 책들을 '비굴하고 고집스럽게 보존하는 행위'를 개탄했다……. 나는 그의 애매한 이론이 맞는 말인지는 모르겠다. 하지만 그의 책들이 지나치게 '놀라움'을 추구하고 있다는 사실은 알고 있다.

나는 퀘인이 출판한 첫 작품을 어느 부인에게 빌려 주었다가 돌려받지 못한 것을 유감스럽게 생각한다. 앞서 밝힌 대로 그 작품은 탐정 소설인 『미로의 신』이다. 나는 편집인이 1933년 11월 말에 그 책을 판매하자고 제안한 것에 감사를 표하고 싶다. 12월 초에 『샴쌍둥이의 수수께끼』에 관한 흥미롭고도 애달픈 이야기가 런던과 뉴욕을 강타했다. 나는 우리 친구의 소설이 실패한 까닭을 그런 파멸적인 일치로 돌리고 싶다. 또한 (아주 솔직하게 말하자면) 그것이 실패한 또 다른 이유로는 실행 과정의 결함과 바다에 대한 형식적이며 장황한 몇몇 묘사들을 들 수도 있다. 칠 년이란 세월이 지난 탓에 작품에 등장하는 사건 모두를 일일이 기억할 수는 없다. 나의 망각으로 인해 허약해진 (혹은 순화된) 전반적인 개요는 다음과 같다. 시작 부분에는 도저히 이해할 수 없는 살인 사건이 나오고, 중간에는 사건에 대한 지루한 토론이 진행되며, 끝 부분에는 사건의 해결이 서술되어 있다. 사건의 비밀이 모두 해결된 후, 회고조의 기나긴 문단이 나오는데, 여기에는 다음과 같은 문장이 포함되어 있다. "모든 사람이 두 체스 선수들의 만남을 우연이라고 믿었다." 이 문장은 앞서 언급된 해답이 잘못되었다는 것을 깨닫게 한다. 그래서 궁금증을 참지 못한 독자는 해당되는 장들을 다시 살펴보고, 진짜로 맞는 해답인 다른 답을 발견하게 된다. 이 비범한 책의 독자는 책의 '탐정'보다 더 명민하다.

하지만 보다 이질적인 작품은 '역행하고 그물눈처럼 갈라지는' 소설 『에이프릴 마치(Aprill March)』이다. 이 작품의 3부(오로지 이 부분만)는 1936년에 출판된다. 이 작품을 분석한 그 누구도 이것이 놀이의 일종이라는 것을 부정하지 않는다. 작가 역시 그 작품을 다른 것으로 보지 않았다는 사실도 떠올릴 필요가 있을 것 같다. 나는 언젠가 그가 이렇게 말하는 것을 들었다. "나는 이 소설을 위해 대칭이나 자의적 법칙들, 지루함 등 모든 놀이의 근본적인 특징들을 이용했네." 심지어 책 제목까지도 모호하지만 동음이의어이다. 제목이 뜻하는 바는 '4월의 행진'이 아니라 글자 그대로 '4월 3월'이다. 어떤 사람은 그 책에서 존 던*이 주장한 교리의 메아리를 감지했다. 퀘인은 책의 「서문」에서 브래들리**가 가정한 도치된 세계를 언급하는데, 그 세계에서는 죽음이 탄생보다, 상처의 딱지가 상처보다, 상처가 가해 행위보다 앞서 나타난다.(『허상과 현실』, 1897, 215쪽)*** 그러나 『에이프릴 마치』가 제안하

---

* John William Dunne(1875~1949). 영국의 시인이자 성직자.

** Francis Herbert Bradly(1846~1924). 영국의 관념주의 철학자.

*** 허버트 퀘인의 박식함에 대해서는 그만 말하자. 1897년 책의 215페이지에 대해서도 이만하면 충분하다. 플라톤의 『정치가』에서 어느 대화자는 이와 비슷한 시간 역행에 관해 설명했다. 거기서 '대지의 아이'들 혹은 '토착민'들은 우주

는 세계는 시간 역행적이 아니며, 단지 이야기를 서술하는 방식이 그렇다. 내가 앞서 말했던 것처럼 '역행하고 그물눈처럼 갈라지는' 소설이다. 그 작품은 13장으로 구성되어 있다. 1장은 기차역 플랫폼에서 낯선 사람들끼리 나누는 아리송한 대화에 관해 말하고 있다. 2장은 1장에 나오는 날의 전날 저녁에 일어난 사건들을 언급하고 있다. 마찬가지로 시간 역행적인 3장은 1장에 나오는 날의 '또 다른' 전날이었을 저녁에 일어난 사건에 대해 말하고 있다. 4장은 세 번째로 있었을지도 모르는 또 다른 전날 밤의 사건을 다룬다. 그 세 개의 전날 저녁(서로 양립할 수 없는)은 다양한 성격을 가진 또 다른 세 개의 그 전날 저녁들로 각각 갈라진다. 따라서 작품 전체는 아홉 개의 소설로 이루어진다. 그리고 각각의 소설은 긴 세 개의 장으로 구성된다.(당연히 1장은 모든 소설에 공통적으로 들어간다.) 이 소설들 중 어떤 것은 상징적이고, 또 어떤 것은 초자연적이다. 그리고 탐정 소설적인 것도 있고, 심리적인 것도 있으며, 공산주의적인 것도 있고, 반공산주의적인 것도 있다. 아마 다음의 도표가 이 소설의 구조를 이해하는 데 도움을 줄 것이다.

가 거꾸로 돌아가는 것에 영향을 받아 노년에서 중년으로, 중년에서 유년으로, 유년에서 소멸과 무로 향한다. 또한 테오폼푸스 역시 그의 저서 『반박 연설』에서 북쪽 지방의 어느 과일에 관해 말하는데, 그 과일을 먹은 사람에게는 동일한 시간의 역행 과정이 일어난다…… 더 재미있는 것은 '시간'이 전도를 상상하는 것이다. 우리가 미래를 기억하지만 과거에 대해서는 아무것도 모르거나, 기껏해야 어렴풋이 눈치챌 수 있는 상태 말이다. 가령, 예언적인 통찰력이 노안과 비교되는 단테의 『신곡』 「지옥편」의 열 번째 노래 97~102행을 참고할 것.(저자 주)

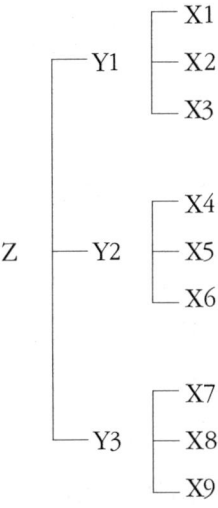

이와 같은 구성에 관해 쇼펜하우어가 칸트의 열두 범주에 관해 "그는 대칭을 위한 열망에 모든 것을 희생시킨다."라고 했던 것을 적절하게 다시 말할 수 있다. 익히 예견할 수 있는 바와 같이 아홉 개의 이야기 중에는 퀘인에게 어울리지 않는 것도 있다. 또한 가장 뛰어난 것은 퀘인이 처음에 구상했던 X4가 아니라 환상적 성격을 가진 X9이다. 다른 것들은 싱거운 농담들과 쓸모없는 유사 정확성으로 손상되어 있다. 그 책을 시간 순서로 (가령 X3, Y1, Z의 순서로) 읽는 사람들은, 그 이상한 책의 특별한 맛을 음미하지 못한다. 두 개의 이야기(X7과 X8)는 특별한 개별적 가치를 지니지 못한다. 그것들은 서로 병렬해 두어야만 효과를 보인다……. 『에이프릴 마치』를 출간하고서 퀘인은 3분법 구성을 후회했으며, 그런 순서를 모방할 인간들은 2분법적 구성을 선택할 것이라고 예언했다는 사실을 독자들에게 상기시켜도 좋을지 모르겠다.

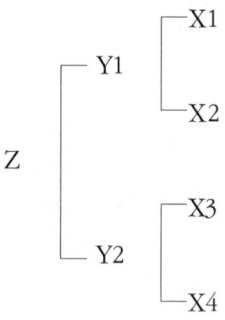

　반면에 조물주들이나 신들은 무한히 갈라지는 구조, 즉 무한한 이야기들과 무한하게 가지 치는 이야기들을 택할 것이다.
　영웅을 찬미하는 2막짜리 희극 『비밀의 거울』은 『에이프릴 마치』와 회고적이라는 면에서는 유사하지만 매우 다르다. 앞서 요약한 작품들에서는 복잡한 형식이 작가의 상상력을 무디게 만들었다. 하지만 이 작품에서는 작가의 상상력이 보다 자유롭게 펼쳐진다. 가장 긴 1막의 무대는 멜튼 모브레이 근처에 있는 C.I.E. 스레일 장군의 별장이다. 이 극작품의 보이지 않는 중심은 장군의 큰딸인 울리카 스레일이다. 몇몇 대사를 통해 우리는 그녀가 오만한 아마존과 같다는 사실을 엿보면서 그녀가 왜 문학으로 여행을 떠나지 않았는지 의아해하게 된다. 신문들은 그녀가 러틀랜드 공작과 약혼을 했다는 기사를 싣는다. 그런 다음 신문들은 그 약혼이 파기되었음을 전한다. 극작가 윌프레드 퀄즈가 그녀를 사랑한다. 언젠가 그녀는 어쩌다 그 젊은이에게 마음 산란한 키스를 한 적이 있다. 등장인물들은 모두 막대한 재산을 지닌 명문가의 자손들이다. 그들의 사랑은 격렬하지만 고귀하다. 대사는 벌워 리튼*에게 걸맞은 호언장담과 오스카 와일드** 혹은 필립 게달라의 경구 사이를 오가는 것 같다. 이 작품에는 나이팅게일 한 마리와 어느 밤이 그려진다. 그날 한 테라스에서 비밀 결투가 벌어진다.(대개의 내용이 쉽게 감지되지 않지만 흥미로운 모순도 있고 자질구레하고 야비한 내용도 있다.) 1막의 등장인물들이 2막에서도 다시 등장하나, 다른 이름으로 나타난다. '극작가' 윌프레드 퀼즈는 리버풀의 중간 상인이다. 그의 진짜 이름은 존 윌리엄 퀴글리다. 스레일 양이 나타난다. 퀴글리는 그녀를 단 한 번도 만난 적이 없지만,《테틀러》나《스케치》에 실린 그녀의 사진들을 병적으로 수집한다. 퀴글리는 1막의 작가이다. 존재하지 않을 것 같거나 비현실적으로 보이는 그 '별장'은 유태계 아일랜드 사람이 운영하는 하숙집으로, 그는 그 집에 묵고 있다. 그 집은 그의 상상에 의해 변형되었고 확대되어 있다……. 1막과 2막의 이야기는 유사하지만 2막에서는 모든 것이 약간 위협적이고, 모든 것이 미뤄지거나 실패하고 만다. 『비밀의 거울』이 처음 상연되었을 때, 평단은 프로이트와 쥘리앵 그린***의 이름을 들먹였다. 내 생각에 프로이트의 이름을 언급하는 것은 전혀 타당성이 없어 보인다.

---

* Edward George Bulwer Lytton(1803~1873). 영국의 소설가. 대표작으로는 『폼페이 최후의 날』이 있다.
** Oscar Wilde(1854~1900). 영국의 작가. 탐미적인 문체로 유명하며 『도리안 그레이의 초상』, 『행복한 왕자』 등의 작품을 남겼다.
*** Julien Green(1900~1998). 프랑스의 작가. 20세기 프랑스 기독교 문학을 대표한다.

『비밀의 거울』이 프로이트적인 희극이라는 명성이 퍼졌다. 그런 유리한 (비록 틀린 것이지만) 해석은 이 작품을 성공시킨 결정적인 요인이었다. 불행하게도 퀘인은 이미 마흔을 넘어 있었다. 그는 실패에 익숙해져 있었고, 그런 상태의 변화를 고분고분 따르는 사람이 아니었다. 그는 복수를 하기로 결심했다. 1939년 말 그는 『성명서』를 출간했다. 아마도 그의 작품들 중에서 가장 독창적일지는 모르지만, 의심의 여지없이 가장 칭찬을 받지 못했고, 가장 비밀스러운 작품이었다. 퀘인은 항상 독자란 이미 멸종된 종족이라고 주장하곤 했다. "잠재적이든 실제적이든, 작가가 아닌 유럽 사람은 단 한 명도 없거든."이라고 그 이유를 설명하곤 했다. 또 그는 문학이 줄 수 있는 많은 행복 중 최고의 것은 상상이라고 말하곤 했다. 그러나 모든 사람이 그런 행복을 누릴 수 없기에, 많은 사람들이 비슷하게 흉내 낸 것에 만족해야 할 것이라고 지적했다. '대중'이라는 이름의 그런 '불완전한 작가들'을 위해 퀘인은 『성명서』에 실린 여덟 개의 이야기를 썼다. 작품 하나하나는 훌륭한 이야기라는 것을 예시하거나 약속하지만, 작가에 의해 의도적으로 좌절된다. 어떤 이야기는 — 가장 훌륭하다고 볼 수는 없는 — 두 개의 줄거리를 암시한다. 허영심에 눈이 먼 독자는 자신이 그 이야기들을 창작했다고 믿는다. 나는 세 번째 이야기인 「어제의 장미」에서 「원형의 폐허들」이라는 작품을 끄집어낼 정도로 순진했다. 이 작품은 『두 갈래로 갈라지는 오솔길들의 정원』이라는 책에 실린 이야기 중이 하나이다.

1941년

바벨의 도서관

이런 방식으로 당신은
스물세 글자의 변형체들을 볼 수 있을 것이다…….
—『멜랑콜리의 해부』* 2부 2편 4항

다른 사람들이 '도서관'이라고 부르는 우주는 육각형 진열실들로 이루어진 부정수, 아니, 아마도 무한수로 구성되어 있다. 각각의 진열실 중심에는 낮은 난간으로 둘러싸인 커다란 통풍구가 있다. 그 어떤 육각형 진열실에서도 위에 있는 층들과 아래에 있는 층들이 무한하게 보인다. 진열실들은 모두 동일하게 배치되어 있다. 각 진열실에는 스무 개의 책장이 있다. 두 면을 제외한 각 면마다 다섯 개씩의 책장들이 늘어서서 네 개의 면을 덮고 있다. 책장의 높이는 바닥에서 천장 높이와 같고, 보통 키의 사서보다 조금 큰 정도이다. 책장이 놓여 있지 않은 두 면들 중의 하나는 일종의 좁은 복도와 연결된다. 그 복도는 모두가 똑같은 형태와 크기를 가진 다른 진열실과 이어져 있다. 복도 좌우로 아주 작은 문간방이 두 개 있다. 하나

---

* 영국 작가 로버트 버튼의 논문으로 우울증을 다루고 있다.

는 선 채로 자는 방이고, 다른 하나는 생리적인 문제를 처리하는 방이다. 이 공간으로 나선 계단이 지나가며, 이 계단은 아득히 먼 곳으로 내려가거나 올라간다. 좁은 복도에는 거울 하나가 있는데, 그 거울은 대상을 있는 그대로 복제한다. 사람들은 이 거울을 보고 '도서관'은 무한하지 않다고 추단하곤 한다.(만일 실제로 무한하다면 무엇 때문에 복제라는 눈속임이 필요하겠는가?) 나는 그 반짝거리는 거울 표면이 무한함의 형태이며 약속이라고 꿈꾸고 싶다……. 빛은 '등'이라는 이름을 가진 몇 개의 둥근 열매들에서 나온다. 육각형 진열실마다 걸려 있는 두 개의 등은 횡단으로 길게 배치되어 있다. 등에서 나오는 불빛은 충분하지 않지만 끊기는 법은 없다.

'도서관'의 모든 사람들처럼 나는 젊은 시절 여행을 했다. 나는 한 권의 책, 아마도 편람 중의 편람일 책을 찾아 돌아다녔다. 이제 내 눈은 지금 내가 쓰고 있는 것조차 알아볼 수 없고, 나는 내가 태어난 육각형의 방에서 몇 킬로미터 떨어지지 않은 곳에서 죽을 준비를 하고 있다. 내가 죽으면, 자비로운 사람들이 나를 난간 위로 던져 버릴 것이다. 내 무덤은 깊이를 헤아릴 수 없는 허공이 될 것이고, 내 육체는 끝없이 떨어질 것이고, 썩을 것이며, 내가 아마도 무한하게 떨어지면서 만들어 낼 바람 속에서 분해될 것이다. 나는 도서관이 끝없다고 분명하게 말한다. 관념론자들은 육각형의 방들이 절대적인 공간, 혹은 적어도 공간의 지각 작용을 위해 반드시 필요한 형태라고 말힌다. 그들은 삼각형이니 오각형 같은 방은 생각조치 할 수 없다면서 그 이유를 설명한다.(신비주의자들은 환희의 상태에 있게 되면, 크고 둥그런 책이 벽 주변을 완전히 빙빙 도는 원형의 방이 보인다고 주장한다. 하지만 그들의 증언은 의심스럽고, 그들의 말들은 모호하다. 그 원형의 책은 '유일신'이다.) 지금으로서는 내가 "도서관은 하나의 구체이며, 그 구체의 정 한가운데는 어떤 종류의 육각형이건 육각형이고, 그것의 원주로는 접근할 수 없다."라는 고전적인 격언을 되풀이하는 것으로 충분하리라.

각 육각형 진열실의 벽에는 책장이 다섯 개씩 비치되어 있다. 각 책장에는 똑같은 크기로 된 서른두 권의 책이 꽂혀 있으며 각 책은 410페이지이다. 각 페이지는 마흔 행으로 되어 있고, 각 줄은 팔십여 개의 검은 글자들로 이루어져 있다. 또한 각 책의 책등에도 글자들이 있다. 이 글자들은 책의 내용을 지시하거나 예시하지 않는다. 나는 그런 불일치가 한때 이상하게 보였다는 사실을 안다. 그 수수께끼에 대한 해답을 전하기 전에(결과는 비극적이지만, 그 발견이야말로 아마도 역사상 가장 중요한 사건일 것이다.) 나는 몇 가지 원리들을 떠올리고자 한다.

첫 번째 원리는 '도서관'이 '태곳적'부터 존재한다는 것이다. 이러한 사실에서 우리는 세계의 미래 역시 영원하리라는 것을 곧바로 추리할 수 있다. 합리적인 사고의 소유자라면 그 누구도 그것을 의심할 수는 없다. 불완전한 사서인 인간은 우연이나 개구쟁이 조물주의 작품일지도 모른다. 반면에 책장들과 불가해한 책들, 방문자를 위한 그칠 줄 모르는 층계들, 그리고 앉아 있는 사서들을 위한 화장실처럼 우아한 설비를 갖추고 있는 우주는 오직 하나의 신이 제작한 작품일 수밖에 없다. 신적인 것과 인간적인 것 사이의 거리를 감지하기 위해서는 서툰 나의 손이 어느 책 표지에 아무렇게나 갈겨 쓴 알아볼 수 없이 비뚤비뚤한 글자들과 책 본문의 체계적인 글자들, 즉 정연하고 진한 검은색이며, 따라 할 수 없을 만큼 균형 잡힌 글자들을 비교하는 것으로 충분할 것이다.

두 번째 원리는 '철자 기호의 수는 스물다섯 개다.'*라는 것이다. 삼백 년 전에 이 원리를 발견한 이래 '도서관'에 대한 총체적 이론을 세울 수 있었으며, 그 어떤 추측으로도 설명하지 못했던 문제, 바로 거의 모든 책이 일정한 모양을 취하고 있지 않으며 어지러운 속성을 갖고 있다는 문제가 충분할 정도로 해결되었다. 내 아버지가 15-94구역의 어느 육각형 진열실에서 보았던 책은 알파벳 M, C, V로만 이루어져 있었다. 그 책에서는 첫 줄부터 마지막 줄까지 오직 그 글자만 되풀이되었다. 또 다른 책(이 구역의 책들 중에서는 특히 열람 횟수가 많은)은 순전히 글자들의 미로지만, 끝에서 두 번째 페이지에 "아, 시간, 그대의 피라미드들."이라고 적혀 있다. 사리에 맞는 한 줄, 혹은 한마디의 솔직한 진술을 위해, 아무런 의미도 없는 거슬리는 음조나 허튼소리, 그리고 두서없는 말들이 하염없이 펼쳐져 있다는 사실은 이미 널리 알려져 있다.(나는 어느 거칠고 황량한 지역을 알고 있다. 그곳의 사서들은 책 속에서 의미를 찾으려는 허황되고 미신적인 습관을 거부하고, 그런 행위를 꿈이나 한 사람의 손바닥의 뒤엉킨 손금들에서 의미를 찾으려고 하는 행위와 동일시한다……. 그들은 글쓰기를 발명한 사람들이 스물다섯 가지 자연의 상징을 모방했다는 사실을 인정한다. 하지만 그들은 그런 채택이 우연에 불과하며, 책들 그 자체는 아무것도 의미하지 않는

* 원래 원고에는 아라비아 숫자나 대문자가 포함되어 있지 않다. 구두점은 쉼표와 마침표로 한정되어 있다. 이 두 개의 기호와 글자 사이의 여백, 그리고 22개의 알파벳이 익명의 작가가 열거하는 25개의 충분한 기호이다.(저자 주)

다고 주장한다. 곧바로 살펴보겠지만 이러한 견해가 전적으로 틀린 것은 아니다.)

오랜 세월 동안 사람들은 그런 책들에 우리가 발을 들여놓을 수 없었던 이유가 그것들이 고대나 머나먼 시절의 언어로 적혀 있기 때문이라고 믿었다. 태고의 사람들, 그러니까 최초의 사서들은 지금 우리가 쓰고 있는 언어와는 아주 다른 언어를 사용했다. 사실 오른쪽으로 몇 마일 떨어진 곳에서 우리의 언어는 방언이 되고, 구십 층쯤 위에서 우리의 언어는 이해 불가능하게 된다. 다시 한 번 말하지만, 그 모든 것은 사실이다. 그러나 한결같이 M, C, V로만 이루어진 410페이지는 방언이건 아니면 원시 언어이건 간에 그 어떤 언어에도 해당하지 않는다. 혹자는 각 글자가 다음에 나오는 글자에 영향을 미칠 수 있으며, 71페이지 세 번째 줄에 있는 M, C, V의 가치가 다른 페이지의 다른 지점에 있는 동일한 일련의 글자가 지닌 가치와 다르다는 것을 시사했다. 하지만 그런 모호한 논지는 별로 수용되지 못했다. 한편 또 다른 사람들은 그것을 암호 체계로 생각했다. 비록 그것의 창안자들이 만든 의미와는 달랐지만, 그런 추측은 널리 받아들여졌다.

오백 년 전, 높은 곳에 위치한 육각형*들의 책임자 한 사람이 다른 책들처럼 혼란스러운 책 한 권을 발견했다. 그런데 그 책은 거의 두 페이지에 걸쳐 동일한 행이 반복되고 있었다. 그는

---

* 예전에는 세 육각형 진열실마다 한 명씩 근무했다. 자살과 폐질환이 그런 비율을 깨뜨리고 말았다. 나는 형용할 수 없이 우울한 기억을 간직하고 있다. 수많은 밤 동안 복도와 반들반들한 계단을 돌아다녔지만, 한 사람의 사서도 만나지 못했을 때가 종종 있었던 것이다.

자신이 발견한 것을 어느 떠돌이 암호 해독가에게 보여 주었다. 그러자 그 암호 해독가는 그에게 그 행들이 포르투갈어로 적혀 있다고 말했다. 다른 사람들은 그것들이 이디시어라고 말했다. 그렇게 한 세기가 흘러가기 전에 전문가들은 그것이 어떤 언어인지 밝혀냈다. 그것은 고대 아랍어의 어형 변화를 가진 과라니어의 사모예드 리투아니아식 방언이었다. 또한 그 내용도 해독되었다. 그것은 조합 분석의 기초로, 무한하게 반복되는 변수들을 예로 설명되어 있었다. 이런 예들 덕분에, 어느 천재적인 사서는 '도서관'의 기본 법칙들을 발견할 수 있었다. 이 철학자는 모든 책이 서로 다를지라도 동일한 요소들로 구성되어 있다고 말했다. 즉, 띄어쓰기 공간과 마침표, 쉼표, 그리고 스물두 개의 철자 기호로 이루어진다는 것이었다. 또한 그는 모든 여행자들이 확인했던 "도서관은 거대하지만 동일한 책이 두 권 존재하지는 않는다."라는 사실을 주장했다. 그런 부정할 수 없는 전제들로부터 그 사서는 '도서관'은 완전하고 완벽하며, 그곳의 책장들은 이십여 개의 철자 기호들로 이루어진 가능한 모든 조합(그 숫자는 방대하지만 무한하지는 않다.), 바로 모든 언어로 표현 가능한 모든 것을 포함하고 있다는 사실을 추론해 냈다. 여기서 모든 것은 미래의 상세한 역사, 대천사들의 자서전, '도서관'의 정확한 색인 목록, 셀 수 없이 많은 거짓 목록, 그런 목록들의 오류에 대한 증거, 진짜 목록의 오류에 대한 증거, 바실리데스*의 그노시스 교 복음서, 그 복음서에 대한 주석, 그 복음서에 대한 주석의 주석, 당신의 죽음에 관한 정확한 이야기, 각

---

* Basilides(117~138). 이집트 알렉산드리아의 초기 영지주의 교부.

각의 책에 대한 모든 언어들의 번역본, 각각의 책을 모든 책에 삽입하는 것, 베다*가 색슨족의 신화에 대해 쓸 수 있었으면서도 쓰지 않았던 논문, 타키투스**의 소실된 책들이다.

'도서관'이 모든 책을 소장하고 있다는 사실이 알려지자, 처음으로 나타난 반응은 무한한 행복감이었다. 사람들은 모두 자기 자신이 누구의 손도 닿지 않은 완전하고 비밀스러운 보물의 주인이라고 느꼈다. 설득력 있고 감동적인 해결책이 존재하지 않는 개인적 문제나 세상의 문제는 없었다. 그것들은 어느 육각형의 방에 있을 것이기 때문이었다. 우주는 정당화되었고, 순식간에 인류의 무궁무진한 희망과 일치하게 되었다. 그 무렵에는 '변론서들'이 인구에 회자되었다. 그것들은 우주에 살고 있는 각 인간의 행위를 항상 정당하다고 입증해 주고, 각자의 미래에 대한 놀라운 비밀들을 간직하고 있는 찬미서와 예언서였다. 탐욕에 굶주린 수많은 사람들이 자신들이 태어난 정든 육각형 진열실을 버리고서, 자신의 '변론서'를 발견하려는 허황된 욕망에 사로잡혀 아래층 위층으로 마구 달려들었다. 그 순례자들은 비좁은 복도에서 서로 말다툼을 벌였고, 이해하기 어려운 욕들을 내뱉었으며, 신성한 층계에서 서로 목 졸라 죽였고, 믿지 못할 책들을 통풍구로 내던졌으며, 머나먼 지역에서 온 사람들에게 유사한 방식으로 내던져졌다. 어떤 사람들은 미쳐 버리기도 했다……. '변론서들'은 존재하지만(나는 미래의 사람들, 아마도 상상의 존재가 아닌 실제의 사람들에 대해 언급하고 있는 두 권의

---

* Bede(673~735). 앵글로색슨족의 신학자이자 역사가.

** Cornelius Tacitus(55~120). 로마의 역사가.

책을 본 적이 있다.) 자신의 '변론서'를 찾던 사람들은 누군가 자기의 변론서를 찾거나, 아니면 그 변론서의 엉터리 판본을 찾을 확률이 '영'에 가깝다는 것을 떠올리지 못하고 있었다.

또한 당시에는 인류에 관한 기본적인 수수께끼들, 즉 '도서관'과 시간의 기원이 밝혀질지도 모른다는 희망이 있었다. 이 중대한 수수께끼들이 언어로 설명될 수 있을지도 모른다는 생각은 그럴듯해 보인다. 만일 철학자들의 언어로 불충분하다면 여러 모양의 '도서관'은 그런 설명에 필요한 전대미문의 언어와 그 언어의 어휘와 문법 들을 만들어 냈을 것이다. 이미 사 세기 동안 사람들은 육각형 진열실들을 샅샅이 뒤지고 있었다……. '검찰관'이라는 공식적인 수색자들도 있다. 나는 그들이 자기 임무를 수행하는 것을 보았다. 그들은 항상 지쳐 버린 채 육각형 진열실에 돌아온다. 그들은 계단이 없는 층계에서 자칫 죽을 뻔했다고 말한다. 또한 진열실들과 층계들에 대해 도서관 사서와 이야기한다. 그리고 어떨 때는 가장 가까이에 있는 책을 집어 들고 훑어보면서, 추잡한 단어들을 찾는다. 분명한 것은 아무도 그들이 뭐라도 발견할 것이라고 기대하지 않는다는 사실이다.

당연한 소리지만, 그런 억제할 수 없는 희망 후에는 엄청난 절망이 뒤따랐다. 어떤 육각형 진열실의 어떤 책장에는 틀림없이 귀중한 책들이 존재하지만 그 누구도 그것들에 접근할 수 없다는 확신감은 거의 견디기 어려운 일이었다. 그러자 어느 불경스러운 종파가 모든 탐색을 중단하고, 모든 사람들이 글자들과 기호들을 뒤섞은 다음, 우연이라는 불확실한 솜씨를 통해 그런 정전들을 만들어 내자고 제안했다. 당국은 엄격한 조처를 취할 수밖에 없었다. 그러자 그 종파는 종적을 감추었지만, 나는 어린 시절에 금속 원반들을 넣은 금지된 주사위 컵을 들고 오랫동안 변소 안에 숨어서 무기력하게 하느님의 무질서를 흉내 내던 노인들을 본 적이 있다.

반대로 또 다른 사람들은 가장 먼저 해야 할 일이 불필요한 책들을 없애 버리는 것이라고 생각했다. 그들은 육각형 진열실에 마구 쳐들어가서 항상 가짜인 것만은 아닌 신분증을 내밀고 못마땅한 표정으로 책 한 권을 뒤적거리다가 책으로 가득한 모든 책장들을 쓸모없다고 판정하곤 했다. 수백만 권의 책들이 유실된 것은 모두 그들의 결벽하고 금욕적인 분노에 기인한다. 오늘날 그들의 이름은 통렬하게 비난받지만, 그들의 광기가 파괴해 버린 '보물들'을 애석해하는 사람들은 널리 알려진 두 가지 사실을 간과하고 있다. 첫째는 '도서관'은 너무 방대하기 때문에 인간의 손이 사라지게 만든 모든 책은 극소량에 불과하다는 점이다. 둘째는 각각의 책은 유일무이한 것으로서 대체가 불가능하지만('도서관'은 완전하고 완벽하기 때문에), 항상 그것에 대한 수십만 권의 불완전한 복사본이 있다는 사실이다. 그것들은 단지 글자 하나, 혹은 쉼표 하나가 원본과 다를 뿐이다. 일반적인 통념과는 달리, 나는 감히 '정화자들'이 저지른 약탈 행위의 결과는 바로 그 광신자들이 야기한 공포 때문에 과장되었다고 생각한다. 그들은 '심홍색 육각형 진열실'에 소장된 책들을 정복하고자 하는 성스러운 열정에 이끌렸다. 그 책들은 보통 책들보다 크기가 작고 전지전능하며 삽화가 들어 있고, 마술적인 책들이었다.

또한 우리는 당시의 또 다른 미신에 대해 알고 있다. 그것은 '책의 사람'에 관한 믿음이었다. 어느 육각형 진열실의 어느 책장에는 '나머지 모든 책'의 암호 해독서이면서 완벽한 개론서가 존재하고 있음이 틀림없다고 사람들은 주장했다. 한 사서가 틀림없이 그 책을 살펴보았으며, 그래서 그 사서는 신과 유사하다는 것이었다. 이 구역의 언어에는 아직도 아득한 옛날의 그 사서를 숭배하는 종파의 흔적이 남아 있다. 많은 사람들이 '그'를 찾아 순례를 떠났다. 백 년 동안 모든 길을 돌아다니며 샅샅이 뒤졌으나 허사였다. 어떻게 그를 숨겨 놓은 존경스러운 비밀의 육각형 진열실을 찾을 수 있을까? 어떤 사람이 소급적 방법을 제시했다. A라는 책을 찾기 위해서는 먼저 A가 있는 장소를 가리키고 있는 B라는 책을 참조하고, B라는 책을 찾기 위해서는 먼저 C라는 책을 참조하고, 그렇게 무한하게 되돌아가는……. 이런 모험들을 하면서 나는 내 일생을 허비하고 소비했다. 나는 우주의 어떤 책장에 그런 완전하고 완벽한 책*이 있을 거라는 사실에 대해 개연성이 없다고 생각하지 않는다. 그래서 나는 알려지지 않은 신들에게 한 사람 — 몇 천 년 전일지라도 좋으니 단지 한 사람만이라도! — 만이라도 그 책을 살펴보고 읽어 본 사람이 있게 해 달라고 기도한다. 만일 제가 영광과 지혜와 기쁨을 누릴 수 있는 그 책을 읽어 볼 수 없다면, 다른 사람들에게라도 그런 기회를 허락해 주소서. 제가 있을 장소가 지옥이라 할지라도 천국이 존재하게 하옵소서. 제가 굴욕에 처하고 죽음을 맞더라도, 당신의 거대한 도서관이 한순간만이라도, 아

---

* 다시 한 번 말하거니와 한 권의 책이 존재하기 위해서는 그것이 존재할 가능성이 있다는 것만으로도 충분하다. 가령 예를 들어 그 어떤 책도 계단이 아니다. 그러나 의심할 나위 없이 그런 가능성을 논의하고 부정하며 보여 주는 책은 존재한다. 그리고 계단에 상응하는 구조를 지닌 또 다른 책들도 있다.(저자 주)

니면 단 한 사람에게라도 합당하다는 것을 보여 주소서.

믿음이 없는 사람들은 '도서관'에서는 의미 있음이 아닌 터무니없음이 정상이며, 합리성은 (아주 시시하고 그저 앞뒤가 맞는 것에 불과할지라도) 기적에 가까울 만큼 예외적인 것이라고 말한다. 나는 그들이 '열병을 앓는 도서관'에 대해서 말한다는 것을 알고 있다. 그들은 이렇게 설명한다. '그런 도서관에서 우연하게 집어 든 책들은 다른 책들로 변형될 위험에 끊임없이 처한다. 그래서 그들은 미쳐서 헛소리를 되뇌는 신성처럼 모든 걸 긍정하고 부정하며, 마침내는 모든 걸 혼동한다.' 무질서를 비난할 뿐만 아니라 나아가 그런 예까지도 보여 주는 그런 말은 그들은 최악의 취향을 가지고 있으며 절망적일 정도로 아는 것이 없다는 사실을 매우 분명하게 증명해 준다. 사실 '도서관'은 모든 언어 구조와 스물다섯 개의 철자 기호들이 만들어 낼 수 있는 모든 변형체들을 포함하고 있지만, 절대적으로 허튼소리는 하나도 없다. 내가 관리하고 있는 많은 육각형 진열실 중에서 최고의 걸작은 『빗질한 번개』이며, 다른 것은 『석고의 경련』이고, 또 다른 것은 『아사사사스 믈뢰』라는 제목을 가졌다는 사실을 인지하는 것은 아무런 의미도 없다. 얼핏 보면 이런 말들은 앞뒤가 맞지 않는 것처럼 보이지만, 의심의 여지없이 암호 표기법이나 알레고리로 읽힐 수 있다. 어의 순서나 존재를 합리화하는 것은 그 자체로 언어적인 것이며 가설적으로는 이미 '도서관'의 어느 곳엔가 나타난다고 말할 수 있다. 하지만 가령 'dhcmrlchtdj'라는 글자의 조합은 불가능하다. 그 단어는 신성한 '도서관'이 예견하지 못했고, 그들의 비밀 언어 중 그 어떤 것에도 무시무시한 의미가 담겨 있지 않기 때문이다. 그 누구도 애정과 공포로 가득하지 않은 음절은 발음할 수 없다. 또한 그 비밀 언어들 가운데 하나에서 강력한 신의 이름이 아닌 것을 입에 올릴 수는 없다. 말한다는 것은 동어 반복에 빠지는 것이다. 이런 내용도 없고 그저 긴 말을 늘어놓을 뿐인 편지는 이미 셀 수도 없이 많은 육각형 진열실들 중의 하나에 있는 다섯 개의 책장에 꽂혀 있는 서른 권의 책들 중 한 권에 존재한다. 그리고 거기에는 역시 그런 편지에 대한 반론도 있다.(존재 가능한 언어에서 n이라는 숫자는 동일한 단어를 사용한다. 몇몇 언어에서는 '도서관'이란 상징이 '육각형 진열실들로 이루어진 영원하고 도처에 존재하는 체계'라는 정확한 정의를 수용한다. 하지만 '도서관'은 '빵'이나 '피라미드' 혹은 그 어떤 것이기도 하다. 그리고 도서관을 정의 내리고 있는 앞의 일곱 단어가 다른 의미를 띠기도 한다. 내 글을 읽고 있는 당신, 당신은 내가 쓰는 언어를 이해한다고 확신하는가?)

방법론적 글쓰기는 내게 현재 인류의 상황에서 한눈을 팔게 한다. 모든 것이 이미 쓰여 있다는 확신은 우리라는 존재를 지워 버리거나 환영적인 존재로 만든다. 나는 젊은 사람들이 단 한 글자도 읽을 수 없지만, 책 앞에 엎드려 마치 야만인들처럼 책장에 입을 맞추는 지방들을 알고 있다. 전염병, 이단들의 싸움, 그리고 불가피하게 도적 행위로 타락하고 마는 순례 여행들이 많은 사람들을 죽였다. 해마다 늘어나는 자살에 관해서는 이미 언급한 것 같다. 아마도 늙고 두려움을 느끼는 탓에 내가 속고 있는 것인지는 모르지만, 유일한 종족인 인류가 멸망 직전에 있다 해도 '도서관'은 불을 환히 밝히고 고독하게, 그리고 무한히, 미동도 하지 않은 채, 소중하고 쓸모없으며 썩

지 않고 비밀스러운 책들을 구비하고서 영원히 존속할 것이라
고 생각한다.

나는 방금 '무한히'라는 말을 썼다. 나는 순전히 관용적인 수사 표현으로 이 부사를 포함시킨 것이 아니다. 그러니까 내 말은 세계가 무한하다고 생각하는 것이 결코 엉뚱하지 않다는 것이다. 세계를 유한하다고 생각하는 사람들은 먼 곳에 있는 복도와 층계와 육각형 진열실 들이 상상조차 할 수 없는 모습으로 끝날 것이라고 가정하지만, 그것은 이치에 맞지 않는다. 반면에 세상을 한계가 없는 것으로 상상하는 사람들은 가능한 책의 수에는 한계가 있다는 점을 잊고 있다. 나는 그 오래된 문제에 대해 '도서관은 무한하지만 주기적이다.'라는 말로 해결책을 제안하고자 한다. 만일 어느 영원한 순례자가 어떤 방향으로건 도서관을 지나갔다면, 수 세기 후에 그는 동일한 책들이 동일한 무질서(무질서가 반복되면 질서가 될 것이다. 진정한 '질서'가.) 속에서 반복되고 있음을 확인할 것이다. 나의 고독함은 그런 우아한 희망*으로 기뻐한다.

1941년, 마르 델 플라타에서

---

* 레티시아 알바레스 데 톨레도는 방대한 도서관은 무용하다고 지적했다. 엄격히 말하자면, 일반 판형에 9포인트나 10포인트 활자로 인쇄되었으며, 무한하게 많고 무한하게 얇은 종이로 이루어진 단 한 권의 책이면 충분할 것이라고 말했다.(17세기 초에 카발리에리는 모든 고체란 무한수의 평면을 겹쳐 놓은 것이라고 했다.) 비단처럼 얇고 매끄러운 그런 편람을 사용하기란 쉽지 않을 것이다. 눈에 보이는 각각의 종이는 다른 유사한 종이들과 연결될 것이고, 그렇게 되면 상상이 불가능한 한가운데의 페이지에는 뒷면이 없게 될 것이기 때문이다.(저자 주)

두 갈래로 갈라지는 오솔길들의 정원

— 빅토리아 오캄포에게

리델 하트*는 『유럽 전쟁사』 242페이지에서 1916년 7월 24일 영국군 13개 사단이 1400문의 대포 지원하에 세르 몽토반 전선을 공격하기로 되어 있었지만 29일 아침까지 연기해야만 했다고 말한다. 리델 하트 대위가 쓴 바에 따르면, 폭우 때문에 연기된 것이었지만, 그 연기로 심각한 결과가 초래되지는 않았다. 칭다오 대학의 영문학 전직 교수였던 유춘 박사가 구술하고 다시 검토한 후 서명한 다음의 진술은 그 사건에 관한 의외의 진상을 밝혀 주고 있다. 처음 두 페이지는 분실되었다.

……그리고 나는 수화기를 내려놓았다. 나는 곧바로 독일어로 대답한 음성이 누구의 것인지 알 수 있었다. 리처드 매든 대위의 목소리였다. 비토르 루네베르그의 아파트에 매든 대위

---

* Sir Basil Henry Liddell Hart(1895~1970). 영국의 군사학자이자 전쟁사가.

가 있다는 것은 우리들의 노력은 물론 목숨마저도 끝나 버렸다는 것을 의미했다. 나는 대수롭지 않게 생각했다.(아니, 그렇게 생각하지 않을 수 없었다.) 또 그것은 루네베르크가 체포되었거나 살해되었다는 뜻이었다.* 그날의 해가 지기 전에, 나도 동일한 운명을 맞게 될 것이었다. 매든은 무자비한 사람이었다. 아니, 무자비해질 수밖에 없었다고 말하는 게 옳을 것이다. 영국군의 명령을 받는 아일랜드 사람이며, 미적지근한 태도와 아마도 반역 혐의까지 받고 있던 사람이 어떻게 그러한 천우신조, 즉 독일 제국의 스파이 둘을 색출하여 체포하고 어쩌면 제거하는 데까지 이어질 그런 기회를 얼른 붙잡고 고마워하지 않겠는가? 나는 내 방으로 올라갔다. 그러고는 어처구니없게도 열쇠로 방문을 잠갔고, 비좁은 철제 침대 위에 덜렁 드러누웠다. 창밖으로 평상시에 보이던 지붕들과 구름이 가린 여섯 시의 해가 보였다. 나는 아무런 조짐이나 전조도 없이 그날이 내게 무자비한 죽음의 날이 될 것이라는 사실을 믿을 수가 없었다. 돌아가신 내 아버지의 보살핌에도 불구하고, 한때 하이펑의 대칭형 정원에서 놀던 아이였음에도 불구하고, 지금 내가 죽어야 한단 말인가? 그런 다음 내 머릿속에는 모든 일이 바로 한 사람에게, 바로 이 순간에 일어나고 있다는 생각이 스쳤다. 태곳적부터 언제나 일어나는 일들, 그런 일들은 오로지 현재에 일어난다. 하늘과 땅과 바다의 수많은 사람들, 그리고 정

---

* 믿기 어려울 뿐만 아니라 비겁한(짜증 나면서도 비열한) 가정. 일명 빅토르 루네베르크라고 불리던 프로이센의 스파이 한스 라베너는 구속(체포) 영장을 들고 온 리처드 매든 대위를 향해 자동 권총을 겨누었다. 자기 방어를 위해 매든 대위는 루네베르크에게 부상을 입혔고, 그 부상으로 인해 루네베르크는 죽었다.

말로 일어나는 모든 일들이 지금 내게 일어나는 것이다……. 매든의 말대가리 같은 얼굴에 대한 참을 수 없는 기억이 이런 상념을 뒤엎어 버렸다. 증오와 공포 한가운데에서(지금 나는 공포에 대해 거리낌 없이 말한다. 지금 나는 리처드 매든을 따돌렸고, 지금 내 목은 밧줄을 간절히 기다리고 있기 때문이다.) 나는 그 용사가 큰 소리로 떠들어 대면서 틀림없이 행복해하고 있을 것이며, 내가 '기밀'을 갖고 있다는 사실을 의심하지 않을 것이라고 생각했다. 그 '기밀'은 바로 앙크르 강변에 주둔한 새로운 영국 포병대의 정확한 위치였다. 새 한 마리가 회색 하늘을 가르며 나아갔고, 나는 무턱대고 그것을 비행기로 보았으며, 그 비행기를 프랑스 상공에서 폭탄을 투하해 영국 포병 기지를 초토화시키고 있는 수많은 비행기라고 받아들였다. 한 발의 탄환이 내 입을 뭉그러뜨리기 전에 내 입이 독일에서도 들을 수 있도록 그 이름을 외칠 수만 있다면……. 내가 지닌 인간의 목소리는 빈약하기 그지없었다. 어떻게 대장의 귀에 들어가도록 할 수 있을까? 루네베르크와 나에 관해서는 아는 것이 아무것도 없는 주제에 스태퍼드셔에 있다는 것 정도만 알고서 아무런 소득도 없이 베를린의 썰렁한 사무실에서 끝없이 신문들을 뒤적거리며 우리 소식을 기다리고 있는 지긋지긋하고 증오스러운 인간의 귀에 말이었다……. 나는 큰 소리로 말했다. "도망쳐야겠어." 그러고는 마치 매든이 이미 나를 숨어서 기다리고 있는 것처럼 불필요하게 완벽한 침묵을 지키며 아무 소리두 내지 않고 몸을 일으켰다. 무엇인가 — 아마도 더 이상 내가 기댈 곳은 없다는 것을 과시하려는 생각 — 에 이끌려 나는 내 주머니들을 뒤져 보았다. 그리고 이미 짐작했던 것들을 주머니 속에서 발견했다. 미국제 시계, 니켈 도금된 시곗줄, 사각형 동전, 나를 위태롭게 만들 수도 있는 루네베르크 아파트의 쓸모없는 열쇠들이 달린 열쇠고리, 수첩, 내가 즉시 파기해 버리겠다고 마음먹은(그러나 파기하지 않았던) 편지 한 장, 위조 여권, 크라운 한 개, 2실링과 펜스 동전 몇 개, 빨강과 파랑이 섞인 연필 하나, 손수건, 그리고 한 발의 탄환이 장전된 리볼버였다. 어처구니없게도 나는 리볼버를 손에 쥐고 무게를 가늠해 보면서 용기를 얻으려고 했다. 나는 막연하게 권총 소리가 아주 먼 곳에서 울릴 것이라고 생각했다. 십 분이 지나자 내 계획은 무르익었다. 나는 전화번호부에서 소식을 전해 줄 수 있는 유일한 인물의 이름을 찾아냈다. 그는 기차로 삼십 분도 채 걸리지 않는 펜톤 교외에 살고 있었다.

나는 비겁한 자다. 그 누구도 위험하고 무모하다고 평가하지 않을 수 없는 내 계획을 수행한 지금 나는 그렇게 말한다. 나는 그걸 실행에 옮기는 게 얼마나 끔찍한 일이었는가를 잘 안다. 나는 독일을 위해 그런 일을 한 것이 아니었다. 그건 절대 아니었다. 나는 내게 스파이라는 더러운 행위를 강요한 야만적인 나라에 대해서는 하나도 관심이 없다. 게다가 나는 내가 보기에 괴테에 못지않은 어느 영국인 — 아주 겸손한 사람 — 을 안다. 나는 그와 한 시간도 이야기를 나누지 못했지만, 그 한 시간 동안 그는 괴테였다……. 나는 내 계획을 실행에 옮겼다. 그것은 대장이 내 인종의 피를 가진 사람들 — 내 핏줄 속에 흐르는 셀 수 없이 많은 조상들 — 을 약간 우습게 본다는 것을 알고 있기 때문이었다. 나는 황인종 한 명이 그의 군대를 구원할 수 있음을 증명해 보이고 싶었다. 게다가 나는 매튼 대위에게서 도망쳐야만 했다. 그의 손과 목소리가 언제라도 내 방문을 두드릴 수 있었다. 나는 아무 소리도 내지 않으면서 옷을 입었고, 거울을 보면서 마음속으로 작별을 했고, 계단을 내려와서 조용한 거리를 유심히 살펴본 다음 밖으로 나왔다. 기차역은 집에서 그다지 멀지 않은 거리에 있었지만, 나는 택시를 타는 게 나을 거라고 판단했다. 그렇게 하면 사람들의 눈에 띌 위험이 적을 것 같았다. 사실 텅 빈 거리에서 나는 눈에 잘 띄고 무한히 약한 존재라는 느낌이 들었던 것이다. 택시 운전사에게 기차역 중앙 입구에서 조금 떨어진 곳에 차를 세워 달라고 말했던 기억이 난다. 나는 일부러 거의 슬픔에 잠긴 사람처럼 천천히 차에서 내렸다. 애시그로브라는 마을로 갈 생각이었지만, 보다 먼 기차역으로 가는 기차표를 끊었다. 기차 출발 시각은 앞으로 몇 분 남지 않은 8시 50분이었다. 나는 서둘렀다. 다음 기차는 9시 30분에 출발하기 때문이었다. 플랫폼에는 사람이 별로 없었다. 나는 객실들을 살피며 걸었다. 농사꾼 몇 사람과 상복을 입은 어느 여인, 그리고 열심히 타키투스의 『연대기』를 읽고 있는 청년과 행복한 표정을 지은 어느 부상병이 있었다고 기억한다. 드디어 기차가 출발했다. 내가 아는 사람이 플랫폼 끝까지 달려왔지만 기차에 올라타지는 못했다. 그는 리처드 매튼 대위였다. 기진맥진한 채 몸을 떨면서 나는 의자 한쪽 끝에서, 그러니까 무섭기 짝이 없는 창문에서 멀리 떨어진 곳에서 몸을 움츠렸다.

그렇게 마음을 졸이는 상태를 벗어나자, 나는 거의 비열한 행복감을 느끼는 상태가 되었다. 이미 결투를 시작했고, 비록 사십 분을 얻은 것에 불과하지만 행운이 나를 도와 적의 공격을 피하면서 첫 번째 대결에서 승리했다고 마음속으로 되뇌었다. 나는 이 작은 승리가 총체적인 승리를 예견해 주는 것이라고 애써 생각하려고 했다. 나는 그것이 결코 작은 승리가 아니라고 나 자신을 설득시켰다. 기차 시간표가 내게 선사해 준 그 간발의 차이가 아니었다면 아마도 나는 감옥에 갔거나 죽었을 것이기 때문이다. 그리고 (약간 궤변적으로) 이런 비겁한 행복감은 내가 이 모험을 성공적으로 마무리할 수 있는 사람임을 입증한다고 생각했다. 그런 나약함에서 나는 힘을 얻었고, 그 힘은 나를 버리지 않았다. 나는 사람들이 갈수록 보다 끔찍한 일을 체념하여 받아들일 것이고 이내 세상에는 군인과 도둑밖에 남지 않게 될 것이라고 예견한다. 나는 그들에게 이렇게 충고한다. '무시무시한 일을 수행하는 사람은 자신이 이미 그것을 완수했다고 상상해야만 하고, 과거처럼 절대로 바꿀 수 없는 미래를 자기 자신에게 강요해야 한다.' 나는 바로 그렇게 했다. 그런 동안 이미 죽은 사람과 같은 내 눈은 마지막이 될지도 모르는 그날의 흘러가는 낮과 펼쳐지는 밤을 새기고 있었다. 기차는 물푸레나무 숲 사이로 부드럽고 감미롭게 달리고 있었다. 기차가 들판 한복판쯤에서 멈추었다. 그 역의 이름을 외치는 사람이 아무도 없었다.

"애시그로브니?" 나는 플랫폼에 있는 몇몇 아이들에게 물었다.

"애시그로브예요." 아이들이 대답했다.

나는 내렸다. 등불 하나가 플랫폼을 비추고 있었지만, 아이들의 얼굴들은 어둠 속에 묻혀 있었다. 한 아이가 내게 물었다.

"스티븐 앨버트 박사님 댁에 가세요?"

내 대답을 기다리지도 않고 다른 아이가 말했다.

"박사님 댁은 여기서 멀어요. 그렇지만 저 길을 따라 왼쪽으로 가다가 갈림길이 나올 때마다 왼쪽으로 돌면 절대로 길을 잃어버리지 않을 거예요."

나는 아이들에게 동전 하나(마지막 동전)를 던져 주고서, 돌계단 몇 개를 내려간 다음, 아무도 없는 길로 들어섰다. 경사가 완만한 내리막길이었다. 자연 그대로의 흙길이었고 위로는 나뭇가지들이 뒤엉켜 있었으며 낮게 뜬 둥근 달이 나와 함께 가는 것처럼 보였다.

순간적으로 나는 리처드 매든이 나의 필사적인 계획을 어느 정도 꿰뚫어 본 게 아닐까 하고 생각했다. 하지만 이내 그것은 불가능한 일임을 깨달았다. 계속 왼쪽으로 돌아가라는 아이들의 말은 내게 그것이 특정한 미로에서 중앙을 발견하는 데 사용되는 일반적인 방법이라는 것을 떠올리게 했다. 나는 미로에 대해 약간 알고 있었다. 내가 추이펀의 증손자라는 사실이 영 무용지물인 것만은 아니었다. 추이펀은 윈난성의 성주였고 『홍루몽』보다 더 많은 인물들이 등장하는 한 편의 소설을 쓰고 모든 사람이 길을 잃을 미로를 만들기 위해 속세의 권력을 포기했다. 그는 십삼 년 동안 그 이질적인 두 가지 일에 전념했지만, 한 낯선 이의 손에 목숨을 잃고 말았다. 그 누구도 그의 소설을 이해하지 못했고, 그 누구도 미로를 찾아내지 못했다. 나는 영국산 나무들 아래를 걸으면서 그 사라진 미로에 대해 곰곰이 생각했다. 나는 그것을 아무도 모르는 어느 산의 정상에 있어서 그 누구도 침범하지 못한 완벽한 것으로 상상했다. 또한 논에 의해, 혹은 논물 밑에 가라앉아 윤곽이 흐려져 버린 것으로 상상했다. 그리고 나는 그것을 팔각정이나 원래 있던 자리로 돌아오게 되는 오솔길이 아니라, 강이나 주(州) 혹은 왕국으로 이루어진 무한한 것이라고 그렸다……. 나는 미로들 중의 미로, 과거와 미래를 포함하며 어쨌거나 행성들까지 수반하는 구불거리고 갈수록 거켜 가는 미로를 상상했다. 이 가공의 모습에 몰입한 나머지 나는 내가 쫓기는 운명이라는 사실도 잊어버렸다. 그리고 얼마만큼 흘렀는지 알 수 없는 시간 동안 마치 나 자신이 세상을 추상적으로 인식하는 사람이라는 느낌을 받았다. 희미하게 생동하는 들판, 달, 그리고 그날 오후의 잔재들이 내 안에서 행동했던 것이다. 또한 모든 피로의 가능성을 제거해 준 완만한 내리막길도 그런 생각을 갖게 하는 데 일조했다. 그 저녁은 친근했고 무한했다. 길은 내리막이었고, 이제는 형태를 알아볼 수 없는 들판 쪽에서 두 갈래로 갈라지고 있었다. 나뭇잎 소리와 뒤섞인 채 멀리서 들려와 희미하면서도 날카롭고 분명한 노랫소리가 산들바람이 불거나 그칠 때마다 가까워졌다가 멀어지곤 했다. 나는 한 사람이 다른 사람들과 적이 될 수 있으며, 혹은 다른 순간에 있는 다른 사람들과 적이 될 수 있지만, 한 국가의 적이 될 수는 없다고 생각했다. 그건 반딧불, 언어, 정원, 강물의 흐름, 석양의 적이 될 수 없는 것과 마찬가지였다. 그런 생각을 하면서 나는 어느 우뚝 솟은 녹슨 문 앞에 도착했다. 쇠창살 사이로 포플러 나무 오솔길과 정자 비슷한 것이 엿보였다. 나는 곧 두 가지 사실을 깨달았다. 첫 번째 사실은 하찮은 것으로서 아까 들었던 음악이 정자에서 흘러나오고 있다는 것이었다. 두 번째는 거의 믿기 힘든 것으로서 그 음악이 중국 음악이라는 사실이었다. 바로 그런 이유에서 나는 나도 모르게 그 음악에 사로잡혔다. 종이나 초인종이 있었는지, 아니면 손뼉을 치면서 내가 도착했다는 사실을 알렸는지 기억이 나지 않는다. 톡톡 소리 나는 음악이 계속되었다.

그런데 친숙해 보이는 집 뒤편에서 등불 하나가 다가오고 있었다. 등불은 나무줄기들을 비추었다가, 어떤 때는 나무들 때문에 완전히 가려지기도 했다. 달빛의 색을 띠고 북 모양을 한 등롱이었다. 키가 큰 어느 남자가 그것을 들고 오고 있었다. 나는 등불에 눈이 부셔 그의 얼굴을 보지 못했다. 그가 대문을 열었고, 내 모국어로 천천히 말했다.

"자비로운 쓰펑 씨가 저의 고독을 달래 주려 애를 쓰고 있는 것 같군요. 의심할 여지없이 당신도 정원이 보고 싶어 찾아온 거지요?"

나는 그 이름이 우리 집안의 어느 관리 이름이라는 것을 기억했지만, 당황한 나머지 이렇게 되물을 수밖에 없었다.

"정원이라고요?"

"두 갈래로 갈라지는 오솔길들의 정원 말입니다."

그러자 내 기억 속에서 무엇인가가 움직였고, 나는 나조차도 도저히 이해할 수 없는 확신을 가지고 말했다.

"저의 선조 추이펀의 정원이지요."

"당신 선조라고요? 당신의 그 고명하신 선조라고요? 자, 들어오십시오."

축축한 오솔길은 마치 유년 시절 내가 놀던 오솔길처럼 구불구불했다. 우리들은 동서양의 책들이 꽂혀 있는 어느 서재에 도착했다. 나는 황색 비단으로 제본된 책들을 알아볼 수 있었다. 그것은 명나라 세 번째 황제가 편찬했지만 결코 인쇄된 적이 없는 『유실된 백과사전』의 필사본 몇 권이었다. 축음기에 걸린 레코드판이 청동 불사조 상 옆에서 돌아가고 있었다. 또 분채 자기 한 개와 우리 장인들이 고대 페르시아의 도자기를 그대로 복사한 몇 백 년이 된 청자 하나를 보았던 기억도 난다…….

스티븐 앨버트는 미소를 지으며 나를 바라보았다. 이미 말했던 것처럼, 그는 키가 아주 컸고, 얼굴은 날카로웠으며 눈과 턱수염은 회색이었다. 성직자 같은 인상도 조금 있었지만, 동시에 선원처럼 보이기도 했다. 잠시 후 그는 내게 '중국학 연구자가 되기 전에' 한때 톈진에서 선교사 활동을 했다고 말했다.

우리는 앉았다. 나는 낮고 긴 의자에, 그는 창문과 크고 둥근 시계를 등진 채 앉았다. 나는 추적자 리처드 매든이 적어도 한 시간 안에는 도착하지 못할 것이라고 계산했다. 돌이킬 수 없는 나의 결정을 내릴 시간은 아직 남아 있었다.

스티븐 앨버트가 말했다.

"추이펀은 경이로운 삶을 살았습니다. 태어난 곳에서는 성주였고, 천문학과 점성술 학자였고, 사서삼경을 지칠 줄 모르게 해석한 사람이었으며, 장기의 대가였고, 유명한 시인이자 서예가였지요. 그는 한 권의 책과 하나의 미로를 만들기 위해 모든 것을 버렸습니다. 그는 억압과 정의와 수많은 여인들과의 잠자리와 연회의 쾌락을 끊었습니다. 심지어 해박한 지식에서 얻을 수 있는 쾌락도 거부했지요. 그러고서 십삼 년이라는 세월동안 '청고루(清孤樓)'에 은거했습니다. 그가 세상을 떠났을 때, 후손들은 어지러운 원고 뭉치 이외에는 그 어느 것도 발견하지 못했지요. 아마 당신도 알고 있겠지만, 그의 가족들은 그 원고들을 불에 던져 버리려고 했습니다. 그런데 그의 유언 집행자가 — 도교의 도사였는지 불교 승려였는지 확실치 않지만 — 그 원고를 출판해야 한다고 주장했습니다."

그러자 내가 대답했다.

"우리 추이펀의 후손들은 오늘날까지도 그 승려를 저주하고 있습니다. 그런 원고를 출간하는 것은 어리석은 일이었습니다. 그 책은 앞뒤가 맞지 않는 초고들을 어정쩡하게 엮은 원고 뭉치에 불과합니다. 저는 언젠가 그 책을 검토해 본 적이 있습니다. 그 책의 3장에서 주인공은 죽습니다. 그런데 4장에서는 그가 살아 있습니다. 추이펀의 또 다른 작업인 미로에 관해서는⋯⋯."

"바로 여기에 그 미로가 있소."

그는 옻칠한 높은 책상 하나를 가리키며 말했다. 그러자 나는 탄성을 지르며 말했다.

"상아로 만든 미로군요! 정말 작은 미로네요⋯⋯."

"상징들의 미로지요." 그가 내 말을 바로잡아 주었다. "보이지 않는 시간의 미로랍니다. 영국의 야만인인 제가 그 영묘한 비밀을 벗겨 내도록 선택되었습니다. 물론 벌써 백여 년의 시간이 지났기에, 아주 세부적인 것들까지 회복할 수는 없지만, 무슨 일이 일어났는지는 어렵지 않게 추측할 수 있습니다. 언젠가 추이펀 선생은 이렇게 말했을 것입니다. "은퇴해서 책을 쓰겠다." 그리고 또 언젠가는 이렇게 말했을 것입니다. "은퇴해서 미로를 만들겠다." 모든 사람들은 두 개의 작품을 상상했습니다. 아무도 책과 미로가 동일한 것이라고 생각하지 않았던 것이지요. 청고루는 정원 한가운데 세워져 있습니다. 아마도 그 정원은 얽히고설켜 있을 겁니다. 그것은 사람들에게 물리적인 미로를 연상하게 했을 테지요. 추이펀 선생은 고인이 되었습니다. 아무도 그의 드넓은 영지에서 미로를 발견하지 못했습니다. 저는 혼란스러운 그의 소설이 바로 미로일지도 모른다는 생각을 했습니다. 이 문제에 대한 결정적인 해답을 저는 두 가지 조건을 통해 찾을 수 있었습니다. 첫째는 추이펀 선생이 정말로 무한한 미로를 세우고자 했다는 흥미로운 전설이며, 둘째는 제가 발견한 편지의 한 부분입니다."

앨버트가 자리에서 일어섰다. 그가 잠시 내게서 등을 돌렸다. 그러더니 검은색과 금색으로 꾸며진 책상 서랍을 열었다. 그리고 예전에는 심홍색이었지만, 이제는 은은한 분홍색의 사각형 종이를 들고 돌아섰다. 그것은 서예가로서 추이펀의 명성을 그대로 보여 주고 있었다. 나는 우리 가문의 누군가가 붓으로 정성 들여 쓴 말들을 이해하지도 못한 채 열심히 읽었다. "나는 두 갈래로 갈라지는 오솔길들의 정원에 모든 미래가 아니라 몇몇의 미래를 남긴다." 나는 아무 말 없이 편지를 되돌려 주었다. 앨버트가 계속 말을 이었다.

"이 편지를 발견하기 전에, 저는 한 권의 책이 무한한 책으로 화할 수 있는 방법이 어떤 것인지 생각했습니다. 저는 단순히 주기적이거나 순환적인 책밖에 떠올릴 수가 없었습니다. 마지막 페이지와 첫 번째 페이지가 동일해서 무한히 계속될 수 있는 가능성을 지닌 책 말입니다. 또한 저는 『천하루 밤의 이야기』의 한가운데에 있는 어느 밤을 떠올렸지요. 그날 세에라자드 왕비는 (필경사가 마법에 걸린 듯이 한눈을 파는 틈에) 『천하루 밤의 이야기』를 그대로 언급하게 됩니다. 거기에는 다시 그녀가 이야기를 들려주는 밤으로 되돌아올 위험이 있지요. 그리고 그렇게 무한히 반복되는 겁니다. 또한 나는 아버지에서 아들로 전해지는 이상적이고 유전적인 작품에 대해서도 생각했습니다. 각각의 새로운 후손이 한 장(章)씩 덧붙이거나, 조상들이 이미 써 놓은 페이지들을 공손하고 세심하게 정정하는 그런 작품 말입니다. 이런 추측을 하면서 저는 즐거워하기도 했고 혼란스러워하기도 했습니다. 하지만 그 어떤 추측도 추이펀이 쓴 모순적인 작품의 장들과 일치하거나 심지어는 희미하게라도 흡사하지 않았습니다. 그렇게 당혹스러워하고 있을 때, 당신이 방금 전에 읽은 그 글이 옥스퍼드에서 배달되었지요. 당연히 저는 "나는 모든 미래들이 아니라 몇몇 미래들에게 두 갈래로 갈라지는 오솔길들의 정원을 남긴다."라는 문장에 주목했습니다. 거의 즉시 저는 깨달았습니다.『두 갈래로 갈라지는 오솔길들의 정원』은 무질서한 혼돈의 소설이었습니다. 그리고 "모든 미래들이 아니라 몇몇 미래들"이라는 구절은 공간이 아닌 시간 속에서 두 갈래로 갈라지는 모습을 연상시켰지요. 작품 전체를 다시 한 번 읽고 저는 제 생각을 확신하게 되었습니다. 모든 소설에서 작중 인물은 여러 가능성과 마주칠 때마다, 하나를 선택하고 다른 나머지들은 버리게 됩니다. 거의 풀 수 없는 추이펀의 소설 속에서 작중 인물은 모든 것을 ─ 동시에 ─ 선택합니다. 그렇게 그는 몇 개의 미래들, 즉 몇 개의 시간들을 '창조하고', 그것들은 증식하면서 두 갈래로 갈라집니다. 거기에서 바로 그 소설이 가진 모순들이 설명됩니다. 예를 들어, 팡이라는 사람이 하나의 비밀을 간직하고 있습니다.

그런데 낯선 사람이 그의 방문을 두들기고, 팡은 그를 죽이기로 결심합니다. 당연히 여기에는 다양한 결말이 있을 수 있습니다. 팡이 침입자를 죽일 수도 있고, 침입자가 팡을 죽일 수도 있으며, 두 사람 모두 목숨을 건질 수도 있고, 두 사람 모두 죽을 수도 있고, 그 이외의 가능성도 있을 수 있습니다. 추이펀의 작품에서는 이런 모든 결말들이 일어납니다. 그리고 각 결말은 또 다른 갈라짐의 출발점이 됩니다. 그리고 언젠가 그 미로의 길들이 모이게 됩니다. 예를 들면, 당신이 이 집에 도착합니다. 그러나 정말로 일어났을지도 모르는 과거에 당신은 저의 적이고, 또 다른 과거에는 저의 친구입니다. 만일 당신이 도저히 고칠 수 없는 제 발음을 이해해 주신다면, 몇 페이지를 함께 읽어 볼까 합니다."

등롱의 선명한 원 속으로 보이는 그의 얼굴은 의심할 나위 없이 늙은이의 얼굴이었다. 그러나 불요불굴의, 심지어 불변하는 무언가가 깃들어 있었다. 그는 영웅적인 이야기를 다루고 있는 한 장의 두 가지 판본을 천천히 또박또박 읽었다. 첫 번째 판본에서는 어느 군대가 황량한 산을 지나 전쟁터로 행진한다. 바위와 어둠에 대한 공포에 고무되어 군인들은 목숨을 하찮게 여기게 되고, 그래서 그들은 손쉽게 승리를 거둔다. 두 번째 판본에서는 똑같은 군대가 연회가 벌어지는 어느 궁전을 지나간다. 그들은 번쩍거리는 전쟁터를 축제의 연장으로 생각하고, 그래서 쉽게 승리를 거둔다.

나는 경건하고 예의 바르게 그 옛날이야기들을 듣고 있었다. 아마도 그 이야기 자체는 우리 가문의 한 사람이 그 이야기들을 만들어 냈으며, 그 머나먼 제국의 사람이 서구의 한 섬에서 필사적인 모험을 하고 있는 내게 그 이야기들을 복구시키고 있다는 사실만큼 주목할 만한 것은 아니었던 것 같다. 나는 마치 비밀의 계명처럼 각각의 판본들에서 반복되던 마지막 문구를 기억한다. "그렇게 영웅들은 싸웠고, 훌륭하고 장한 그들의 마음은 차분했고, 칼을 마구 휘두르며 덤덤히 죽고 죽였다."

바로 그 순간부터 나는 내 주변과 나의 어두운 몸 안에서 눈에 보이지도 않고 손으로 만질 수도 없는 것들이 득실거리고 있는 듯한 느낌을 받았다. 그것들은 분산되어 나란히 나아갔다가 마침내 합쳐지는 군대들의 득실댐이 아니라, 그것보다는 이해할 수 없는 내면적인 동요였다. 물론 그런 동요는 어느 정도 그 군대가 미리 예시한 것이기도 했다. 스티븐 앨버트가 계속 말했다.

"저는 당신의 고명한 조상이 한가롭게 여러 판본을 만들며 장난쳤다고는 생각지 않습니다. 저는 그가 하나의 수사학적 실험을 수없이 해 보기 위해서 십삼 년이라는 세월을 희생했을 것이라고는 믿지 않습니다. 당신 나라에서 소설은 저급한 장르에 속합니다. 게다가 당시 소설은 경멸할 가치조차 없는 장르였지요. 추이펀은 천재적인 소설가였지만 또한 학자였기에, 의심할 여지없이 자기 자신을 하찮은 소설가로 여기지 않았지요. 동시대 사람들의 증언을 보면, 그가 형이상학적이고 신비주의적 취향을 가지고 있었다는 사실이 증명되고, 그의 삶은 그런 사실을 충분히 확인시켜 줍니다. 칠힉 논쟁이 그의 소설 대부분을 차지하고 있습니다. 나는 그런 모든 문제들 중에서 그 어떤 것도 불가해한 시간의 문제만큼 그를 불안하게 만들지 않았으며, 그를 괴롭히지도 않았다는 것을 잘 압니다. 그런데 문제는 바로 시간에 대한 것이 『두 갈래로 갈라지는 오솔길들의 정원』이라는 소설에서 나타나지 않는 '유일한' 것이라는 점입니다. 심지어 그는 '시간'을 뜻하는 단어조차 사용하지 않고 있습니다. 당신이라면 그런 의도적인 삭제를 어떻게 설명하시겠습니까?"

나는 몇 가지 해결책들을 제시했지만, 모두가 만족스럽지 못한 것들이었다. 우리들은 토론을 벌였다. 마침내 스티븐 앨버트가 내게 말했다.

"해답이 장기인 수수께끼에서 사용되어서는 안 될 유일한 단어가 어떤 것이지요?"

나는 잠시 생각을 하고서 이렇게 대답했다.

"장기라는 단어지요."

그러자 앨버트가 말했다.

"바로 그것입니다. 『두 갈래로 갈라지는 오솔길들의 정원』은 거대한 수수께끼이거나 비유이며, 그 주제는 시간입니다. 깊숙이 숨겨진 그런 이유 때문에, 그는 그 이름을 입에 올릴 수 없었던 겁니다. 한 단어를 항상 생략하는 것, 서투른 은유와 너무나도 분명한 완곡어법을 사용하는 것, 그 단어에 대한 관심을 불러일으키기 위한 가장 명확한 방법이 바로 그런 것일 겁니다. 바로 그 에두르는 방식이 우회적 성격의 추이펀이 고갈되지 않는 소설의 갈래길마다 선택했던 것이지요. 저는 수백 묶음의 원고들을 비교해 보았고, 필경사들이 부주의로 인해 범한 오자들을 정정했고, 그 혼돈스러운 계획을 추측했으며, 원래의 순서대로 그것을 재정리했고, 아니, 재정리했다고 믿었으며, 작품 전체를 번역했습니다. 저는 그가 단 한 번도 '시간'이라는 단어를 쓰지 않았다는 것을 알고 있습니다. 그 이유는 분명하게 설명됩니다. 추이펀이 생각하고 있던 것처럼, 『두 갈래로 갈라지는 오솔길들의 정원』은 불완전하지만 그릇되지는 않은 우주의 이미지입니다. 뉴턴이나 쇼펜하우어와는 달리, 당신의 조상은 통일적이고 절대적인 시간을 믿지 않았습니다. 그는 무한하게 연속된 시간들을 믿었어요. 분산되고 수렴되고 병렬적인 시간들로 구성된 점차로 커져 가는 어지러운 시간의 그물망을 믿었던 거지요. 서로 가까워졌다가 갈라지기도 하고 서로를 잘라 버리거나 아니면 수백 년 동안 서로를 인식하지 못하는 시간들로 이루어진 직물은 모든 가능성들을 포함합니다. 그런 대부분의 시간 속에 우리는 존재하지 않습니다. 어떤 시간 속에서 당신은 존재하지만 저는 존재하지 않습니다. 다른 어떤 시간 속에서 저는 존재하지만 당신은 그렇지 않습니다. 또 다른 시간의 경우 우리 두 사람이 함께 존재하기도 합니다. 우연이 제게 호의를 베푼 이번과 같은 경우, 당신은 제 집에 도착했습니다. 다른 경우였다면 당신은 정원을 가로지르다가 죽어 있는 저를 발견했을 겁니다. 또 다른 경우에 저는 지금처럼 똑같은 말을 하지만, 하나의 실수, 즉 유령이지요."

나는 약간 떨면서 말했다.

"모든 점에서 추이펀의 정원을 다시 창조한 당신을 존경하고 감사를 드리고 싶습니다."

그러자 그는 미소를 지으면서 중얼거렸다.

"모든 점은 아닙니다. 시간은 셀 수 없이 많은 미래들을 향해 영원히 두 갈래로 갈라지거든요. 그 미래들 중의 하나에서 저는 당신의 적입니다."

나는 앞서 말했던 그 득실댐을 다시 느꼈다. 집을 에워싼 눅눅한 정원은 보이지 않는 사람들로 무한하게 포화된 것 같았다. 그 사람들은 또 다른 시간의 차원들 속에서 여러 모양으로 남모르게 부지런히 움직이는 앨버트와 나였다. 눈을 들자 어렴풋한 악몽은 사라졌다. 노랗고 검은 정원에는 단 한 사람만 존재했다. 하지만 그 사람은 마치 동상처럼 굳건해 보였다. 그는 오솔길을 따라 걸어오고 있었다 리처드 매든 대위였다.

나는 대답했다.

"미래는 이미 존재합니다. 그렇지만 저는 당신의 친구입니다. 그 편지를 다시 한 번 읽어 볼 수 있을까요?"

앨버트가 다시 자리에서 일어섰다. 우뚝 선 그가 높은 책상의 서랍을 열었다. 그는 잠시 내게 등을 돌렸다. 나는 이미 리볼버 권총을 꺼내 들고 있었다. 그리고 극도로 조심스럽게 총을 쏘았다. 앨버트는 단 한마디의 신음도 내뱉지 않은 채 즉시 쓰러지고 말았다. 나는 그가 번갯불을 맞은 것처럼 그 자리에서 즉사했다고 맹세한다.

나머지 이야기들은 비현실적이고, 중요하지도 않다. 매든 대위가 방 안으로 들이닥쳐 나를 체포했다. 나는 교수형을 선고받았다. 가증스럽게도 나는 승리했다. 나는 공격을 받아야 할 비밀의 도시 이름을 베를린에 전했던 것이다. 어제 그곳에 폭격이 가해졌다. 나는 그 기사를 박식한 중국학 학자인 스티븐 앨버트가 유춘이라는 이방인에 의해 살해되었다는 살인 사건의 수수께끼를 실었던 바로 그 신문들에서 읽었다. 나의 대장은 이 수수께끼를 풀었다. 그는 전쟁의 굉음 너머로 앨버트라는 이름의 도시를 어떻게 보고하느냐는 것이 내가 직면한 문제였고, 그래서 그런 이름을 가진 사람을 죽이는 방법밖에 없었다는 사실을 알고 있었다. 하지만 그는 내가 끝없이 참회하며 지쳐 있다는 사실은 알지 못한다. 그 누구도 그것을 알 수는 없다.

기교들

서문

약간 더 세련되게 쓰기는 했지만, 여기에 수록된 이야기들은 앞부분에 실린 것들과 별로 다르지 않다. 이 이야기들 중 두 편에 대해서는 아마도 조금 자세한 언급이 필요할 것 같다. 바로 「죽음과 나침반」과 「기억의 천재, 푸네스」에 대해서이다. 두 번째 작품은 불면에 대한 긴 메타포이다. 첫 번째 작품에는 독일이나 스칸디나비아의 이름들이 등장하지만, 사건은 꿈으로 가득한 부에노스아이레스에서 일어난다. 구불구불한 툴롱 가는 파세오 데 훌리오 거리이고, 트리스트 르 로이는 허버트 애시가 상상의 백과사전 11권을 받았지만 아마도 읽지는 않았을 바로 그 호텔이다. 이 작품을 쓴 후, 나는 작품 속에 포함된 시간과 공간을 확장하는 게 나을지도 모른다고, 그러니까 복수는 다른 사람에게 전해질 수도 있고, 그 기간은 몇 년이 될 수도, 어쩌면 몇 세기가 될 수도 있으며, '신의 이름'의 첫째 글자는 아이슬란드에서, 둘째 글자는 멕시코에서, 셋째 글자는 힌두스탄에서 누설될 수도 있을 것이라고 생각했다. 하시딤이라는 단어에 '성인들'이라는 뜻이 들어 있다는 사실과, '신의 이름'에 필요한 네 글자에 맞춰 네 인물의 생명이 희생된 것이 이야기 구조상 필요했던 허구라는 사실을 내가 굳이 덧붙여야 할까?

1944년 8월 29일, 부에노스아이레스에서

1956년의 후기

　나는 2부에 세 작품, 그러니까 「남부」, 「불사조 교파」, 그리고 「끝」을 추가했다. 불변성과 수동성이 대조로 사용되는 레카바렌이라는 등장인물을 제외하고는, 짧게 진행되는 이 마지막 이야기에 내가 고안해 낸 것은 아무것도, 아니, 거의 없다. 그 작품의 모든 것은 어느 유명한 책에 암시되어 있고, 나는 처음으로 그런 사실을 감지했거나, 적어도 그런 것을 공개적으로 알린 최초의 사람에 불과하다. 불사조라는 알레고리에서, 나는 일반적인 행위(비밀)를 머뭇거리면서도 점진적으로 내보이다가 결국 모호함의 베일을 벗게 되는 문제를 제안해 보려 했는데, 내가 얼마나 성공했는지는 나도 모른다. 아마도 내 최고의 단편일 「남부」에 관해서는, 그것이 소설적인 사건들에 대한 직접적인 서술뿐만 아니라 다른 방식으로도 읽힐 수 있다는 점만을 이야기하고자 한다.

　쇼펜하우어, 드퀸시, 스티븐슨*, 마우트너**, 쇼***, 체스터턴, 레옹 블로아****, 각각 성향이 다른 이들은 내가 계속해서 읽고 또 읽는 작가들의 목록이다. 「유다에 관한 세 가지 이야기」라

---

* Robert Louis Balfour Stevenson(1850~1894). 영국의 작가. 『보물섬』으로 유명하다.

** Fritz Mauthner(1849~1923). 프랑스의 언론인이자 작가.

*** George Bernard Shaw(1856~1950). 영국의 극작가이자 비평가.

**** León Bloy(1846~1917). 프랑스의 소설가이자 수필가.

는 제목이 붙은 기독교적 환상 문학에서, 나는 레옹 블로아의
희미한 영향을 감지할 수 있으리라 생각한다.

기억의 천재 푸네스

나는 손에 거무스레한 시계풀을 들고 있는 그를 기억한다.(내게는 이 성스러운 동사를 말할 자격이 없다. 이 세상에서 오직 한 사람에게만 그럴 자격이 있었는데 그는 이미 죽었다.) 그는 한평생 내내 황혼에서 여명까지 그 꽃을 바라보았지만, 마치 한 번도 본 적이 없는 것처럼 그 꽃을 바라보고 있었다. 나는 담배 연기 너머로 희미하게 보이던 원주민의 모습을 한, 과묵하고 매우 '아득하게' 느껴지던 그의 얼굴을 기억한다. 나는 가죽 꼬는 사람의 손처럼 가냘픈 그의 손을 기억한다.(생각한다.) 또한 손 가까이에 놓여 있던 우루과이의 문장이 새겨진 마테 찻잔을 기억한다. 그리고 그의 집 창문에 드리운, 호반 풍경이 희미하게 그려진 노란 짚으로 만든 블라인드를 기억한다. 나는 그의 목소리를 뚜렷이 기억한다. 그 목소리는 요즘 이탈리아 사람들의 바람 새는 소리가 섞이지 않은, 옛날 불량배들의 느리면서도 성마른 콧소리였다. 나는 그를 단지 세 번만 만났을 뿐이다. 그를 마지막으로 본 것은 1887년이었다……. 나는 그를 알았던 모든 사람들이 그에 관한 글을 쓸 것이라는 생각에 몹시 행복하다. 내 증언은 아마도 그중 가장 간결하며 틀림없이 가장 빈약한 것일 테지만 당신들이 출판할 책 가운데 가장 편파적인 축에 들지는 않을 것이다. 나는 불행하게도 아르헨티나 사람이기 때문에, 우루과이 사람을 주제로 삼을 때 우루과이에서 필수적으로 사용되는 장르인 디티람보*에 경도되지는 않을 것이다. 푸네스는 나를 향해 '배운 놈', '겉멋 든 놈', '도회지 놈'과 같은 모욕적인 언사를 입 밖에 내지는 않았으나, 내가 그에게 충분히 그런 재수 없는 부류로 보였으리라는 사실은 알고 있다. 우루과이의 시인인 페드로 레안드로 이푸체**는 푸네스가 초인간들의 선구자였으며 "독자적이며 토착적인 차 라투스트라"라고 적고 있다. 하지만 나는 지금 이 점에 관해 토론하고 싶지는 않다. 그러나 그가 또한 어느 정도 고칠 수 없는 한계를 지닌 프라이 벤토스의 거친 길거리 사나이였다는 사실을 잊어서는 안 된다.

푸네스의 첫인상은 또렷하게 남아 있다. 1884년 2월, 혹은 3월의 어느 날 저녁 나는 그를 만났다. 그해에 우리 아버지는 나와 함께 프라이 벤토스로 휴가를 보내러 왔다. 나는 사촌인 베르나르도 아에도와 함께 산 프란시스코 농장에서 돌아오고 있었다. 우리는 말을 타고 흥겹게 노래를 부르며 돌아오고 있

---

* 고대 그리스에서 주신(酒神) 디오니소스를 찬양할 때 사용된 시 형식으로, 율동이 있는 제의에 쓰였기 때문에 특히 열광적이다. 열광적인 어조의 문장이나 과도한 칭찬을 뜻하는 데도 쓰인다.

** Pedro Leandro Ipuche(1889~1976). 우루과이의 시인.

었다. 말을 탔기 때문에 내가 그렇게 즐거워한 것은 아니었다. 무더운 한낮 더위가 지나자, 청회색의 커다란 폭풍이 이미 하늘을 뒤덮고 있었다. 남풍이 거세게 불고 있었고, 이미 나무들은 미친 듯이 몸을 떨고 있었다. 나는 이 황량한 벌판에서 폭우가 우리를 덮칠지 모른다는 두려움(아니면 희망)을 갖고 있었다. 우리는 폭풍과 경주를 벌이듯이 뛰어갔다. 우리는 좁은 거리로 들어갔다. 그 좁은 거리는 깊은 하천 바닥 같았는데 그것은 길 양쪽으로 벽돌이 깔린 아주 높은 두 개의 보도가 지나고 있었기 때문이다. 그런데 갑자기 날이 어두워졌다. 내 위쪽으로 재빠르고 거의 비밀스러운 발소리가 들려왔다. 나는 눈을 들었고, 좁고 부서진 담벼락 위를 달리듯이 좁고 부서진 보도를 뛰어가던 한 소년을 보았다. 나는 가우초들이 입는 헐렁한 바지와 샌들을 떠올리고, 그때는 벌써 끝없이 펼쳐 있던 먹구름 속에서 그의 과묵한 얼굴에 물려 있던 담배를 떠올린다. 뜻밖에도 베르나르도는 그에게 "이레네오, 몇 시야?"라고 소리쳤다. 그러자 그는 하늘을 쳐다보지도 않고 멈추지도 않은 채, "베르나르도 후안 프란시스코 청년, 8시 사 분 전이야."라고 대답했다. 그의 목소리는 카랑카랑했고, 비웃는 듯했다.

나는 주의력이 산만해서, 내 사촌이 환기시켜 주지 않았더라면, 지금 내가 언급했던 그들의 대화는 내 관심을 끌지 못했을 것이다. 나는 내 사촌이 자기가 살고 있던 지역에 어느 정도 자부심을 느끼면서, 상대방이 자기 이름을 셋으로 구분해 대답한 것에 대해 전혀 개의치 않다는 것을 애써 보여 주려 했다고 생각한다.

그는 나에게 좁은 도로에서 만난 그 아이는 아무와도 마주치려고 하지 않으며 항상 시계처럼 정확하게 시간을 알고 있고 몇몇 기괴한 행동으로 익히 알려진 이레네오 푸네스라는 소년이라고 말해 주었다. 그러면서 그 소년은 마을에서 다림질을 하며 생계를 꾸려 가는 마리아 클레멘티나 푸네스의 아들인데, 어떤 사람은 그의 아버지가 염장 공장의 의사인 영국인 오코너라고 하며, 또 다른 사람들은 살토 지방에서 일하는 조련사나 마부라고 말하기도 한다는 사실을 덧붙였다. 푸네스는 라우렐레스 가족의 별장 모퉁이에서 자기 어머니와 함께 살고 있었다.

1885년과 1886년에 우리는 몬테비데오에서 여름 휴가를 보냈다. 그래서 1887년이 되어서야 비로소 나는 프라이 벤토스로 다시 돌아왔다. 당연히 나는 내가 알고 있던 모든 사람들의 안부를 물은 다음, 마지막으로 '정밀 시계와 같은 푸네스'에 관해 물었다. 그러자 사람들은 그가 산 프란시스코 농장에서 야생마가 그를 내동댕이치는 바람에 전신 마비 증세를 보이고 있으며, 나을 가망성이 전혀 없다고 말해 주었다. 그 소식을 듣고서 내 마음을 산란하게 만드는 마술과 같은 인상을 받은 것이 떠오른다. 나는 그를 단 한 번 보았고, 당시 우리는 말을 타고 있었으며, 그는 높은 곳을 걸어가고 있었다. 내 사촌 베르나르도가 전해 준 바에 따르면, 그 사고는 기존의 여러 요소들로 만든 꿈같은 구석이 상당히 많았다. 또한 나는 푸네스가 간이침대에 꼼짝 않고 누워 있으면서 항상 뒤뜰에 있는 무화과나무나 거미줄을 주시하고 있다는 말도 들었다. 그는 해 실 넘이 되어서야 비로소 자기를 창가로 옮기게 했다. 그는 너무나 자존심이 강해 청천벽력과 같은 충격에 오히려 행운이라는 것처럼 행동했다……. 나는 두 번에 걸쳐 쇠창살 문 뒤에 있는 그를 보았는데, 그것은 영원한 죄수 신세가 되어 버린 그의 처지를 여지없이 드러내고 있었다. 한번은 눈을 감은 채 움직이지 않고 누워 있었으며, 또 한번은 역시 움직이지 않은 채 향기로운 산토닌 나뭇가지를 하염없이 바라보고 있었다.

나는 그 당시에 약간 잘난 체하면서 라틴어를 체계적으로 공부하기 시작했다. 내 여행 가방 안에는 로몽*의 『로마의 유명 인사들』과 퀴셰라**의 『지식의 보고(寶庫)』, 율리우스 카이사르의 논평서들과 나의 보잘것없는 라틴어 실력으로는 힘에 겨운 (갈수록 버거워져 가는) 플리니우스***의 『박물지』 1권이 들어 있었다. 작은 마을에서는 모든 소문이 금방 돌기 마련이다. 변두리 오두막집에 있던 이레네오도 이러한 외국 서적들이 도착했다는 것을 얼마 안 있어 알게 되었다. 그는 화려하면서 거창한 문체로 편지 한 통을 내게 보냈는데, 거기에서 1884년 2월 7일에 유감스럽게도 몹시 짧았던 우리의 만남을 회상했으며, 또한 같은 해 돌아가신 작은아버지 그레고리오 아에도가 "이투사잉고의 용감한 전투에서 우루과이와 아르헨티나를 위해 바친" 혁혁한 공로에 대해 짧으면서도 슬픈 어조로 경의를 표하고 있었다. 그러면서 "내가 아직 라틴어를 모르니 원전을 제대로 이해할 수 있도록" 사전과 함께 가지고 있는 라틴어 책들 중에서 아무것이나 빌려 달라고 부탁했다. 또한 그 책들을

---

* Charles François Lhomond(1727~1794). 프랑스의 교육자이자 문법학자.
** Louis-Marie Quicherat(1799~1884). 프랑스의 라틴어 학자. 사전 편찬 작업으로 유명하다.
*** Gaius Plinius Secundus(23~79). 로마의 학자이자 정치가.

원래의 상태로 거의 즉시 되돌려 줄 것을 약속했다. 그의 필체는 완벽했으며 보기 드물 정도로 가지런했고, 철자법은 유명한 언어학자 안드레스 베요*가 권장하고 있는 것처럼 y대신 i를, g 대신 j를 사용하고 있었다. 물론 처음에 나는 그가 농담을 하고 있는 게 아닐까 의심했다. 하지만 내 사촌들은 절대로 농담이 아니며, 그것은 이레네오만이 할 수 있는 것이라고 내게 확인시켜 주었다. 나는 그 힘든 라틴어를 배우는 데 사전 이외의 그 어떤 가르침도 필요 없다는 그의 생각이 뻔뻔스러운 자부심 때문인지, 아니면 무식하거나 바보 같아서 그런 것인지 알 수 없었다. 그래서 그의 어리석음을 완전히 깨우쳐 주기 위해 퀴셰라의 『시작법(詩作法)을 위한 발걸음』과 플리니우스의 작품을 보내 주었다.

2월 14일 나는 부에노스아이레스에서 아버지의 상태가 "전혀 좋지 않으니" 급히 돌아오라는 전보를 받았다. 하느님 자비를 베푸소서. 위급한 전보의 수신인이 되었다는 특권과 프라이 벤토스의 모든 사람들에게 이 소식의 부정적인 내용과 다급하다는 부사 사이의 모순을 전하겠다는 욕심, 그리고 사내답게 고통을 참아 내는 듯이 위장하면서 나의 고통을 극적으로 만들겠다는 유혹 때문에, 아마도 내가 진정한 고통을 느낄 것이라는 생각을 하지 못했던 것 같다. 여행 가방을 꾸리면서 나는 『시작법을 위한 발걸음』과 『박물지』 1권이 없음을 깨달았다. 사투르노 호(號)는 다음 날 아침에 출항할 예정이었다. 그 날 밤 저녁을 먹은 후 나는 푸네스의 집으로 발길을 돌렸다.

* Andrés Bello(1781~1865). 베네수엘라의 문법학자이자 정치가.

나는 저녁 날씨도 낮의 더위처럼 후덥지근할 수 있다는 사실에 적지 않게 놀랐다.

허름한 오두막집에서 푸네스의 어머니가 나를 맞이했다.

그녀는 나에게 이레네오는 뒷방에 있으며, 그 방에 불이 꺼져 있는 것을 이상하게 생각하지 말라고 하면서, 이레네오는 촛불을 켜지 않고도 시간을 보낼 줄 안다고 덧붙였다. 나는 타일이 깔린 앞뜰과 조그마한 복도를 지나 중간 뜰에 도착했다. 그곳에는 포도 덩굴이 하나 있었는데, 그래서 그런지 내게는 칠흑 같은 어둠처럼 보였다. 그때 갑자기 이레네오의 빈정거리는 듯한 목소리가 크게 들렸다. 어둠 속에서 들려오는 그 목소리는 라틴어로 말을 하고 있었다. 연설문이나 기도문, 혹은 주문 같은 것을 섬뜩할 정도로 천천히 음미하면서 낭송하는 중이었다. 흙이 깔린 뜰에 로마의 말이 울려 퍼지고 있었다. 그러자 나는 공포에 질린 나머지, 그 말은 이해 불가능하고 끝나지 않을 것이라는 생각을 했다. 그런 다음 그날 밤 긴 대화를 나누면서, 나는 그 말들이 『박물지』의 7편 24장에 나오는 첫 구절이라는 것을 알게 되었다. 그 장의 주제는 기억이었으며, 마지막 말은 "한 번 들었던 말을 정확하게 반복할 수는 없다."였다.

목소리의 억양을 전혀 바꾸지 않은 채, 이레네오는 나에게 들어오라고 말했다. 그는 간이침대에서 담배를 피우고 있었다. 나는 여명이 비칠 때까지 그의 얼굴을 보지 못했던 것 같다. 그리고 불현듯 빨갛게 타들어 간 담배를 기억한다고 생각한다. 방에서는 어딘지 모르게 눅눅한 냄새가 났다. 나는 앉아서 전보의 내용과 아버지의 병환에 대해 다시 그에게 말했다.

이제 나는 내 이야기의 가장 어려운 부분에 이르렀다. 독자가 미리 알고 있는 것이 좋을 것 같은데, 이것은 이미 반세기 전에 나누었던 대화의 줄거리에 불과하다. 나는 다시는 복원할 수 없는 그의 말을 그대로 재생하려고 하지는 않을 것이다. 그 대신 나는 이레네오가 내게 말했던 많은 것들을 충실하게 요약하고자 한다. 간접 화법은 거리감이 있고 어조가 약하기 때문에, 내 이야기를 효과적으로 전달하기 어렵다는 것을 알고 있다. 따라서 독자들은 그날 밤 나를 간헐적으로 압도했던 그 시간들을 상상으로 채워 주기 바란다.

이레네오는 라틴어와 스페인어로 『박물지』에 기록된 경이적인 기억력의 사례들을 열거하는 것으로 시작했다. 이를테면 페르시아의 왕 키루스*는 자기 부대에 있는 모든 병사들의 이름을 외우고 있었으며, 미트리다테스 에우파토르**는 자기 제국에서 사용하는 스물두 개의 언어로 법을 집행했고, 시모니데스***는 기억술의 창안자이며, 메트로도루스****는 단 한 번만 들은 것을 정확히 반복할 수 있는 기술을 지니고 있었다는 이야기를 들려주었다. 그는 이러한 예들이 경이롭다는 사실에 솔직하게 경탄을 금치 못하고 있었다. 그러면서 자기가 그 푸른색 얼룩무늬의 말에서, 떨어진 비 내리던 저녁까지만 해도, 모든 사람이 그러하듯이 자기도 장님이며 귀머거리였고 얼간이였으

---

* Cyrus(기원전 590~529). 페르시아 제국의 건설자.

** Mithridates Eupator(기원전 132~63). 소아시아의 폰토스 지역을 다스리던 왕.

*** Simonides(기원전 556~468). 고대 그리스의 서정시인으로, 기억술의 발명자라 불린다.

**** Metrodorus(기원전 145~70). 소아시아 출신으로, 놀라운 기억력의 소유자로 유명하다.

며 건망증이 있었다고 말했다.(나는 그가 시간을 정확히 감지하고, 사람 이름을 기억하는 데 소질이 있었다는 사실을 상기시키려 했지만, 그는 내 말에 관심을 기울이지 않았다.) 십구 년 동안 그는 꿈을 꾸듯 살아왔다는 것이다. 즉, 보지 못한 채 보았으며, 듣지 못한 채 들었으며, 모든 것, 거의 모든 것을 잊어버린 상태였다고 했다. 말에서 떨어지면서 그는 의식을 잃었고, 의식을 회복했을 때 현재는 참을 수 없을 만큼 굉장히 풍요로웠고 굉장히 선명했다. 그리고 가장 오래되고 가장 사소한 기억도 명확하게 되살아났다. 그리고 잠시 후 그는 전신이 마비되었음을 알았지만, 그것은 그에게 그리 중요한 일이 아니었다. 그는 자신이 움직일 수 없게 된 것은 최소한의 대가라고 합리화했다. 아니, 그렇게 느꼈다. 이제 그의 지각력과 기억력은 완전해져 있었다.

우리는 한눈에 탁자 위에 있는 세 개의 컵을 감지하지만, 푸네스는 포도 덩굴에 달린 모든 포도 알과 포도 줄기, 그리고 덩굴손을 감지할 수 있었다. 그는 1882년 4월 30일 동틀 무렵 남쪽 하늘의 구름 모양을 알고 있었으며, 기억 속의 구름과 딱 한 번 보았을 뿐인 어느 책의 가죽 장정 줄무늬, 혹은 케브라초 전투 전야의 네그로 강에서 어떤 노가 일으킨 물보라를 비교할 수 있었다. 그런 기억들은 단순한 것이 아니었다. 각각의 시각적 이미지는 근육 감각이나 체온 감각 등과 연결되어 있었기 때문이다. 그는 모든 꿈이나 선잠을 자면서 본 모든 것들을 재구성할 수 있었다. 두세 번에 걸쳐 그는 하루 전체를 완전히 재구성했다. 전혀 머뭇거림이 없이 진행된 이런 재구성에는 꼬박 하루가 걸리곤 했다. 그는 나에게 이렇게 말했다. "나혼자 지니고 있는 기억이 이 세상이 생긴 이래 모든 인간이 가졌을지도 모르는 기억보다 더 많을 거예요." 그리고 이렇게 말하기도 했다. "내 꿈은 당신들이 깨어 있는 상태와 같지요." 또한 새벽이 가까워 올 무렵에는 "내 기억은 쓰레기 더미와도 같지요."라고 말하기도 했다. 칠판에 그린 원주와 직삼각형, 마름모꼴, 이것들은 우리가 완벽하게 인지할 수 있는 형태들이다. 이와 똑같은 현상이 이레네오에게는 어느 망아지의 헝클어진 갈기, 어느 산등성이에 있는 조그만 가축 떼, 너울거리는 불길과 그 불길의 셀 수 없이 무수한 재, 장례식장에서의 기나긴 밤 동안 수없이 바뀌는 죽은 사람의 얼굴 등에서 나타난다. 나는 그가 하늘에서 얼마나 많은 별들을 보았는지 알지 못한다.

그는 그런 사실을 내게 말해 주었고, 그 당시에나 그 후에나 난 그것들을 의심하지 않았다. 그 당시에 촬영 기사나 축음기가 없었다고는 하지만, 그때까지 아무도 푸네스와 같은 실험을 해 보려고 하지 않았다는 것은 거짓말 같으며 믿기 어렵다. 분명한 것은 우리가 미룰 수 있는 모든 것을 뒤로 미루면서 살아가고 있다는 사실이다. 아마도 우리 모두는 우리가 죽지 않을 것이며, 조만간 모든 인간들이 모든 일을 할 수 있게 될 것이고, 모든 것을 알게 될 것이라는 사실을 확신하고 있는 것 같다.

푸네스의 목소리는 어둠 속에서 말을 이었다.

그는 1886년경에 독창적인 숫자 체계를 고안했으며 며칠 지나지 않아 그 숫자가 이만 사천 개를 넘었다고 말했다. 그는 이런 것들을 적어 놓지 않았는데, 그가 생각한 모든 것, 심지어 딱 한 번만 생각한 것이라도 그의 기억에서 절대로 지워지지 않기 때문이었다. 내가 생각하기에, 그가 이런 숫자 체계를 고안하도록 가장 먼저 자극한 것은 서른세 명의 우루과이 독립 투사들을 칭하기 위해서는 하나의 단어와 하나의 기호 대신에 두 개의 기호와 세 개의 단어*가 필요하다는 불만에서 비롯되었다. 그러고는 이 터무니없는 원리를 다른 숫자들에 적용했다. 7013 대신에 (가령 예를 들자면) '막시모 페레스'라고 했고, 7014 대신에 '철도'라고 했으며, 다른 숫자들은 '루이스 멜리안 라피누르', '올리마르', '유황', '카드', '고래', '가스', '냄비', '나폴레옹', '아구스틴 데 베디아' 등이라고 했다. 그는 500 대신에 '아홉'이라고 말했다. 각 단어는 특별한 숫자, 바로 일종의 부호를 갖는데, 따라서 마지막 단어들의 부호는 극도로 복잡했다……. 나는 아무런 관련성이 없는 단어들의 광시곡은 숫자 체계와 정반대에 있다는 점을 설명하려고 했다. 나는 그에게 365라고 말하는 것은 세 개의 100과 여섯 개의 10, 다섯 개의 1을 말하는 것이며, '흑인 티모테오'나 '퉁퉁한 살' 같은 '숫자'에는 도저히 존재할 수 없는 분석적 성격이 있다고 지적했다. 푸네스는 내 말을 이해하지 못했거나, 이해하려고 하지 않았다.

17세기에 로크는 각각의 사물, 즉, 각각의 돌, 각각의 새와 각각의 나뭇가지가 고유한 이름을 가질 수 있는 불가능한 언어를 제안했다.(그러고는 그 생각을 폐기했다.) 푸네스는 한때 이와 유사한 언어를 계획했지만, 그 언어가 너무도 개략적이고 모호해서 그 계획을 취소하고 말았다. 사실 푸네스는 각 산에

---

* 여기서 두 기호란 33을 의미하며 세 단어란 서른셋이 스페인어로 'treinta y tres'라는 세 개의 단어로 이루어져 있음을 의미한다.

있는 각각의 나무의 나뭇잎을 하나하나 기억했을 뿐만 아니라, 그것들을 지각하거나 상상했던 때 느낀 각 순간의 인상마저도 기억하고 있었다. 그는 자기가 살았던 과거의 하루하루를 칠만 여 개의 기억으로 축소시킨 다음, 숫자로 규정하려고 했다. 하지만 이 작업은 끝이 없으며 쓸모없을 것이라는 두 가지 이유로 단념하고 말았다. 그는 자기가 죽을 때까지 유년 시절의 모든 기억을 분류하는 작업조차 끝나지 않을 것임을 알았던 것이다.

내가 지적한 두 가지 계획(자연수를 지칭하기 위한 무한한 어휘집과 기억의 모든 이미지에 대한 무의미한 정신적 목록)은 어리석기 짝이 없고 심지어는 황당한 짓이지만, 동시에 뭔가 말로 형용할 수 없는 위대성을 드러내고 있다. 그것들은 우리에게 푸네스의 놀라운 세계를 어렴풋이나마 엿보거나 추측할 수 있게 한다. 우리가 잊지 말아야 할 것은, 그에게는 일반적인 사고, 즉 플라톤적인 사고를 할 능력이 실질적으로 거의 없었다는 사실이다. 그는 '개'라는 속(屬)적 상징이 형태와 크기가 상이한 서로 다른 개체들을 포괄할 수 있다는 사실을 좀처럼 이해할 수 없었으며, 또한 3시 14분에 측면에서 보았던 개가 3시 15분에 정면에서 보았던 개와 동일한 이름을 가질 수 있다는 사실을 못마땅하게 생각하곤 했다. 또한 거울 속에 비친 자신의 얼굴과 자신의 손을 보고 매번 놀라기도 했다. 스위프트*는 소인국 릴리푸트의 황제가 시계의 분침 운동을 분간했다고

---

* Jonathan Swift(1667~1745). 영국의 소설가. 대표작으로 『걸리버 여행기』가 있다.

언급하고 있는데, 푸네스는 소리 없이 곪아 가는 잇몸과 충치와 피로를 계속해서 감지해 낼 수 있었다. 그리고 죽음이 진행되거나 습기가 차오르는 과정도 관찰했다. 그는 거의 참을 수 없을 만큼 정밀하고 순간적이고 다양한 형태의 세계를 지켜보는 외롭고도 명민한 관객이었다. 바빌로니아, 런던 그리고 뉴욕은 잔혹한 광채로 인간의 상상력을 압도하고 있다. 그런 도시의 혼잡한 고층 빌딩과 분주한 거리에서는 그 누구도 남아메리카의 가난한 변두리에서 불쌍한 이레네오에게 밤낮으로 집중되고 있던 지칠 줄 모르는 현실의 열기나 압력 같은 것들을 느낀 적이 없었다. 그에게 잠을 자는 것은 몹시 어려운 일이었다. 잠을 잔다는 것은 세상으로부터 마음을 벗어나게 하는 것이다. 푸네스는 침대에 드러누운 채, 어둠 속에서 그를 에워싸고 있는 바로 그 집들의 장식 쇠시리와 벽의 균열을 정확히 그려 낼 수 있었다.(다시 한 번 말하지만, 그의 기억 속에 있는 가장 하찮은 것도 우리가 지각하는 육체적 희열이나 육체적 고통보다 더 상세하고 생생했다.) 동쪽으로 아직 구획 정리가 되지 않은 지역에 푸네스가 알지 못하던 새집들이 있었다. 그는 그 집들이 동일한 어둠으로 만들어져 있고, 검은색이며, 빽빽하게 모여 있을 것이라고 상상하면서 그 방향으로 얼굴을 돌려 잠을 자곤 했다. 또한 물살에 의해 흔들렸다가 잠잠해지는 강바닥을 상상하기도 했다.

그는 힘들이지 않고 영어, 프랑스어, 포르투갈어, 라틴어를 배웠다. 하지만 나는 그가 사고하는 데는 그리 훌륭한 능력의 소유자가 아니었을지도 모른다고 의심해 본다. 사고라는 것은 차이점을 잊는 것이다. 그것은 일반화하고 추상화하는 것이다.

푸네스의 비옥한 세계에는 상세한 것들, 즉, 곧바로 느낄 수 있는 세세한 것만 존재했다.

새벽빛이 조심스럽게 흙으로 뒤덮인 정원으로 스며들었다.

나는 그때 밤새도록 내게 이야기했던 목소리의 얼굴을 보았다. 1868년에 태어난 이레네오는 열아홉 살이었지만, 내게는 이집트보다 더 오래되고 예언서나 피라미드보다 더 이전에 만들어진 동상처럼 근엄해 보였다. 나는 내가 했던 말 한마디 한마디(나의 몸짓 하나 하나)가 그의 무자비한 기억 속에 남아 있을 것이라고 생각했다. 그리고 나는 내가 쓸데없는 몸짓들을 증식시킬지 모른다는 두려움으로 어찌할 바를 몰랐다.

이레네오 푸네스는 1889년에 폐울혈로 세상을 떠났다.

1942년

칼의 형상

—E. H. M.에게

원한 맺힌 흉터 하나가 그의 얼굴을 가로지르고 있었다. 머리 한쪽의 관자놀이에서 다른 쪽의 광대뼈로 이어진 거의 완벽한 활 모양의 잿빛 흉터였다. 그의 진짜 이름은 중요치 않다. 타쿠아렘보의 모든 사람들은 그를 '라 콜로라다의 영국인' 이라고 부르고 있었다. 그 지역의 지주인 카르도소는 자기 땅을 팔고자 하지 않았다. 나는 그 영국인이 누구도 예측하지 못한 이야기를 가지고 그를 부지런히 찾아다녔다는 말을 들었다. 땅 주인에게 얼굴 흉터에 얽힌 비밀을 털어놓았던 것이다. '영국인'은 국경 지대인 리우그란데두술에서 왔다. 브라질에서 그가 밀수꾼이었다고 말하는 사람들도 있었다. 그 땅은 잡초가 무성했고, 물맛은 형편없었다. '영국인'은 이러한 문제들을 고치기 위해 두어 명의 일꾼들과 함께 열심히 일했다. 사람들은 그가 잔인할 정도로 모질었지만 한 치의 빈틈도 없이 공정했다고 말한다. 또한 그는 술고래였다고 한다. 일 년에 한두 번 그는 망루에 마련된 방에 틀어박혔고 이삼일 후에 마치 전쟁터에서 돌아온 사람이나 한동안 현기증으로 고생한 사람처럼 창백한 얼굴로 몸을 떨면서도 예전처럼 권위적인 자태로 나타나곤 했다. 나는 얼음장처럼 차가운 그의 눈과 원기 넘치는 깡마른 몸, 그리고 회색 콧수염을 기억한다. 그는 아무와도 친하게 지내지 않았다. 그것은 그가 브라질 억양이 섞인 초보적인 스페인어밖에 구사하지 못했기 때문이다. 그는 몇 가지 사업상의 서한이나 팸플릿 이외에는 그 어떤 편지도 받지 않고 있었다.

마지막으로 북쪽 지방들을 여행했을 때, 나는 카라구아타 강이 불어나 하는 수 없이 하룻밤을 라 콜로라다에서 머무르게 되었다. 몇 분도 지나지 않아 나는 그가 나의 출현을 별로 달가워하지 않는다는 사실을 감지했다. 나는 그 '영국인'의 비위를 맞추려고 애를 썼고, 가장 어리석은 열정인 애국심에 호소했다. 나는 영국의 영혼을 가진 국가는 그 누구도 무찌를 수 없다고 말했다. 그러자 내 말을 듣고 있던 그는 고개를 끄덕였지만, 미소를 지으면서 자신은 영국 사람이 아니라고 덧붙였다. 그는 아일랜드 던가번 출신이었다. 그렇게 말하고서, 마치 얼결에 비밀을 털어놓은 사람처럼 그는 입을 다물었다.

저녁 식사를 한 다음 우리들은 밖으로 나가 하늘을 보았다. 날씨는 이미 개어 있었지만 날카로운 봉우리 뒤의 남쪽 하늘은 번갯불에 갈라지고 쪼개지면서, 또 다른 폭풍의 위협을 받고 있었다. 초라한 식당으로 돌아오자, 저녁을 가져다주었던 일꾼이 럼주 한 병을 내놓았다. 우리는 흰침 동안 아무 말 없이 술을 마셨다.

내가 취했다는 것을 깨달았을 때가 몇 시였는지 모른다. 어떤 영감이 떠올라서 그랬는지, 아니면 객기에 사로잡혀 그랬는지, 혹은 따분해서 그랬는지, 나는 나도 모르게 상처에 대해 언급하고 말았다. '영국인'의 안색이 변했다. 그 순간 나는 그가 나를 집에서 쫓아낼 것이라고 생각했다. 마침내 그가 평상시의 목소리로 입을 열었다.

"내 흉터에 관한 이야기를 들려주겠소. 하지만 한 가지 조건이 있소. 그 어떤 비난이나 경멸도 누그러뜨리지 말고, 그 어떤 불법적인 상황도 변호하려 하지 마시오."

나는 동의했다. 이것이 바로 그가 영어와 스페인어, 심지어 포르투갈어까지 섞어 가면서 내게 들려준 이야기이다.

"1922년경 코노트 지방의 한 도시에서 나는 아일랜드의 독립을 이루기 위해 반란을 꾸민 많은 사람들 중의 하나였소. 우리 동지 중 몇몇은 살아남아서 조용하고 평온한 일을 하고 있소. 하지만 역설적으로 몇몇은 바다와 사막에서 영국의 깃발 아래 싸우고 있다오. 가장 용감했던 한 사람은 새벽녘에 교도소 마당에서 잠에 취한 사람들에 의해 총살을 당했소. 다른 사람들(가장 불행했던 축이라고는 할 수 없지만)은 내란이라는 이름 없는 전투, 그러니까 은밀하게 치러졌던 전투에서 삶을 마감했소. 우리는 공화주의자와 가톨릭 신자였소. 다들 낭만주의자였다고 나는 추정하고 있소. 우리에게 아일랜드는 이상향에 가까운 미래였고, 참기 힘든 현재인 것만은 아니었다오. 그것은 하나의 씁쓸하면서도 사랑스러운 신화였고, 원형의 탑들과 붉은 수렁이기도 했소. 그것은 파넬*의 이혼 스캔들이었

---

* Charles Stewart Parnell(1846~1891). 아일랜드의 독립운동가. 대중적 지지

고, 전생에서는 영웅들이었고, 또 다른 전생에서는 물고기 떼와 산맥이었던 황소들을 도둑질하는 이야기를 노래하는 거대한 서사시였소······. 절대 잊을 수 없을 어느 날 저녁, 뮌스터에서 한 동지가 도착했소. 존 빈센트 문이라는 사람이었소.

그는 기껏해야 스무 살이 될까 말까 한 청년이었소. 비쩍 말랐으며 동시에 근육도 없는 사람이라, 마치 무척추 동물 같은 거북한 인상을 주고 있었다오. 어떤 공산당 교본인지 내가 알 바는 아니지만, 그는 그 교본 거의 전체를 열정과 허영심을 가지고 공부했소. 어떤 논쟁이 벌어지건, 그는 변증법적 유물론으로 모두 막아 버렸다오. 한 사람이 다른 어떤 사람을 미워하거나 사랑할 수 있는 이유는 셀 수 없이 많은 법이오. 문은 세계의 역사를 추잡한 경제적 알력으로 축소시키곤 했소. 그는 혁명이란 승리하도록 미리 운명 지어져 있다고 말하곤 했소. 나는 그에게 신사란 단지 사라져 버린 명분에만 관심을 갖는다고 말했지만······. 이미 밤이 깊어 있었소. 우리는 복도와 계단에서, 그런 다음 희미한 거리에서 서로 엇갈린 의견을 계속 늘어놓았소. 나는 문이 말하는 의견들보다 그의 단호하고 절대적인 말투에 더욱 깊은 인상을 받았다오. 그 새로운 동지는 토론이나 논의 따위는 하지 않았소. 단지 경멸하듯이, 그리고 어느 정도는 분노에 사로잡혀 자기 의견을 말할 뿐이었소.

그날 밤 그 도시에서 가장 변두리인 지역에 이르렀을 때, 우리는 갑작스러운 총성을 듣고 어찌할 바를 몰랐소.(총소리가 나기 전이었는지 후였는지 모르겠지만, 우리들은 궁정인지 교도소

를 얻으며 아일랜드 토지 반환 운동을 주도했으나 치정 사건으로 실각했다.

인지 알 수 없는 높은 담 쪽으로 피했소). 우리는 흙길로 들어갔소. 그런데 섬광 속에서 거대하게 보이던 한 군인이 불타 버린 오두막에서 갑자기 모습을 드러냈소. 그는 우리에게 멈추라고 소리를 질렀소. 나는 더욱 빨리 발걸음을 재촉했지만, 내 동지는 나를 따라오지 않았소. 그래서 뒤를 돌아보니까 존 빈센트 문이 뭔가에 홀린 듯이, 공포에 질려 영원토록 전해질 석상이라도 된 것처럼 꼼짝도 하지 않고 있었소. 그래서 나는 되돌아가서는 그 군인을 한 방에 때려눕힌 다음, 빈센트 문을 마구 흔들고 욕을 퍼부으면서 나를 따라오라고 명령했소. 나는 그의 팔짱을 끼어야만 했소. 강렬한 두려움 때문에 그가 아무것도 할 수 없었기 때문이오. 우리는 화재로 구멍이 뻥뻥 뚫린 밤을 헤치며 도망쳤다오. 소총의 총탄들이 우리를 향해 날아왔지. 탄환 하나가 문의 오른쪽 어깨를 스쳤소. 우리가 소나무들 사이로 도주하는 동안, 그는 희미한 신음 소리를 냈소.

그 1922년의 가을에 나는 버클리 장군의 별장에 숨어 있었소. 만나 본 적조차 없던 그 장군은 당시 뱅골에서 어떤 직책을 맡고 있었는데, 그게 무엇이었는지는 나도 모르오. 지은 지 백 년도 안 되었으나, 그 집은 거의 망가진 채 음침했고, 복잡한 복도들과 쓸모없는 작은 방들로 가득했다오. 진열실과 거대한 서재가 1층 전체를 독차지하고 있었소. 그곳에는 논쟁의 대상이었고, 양립할 수는 없지만 어느 정도 19세기의 역사라고 말할 수 있는 책들이 가득했소. 니샤푸르의 신월도(新月刀)들도 있었는데, 고정된 초승달 모양의 칼날에는 전쟁의 바람과 폭행이 지속되고 있는 것처럼 보였소. 우리들은 뒷문을 통해 집 안으로 들어갔소. 나는 그렇게 기억하고 있다오. 문은 입이 바싹 마른 채 벌벌 떨면서 그날 밤의 사건들이 흥미로웠다고 중얼댔소. 나는 그의 상처를 치료한 다음, 그에게 차 한 잔을 가져다주었소. 나는 그의 '상처'가 외상에 불과하다는 것을 확인할 수 있었소. 그런데 갑자기 그가 어쩔 줄 모르면서 더듬더듬 말했소.

"당신은 너무나 위험한 모험을 했습니다."

나는 그에게 걱정하지 말라고 말했소.(내가 한 것처럼 행동하도록 한 것은 바로 내전이 만든 관습이었소. 게다가 우리 동지가 한 사람이라도 체포되면 우리의 대의명분이 위태로워질 수도 있으니 말이오.)

다음 날 문은 마음의 평정을 되찾았소. 그는 담배 한 가치를 받더니, '우리 혁명당의 재정'에 관해 모질게 따져 들었다오. 그의 질문들은 매우 예리했소. 나는 (진심으로) 상황이 심각하다고 말했소. 그때 요란한 총성이 조용한 남쪽에서 울려 퍼졌소. 나는 문에게 동지들이 우리를 기다리고 있다고 말했소. 내 외투와 권총은 내 방에 있었소. 내가 다시 돌아왔을 때 문은 눈을 감은 채 소파에 누워 있었소. 나는 그가 고열에 시달리고 있다고 추측했소. 그는 어깨를 고통스럽게 떨면서 애원했소.

그리고 나는 그가 도저히 가망 없는 겁쟁이라는 사실을 깨달았소. 나는 멍청하게도 그에게 몸조심하라고 말하고서 그곳을 떠났다오. 두려움을 느끼고 있는 그 사람이 나를 창피하게 만들었소. 마치 빈센트 문이 아니라 내 쪽이 겁쟁이가 된 것 같았소. 한 사람이 어떤 일을 한다면, 그건 마치 모든 사람이 그 일을 한 것과 마찬가지요. 그래서 어느 동산에서 있었던 단 한 번의 불복종이 모든 인류를 전염시킬 수 있다는 이야기는 전혀 부당하지 않소. 같은 이유로 한 사람의 유대인이 십자가에 못 박힌 것이 모든 인류를 구원하기에 충분하다는 사실도 전혀 부당한 일이 아니오. 아마 쇼펜하우어의 말에도 일리가 있는 것 같소. 나는 다른 사람들이고, 다른 누군가는 모든 사람이며, 셰익스피어도 어떤 관점에서 보면 저 가엾은 존 빈센트 문이라오.

장군의 커다란 저택에서 우리는 아흐레를 보냈소. 전쟁의 고통과 빛에 대해서는 아무 말도 하지 않겠소. 내 목적은 나를 욕보인 이 흉터에 대한 이야기를 들려주는 것이니 말이오. 그 아흐레는 내 기억 속에서 단지 하루와 같소. 물론 우리 동지들이 병영을 급습하여 엘핀에서 기관총으로 난사당한 열여섯 명의 동지와 똑같은 숫자의 병사들의 목숨을 빼앗아 복수를 했던 여덟 번째 날만 빼고 말이오. 나는 첫 햇살이 어스름하게 비추던 새벽녘에 집을 살그머니 빠져나왔다가 해질녘에 돌아왔소. 내 동지는 2층에서 나를 기다리고 있었소. 상처 때문에 1층으로 내려올 수가 없었던 거요. 나는 그가 F. N. 모드* 아니면 클라우제비츠**가 쓴 전략에 관한 책을 들고 있었던 게 기억나오. "내가 선호하는 무기는 대포입니다."라고 그는 어느 날 밤 내게 고백했소. 그는 우리의 계획에 관해 꼬치꼬치 캐물었소. 계획을 비판하거나 고치고자 했던 것이오. 또한 항상 '우리들의 비참한 재정적 토대'를 비난하면서, 독단적이고 침통한 표정으로 우리의 비참한 종말을 예언하곤 했소. 그는 "C'est une

---

* Frederich Natush Maude(1854~1933). 영국의 군사 연구자.
** Carl von Clausewitz(1780~1831). 독일의 군사 연구자. 군사 전략에 관한 그의 이론은 특히 프로이센 군대에게 많은 영향을 끼쳤다.

affaire flambée."*라고 중얼거리곤 했소. 그는 자기가 육체적으로 겁쟁이라는 사실을 아무렇지 않게 여긴다는 걸 보여 주기 위해 자기의 정신적 오만함을 과시하곤 했소. 그렇게 싫든 좋든 아흐레가 지나갔소.

열흘째 되던 날 도시는 '블랙 앤 탠'**의 손에 결정적으로 함락되고 말았소. 말을 탄 채 입을 꼭 다문 기마병들이 거리를 순찰하고 있었소. 재와 연기가 바람에 흩날리고 있었지. 길모퉁이에서 나는 너부러진 시체 한 구를 보았소. 하지만 그것보다는 광장 한가운데서 끝없이 군인들이 사격 연습을 하고 있던 표적 인형이 더욱 생생하게 내 기억에 남아 있다오······. 나는 하늘에 여명이 비추기 시작할 때 집에서 나왔고 정오가 되기 전에 집으로 돌아왔소. 문은 서재에서 누군가와 이야기를 나누고 있었소. 어조로 미루어 나는 그가 전화로 말하고 있음을 알았소. 그런 다음 내 이름을 들었던 거요. 그리고 내가 일곱 시에 돌아올 것이며, 내가 정원을 지나는 동안 체포하라고 말하는 소리를 들었소. 합리적인 내 친구는 합리적으로 나를 팔아먹고 있었던 것이오. 나는 그가 자기 신변 보장을 요구하는 소리를 들었소.

여기에서 내 이야기는 헛갈리고 종잡을 수 없게 되오. 나는 내가 악몽으로 가득한 컴컴한 복도들과 현기증 날 것처럼 가파른 층계를 지나 밀고자를 뒤쫓았다는 사실을 알고 있소. 문은 그 집을 아주 잘 알고 있었소. 나보다 훨씬 더 잘 말이오.

* '부질없는 일입니다.'라는 의미의 프랑스어.
** 1919년에서 1921년 사이에 일어난 아일랜드 민중 봉기를 진압하기 위해 파견된 영국군. 명칭은 카키색과 흑색 제복에서 유래한다.

한두 차례 나는 그를 놓쳤소. 하지만 군인들이 나를 체포하기 전에, 그를 구석으로 몰아넣을 수 있었소. 나는 장군이 수집한 무기들 중에서 신월도를 뽑았소. 그리고 초승달 모양의 쇳덩이로 그의 얼굴에 영원히 가시지 않는 피의 초승달을 새겨 놓았소. 이걸 보시오. 보르헤스, 이방인인 당신에게 나는 모든 것을 털어놓았소. 이제 당신이 나를 경멸한다고 해도 나는 그리 고통스러워하지 않을 거요."

여기서 그는 이야기를 멈추었다. 나는 그의 손이 떨리고 있다는 걸 알았다.

"문은 어떻게 되었습니까?" 나는 물었다.

"유다의 은화를 받고서 브라질로 도망을 쳤소. 그날 오후 광장에서 그는 술 취한 병사들이 인형에 총을 쏘는 걸 보았다오."

나는 그가 이야기를 계속하도록 기다렸지만, 허사였다. 결국 나는 그에게 계속 이야기해 달라고 말했다.

그러자 신음 소리 하나가 그의 전신을 가로질렀다. 그는 나약하면서도 부드러운 표정을 지으며 희끄무레하고 둥근 흉터를 내게 보여 주었다. 그리고 더듬거리며 말했다.

"당신은 내 말을 믿지 않는 거요? 내가 치욕의 흔적을 얼굴에 새기고 다니는 것이 보이지 않소? 당신이 끝까지 이 얘기를 듣도록, 이런 방식으로 말했던 것이오. 나는 바로 나를 보호해 주었던 사람을 밀고했던 사람이오. 내가 바로 빈센트 문이오. 이제 나를 마음껏 경멸하시오."

1942년

배신자와 영웅에 관한 주제

그리하여 플라톤의 해는
옛것 속에서 선회하는 대신
새로운 옳음과 그름을 내밀며 선회한다.
사람들은 모두 무용수, 그들의 궤적은
요란하게 울리는 징 소리를 향해 나아간다.
—W. B. 예이츠, 『탑』

격조 높은 추리 소설을 창안하고 그것을 세련되게 만들었던 체스터턴과 예정 조화설을 만든 궁정 고문 라이프니츠의 저 유명한 영향하에, 나는 한가로운 저녁 시간 동안 이 이야기를 상상했다. 아마도 나는 이 이야기를 쓸 것이며, 그것은 어떤 방식이로든 이런 나를 정당화하고 있는 것인지도 모른다. 아직 세세한 것들이 부족하고, 확인하고 정정해야 할 것이 남아 있다. 심지어 아직도 이야기의 몇몇 장면들은 드러나 있지 않다. 오늘, 1944년 1월 3일, 나는 이렇게 어렴풋이 그려 본다.

사건은 압제에 시달리면서도 저항을 그치지 않는 어느 국가에서 일어난다. 폴란드, 아일랜드, 베네치아 공화국, 혹은 남아메리카의 어떤 나라나 발칸 반도의 나라…… 시간이 흘렀다. 그러니까 화자는 현대인이지만, 그가 말하는 이야기는 19세기 중엽이나 초에 일어났다. 이야기의 편의상, 1824년 아일랜드라고 하자. 화자의 이름은 라이언이다. 그는 젊고 잘생겼으며 영웅이었고 암살로 생을 마친 퍼거스 킬패트릭의 증손자이다. 킬패트릭의 무덤은 아무도 모르게 파헤쳐졌다. 그의 이름은 브라우닝*과 위고**의 시를 빛나게 해 주며, 그의 동상은 붉은 습지 한가운데 있는 언덕 위에 우뚝 서 있다.

킬패트릭은 음모자였다. 그러니까 비밀스럽고도 영광스러운 음모자들의 대장이었다. 모아브 땅에서 흘낏 바라보기만 했을 뿐 약속된 땅을 밟을 수 없었던 모세처럼, 킬패트릭은 그가 계획하고 꿈꾸었던 반란이 성공하기 전날 밤에 목숨을 잃었다. 이제 그가 죽은 지 백 년이 되어 가고 있지만, 누가 그를 죽였는지에 대한 상황은 아직도 수수께끼로 남아 있다. 이 영웅의 전기 편찬에 전념하고 있던 라이언은 그 수수께끼가 단순한 경찰 수사의 차원을 넘어서고 있음을 깨닫는다. 킬패트릭은 어느 극장에서 암살당했다. 하지만 영국 경찰은 살인범을 끝내 찾아내지 못했다. 역사가들은 경찰이 그를 죽였을지도 모르기 때문에 범인을 체포하지 못한 것이 그들의 명성에 오점이 되지는 않는다고 말한다. 라이언은 이 수수께끼의 또 다른 측면들 때문에 의구심을 갖게 된다. 그것은 바로 순환적인 성격이다. 마치 아주 멀리 떨어진 지역과 머나먼 시절에 일어났던 사건들이 반복되고 있거나 결합되어 있는 것 같았던 것이다. 가령 영웅의 시체를 살펴본 경찰들이 봉해진 한 통의 편지를 발견했다는 사실을 모르는 사람은 아무도 없다. 그 편지는 그날 밤

---

* Robert Browning(1812~1889). 영국의 시인이자 극작가. 빅토리아 시대를 대표하는 시인이다.
** Victor-Marie Hugo(1802~1885). 프랑스의 낭만파 작가. 대표작으로는 『파리의 노트르담』, 『레 미제라블』 등이 있다.

그 극장에 가면 위험에 처하게 될 것이라고 알려 주고 있었다. 율리우스 카이사르 역시 친구들의 비수가 기다리고 있던 곳으로 가는 도중에 결코 읽어 보지 않았던 쪽지 하나를 받았다. 그 쪽지에는 배신자들의 이름과 함께 그가 배신당할 것이라는 사실이 적혀 있었다. 카이사르의 아내 칼푸르니아는 꿈에서 로마 상원의 칙령에 의해 무너져 버린 탑을 보았다. 킬패트릭이 죽기 전날 밤 킬가번의 원형 탑이 불탔다는 허황된 유언비어가 전국에 퍼졌다. 그는 킬가번에서 태어났으므로, 그 사실은 일종의 전조로 보일 수 있었다. 카이사르의 이야기와 아일랜드 음모자 이야기의 그런 유사성(그리고 또 다른 유사성)은 라이언에게 되풀이되는 선들로 그려진 그림인 시간의 비밀스러운 형상을 생각하게 만든다. 그는 콩도르세*가 구상했던 열 단계의 역사관, 헤겔**과 슈펭글러*** 그리고 비코****가 제안했던 형태학, 헤시오도스*****가 상정했듯이 금의 시대에서 철의 시대로 전락해 가는 인류에 관해 생각한다. 또한 켈트족의 문학을 공포로 가득 차게 만들고, 카이사르 자신이 영국 드루이드******

---

* Marquis de Condorcet(1743~ 1794). 프랑스의 수학자이자 철학자. 미답의 미래 시대를 열 번째 단계에 놓고 인류의 전 역사를 아홉 단계에 걸쳐 설명했다.
** Georg Wilhelm Friedrich Hegel(1770~1831). 독일의 철학자. 칸트의 철학을 계승한 관념론의 집대성자로 유명하다.
*** Oswald Spengler(1880~1936). 독일의 역사학자. 대표작 『서구의 몰락』에서 문명을 사멸 가능한 유기체로 해석했다.
**** Giambattista Vico(1668~1744). 이탈리아의 철학자. 인간의 정신 활동을 세 단계로 파악하여 역사는 그 형태에 따라 주기적으로 변화한다고 주장했다.
***** Hesiodos(? ~ ?). 고대 그리스의 시인. 금에서 철까지 금속의 속성에 인류의 역사를 빗대어 다섯 단계의 시대를 구상했다.
****** 고대 켈트인의 다신교 신앙.

신자들의 것으로 추측했던 교리인 영혼 윤회설에 대해서 생각한다. 그는 퍼거스 킬패트릭이 되기 이전에, 퍼거스 킬패트릭이 율리우스 카이사르였다고 생각한다. 하지만 하나의 흥미로운 사실을 확인하면서 이런 순환의 미로에서 벗어난다. 그러나 그런 확인은 이내 그를 더욱 복잡하고 이질적인 또 다른 미로의 심연 속으로 빠뜨린다. 퍼거스 킬패트릭이 죽던 날, 그가 어느 거지와 나누었던 몇 마디가 이미 셰익스피어에 의해 그의 비극 『맥베스』에 예시되어 있었던 것이다. 역사가 역사를 그대로 복사할 수도 있다는 사실만으로도 우리를 전율하게 하기에 충분하다. 역사가 문학을 그대로 베낄 수 있다는 것은 도저히 납득할 수 없는 일이므로……. 라이언은 영웅의 가장 오랜 동지였던 제임스 알렉산더 놀란이 1814년에 셰익스피어의 주요 극작품들을 게일어로 옮겼다는 사실을 조사해서 알아내는데, 그중에는 『율리우스 카이사르』도 포함되어 있었다. 또한 그는 문서 보관소에서 스위스의 어느 축제에 관해 쓴 필사본 한 편을 발견한다. 그것은 수천 명의 배우들을 동원하여 역사적 사건들이 일어난 바로 그 도시와 산에서 그대로 그 일을 반복하는 대대적인 순회 연극 상연이었다. 그는 알려지지 않은 또 다른 문서를 통해 킬패트릭이 죽기 며칠 전에 마지막 수뇌 모임을 주재하면서 배신자의 사형 선고에 서명을 했다는 사실을 밝힌다. 그러나 그 배신자의 이름은 지워져 있었다. 이 판결은 킬패트릭의 자비로운 성격과 일치하지 않는다. 라이언은 이 사건을 조사하고(그 조사는 이 작품의 줄거리에서 빠져 있는 것 중의 하나이다.) 결국 수수께끼를 해독하는 데 성공한다.

킬패트릭은 한 극장에서 최후를 맞았지만, 도시 전체도 하나의 극장이었고, 배우들은 다수의 시민이었다. 그리고 그의 죽음으로 절정에 이르렀던 연극은 며칠 낮과 밤 동안 계속되었다. 사건은 다음과 같이 일어났다.

1824년 8월 2일 음모자들이 모였다. 나라 안에는 폭동의 분위기가 무르익어 있었다. 그렇지만 항상 실패로 돌아가곤 했다. 배신자가 조직 안에 있는 것이 틀림없었다. 퍼거스 킬패트릭은 제임스 놀란에게 그 배신자를 색출하라는 지시를 내렸다. 놀란은 자기의 과업을 완수했다. 그는 음모의 핵심 세력이 모두 모인 자리에서 배신자는 바로 킬패트릭 자신임을 밝혔다. 그러면서 부정할 수 없는 증거들을 가지고 자신의 고발을 입증했고, 음모자들은 자신들의 우두머리에게 사형을 선고했다. 그리고 킬패트릭은 자기 자신의 판결문에 서명하면서, 자신에 대한 처벌이 조국에 누를 끼치지 않도록 해 줄 것을 애원했다.

그때 놀란은 아주 야릇한 계획을 생각해 냈다. 아일랜드는 킬패트릭을 우상으로 떠받들고 있었다. 그가 야비한 짓을 저질렀다는 사실이 약간이라도 새어 나간다면 봉기가 무산될 수도 있었다. 놀란은 배신자의 처형이 조국의 해방을 위한 도구가 될 수 있는 하나의 계획을 내놓았다. 죄를 지은 자가 신중하게 짜 놓은 극적인 상황에서 익명의 살인자에게 죽음을 맞도록 하자는 계획이었다. 그러면 그 사건은 대중들의 뇌리에 깊이 새겨질 것이고, 봉기는 가속화될 것이라고 덧붙였다. 킬패트릭은 자신에게 속죄의 기회를 주고 죽음으로써 유종의 미를 장식할 이 계획에 적극 협조하겠다고 맹세했다.

시간에 쫓긴 놀란은 그 복잡한 처형의 상황들을 처음부터 고안해 낼 수 없었다. 그래서 그는 아일랜드의 적인 영국의 극작가 윌리엄 셰익스피어를 표절해야만 했다. 그는 『맥베스』와 『율리우스 카이사르』의 장면들을 그대로 반복했다. 공개적이면서도 비밀스러운 그 공연은 여러 날에 걸쳐 행해졌다. 죄수는 더블린으로 들어갔고, 토론을 벌였으며, 업무를 처리했고, 기도를 했으며, 비난의 말을 퍼부었고, 비장한 언어들을 쏟아 내었다. 그의 영광을 반추할 이런 모든 연기들은 놀란에 의해 이미 정해져 있었다. 수백 명의 배우들이 주인공과 협력했다. 몇몇 사람들은 복잡하고 복합적인 배역을 맡았고, 나머지 사람들은 아주 잠깐 등장하는 단역을 맡았다. 그들의 대사와 연기는 역사책들, 즉 아일랜드의 감격적인 기억 속에서 영원히 간직되어 있다. 자기를 구원해 준 한편 자기를 죽음으로 인도한 빈틈없이 짜인 운명에 흥분한 나머지, 킬패트릭은 한차례 이상의 즉흥적인 연기와 대사들로 재판관이 작성한 대본을 보다 풍요롭게 만들었다. 그렇게 해서 수많은 사람들이 참여한 이 연극은 적절한 시간에 전개되었고, 1824년 8월 6일 링컨이 앉게 될 좌석을 연상시키는 장례식 커튼이 쳐진 칸막이 좌석에서 막을 내렸다. 애타게 기다리던 탄환 하나가 배신자이자 영웅의 가슴을 파고들었다. 그러자 갑자기 두 갈래로 피를 뿜으면서, 그는 미리 입을 맞춰 놓았던 몇 마디 말만 간신히 할 수 있었다.

놀란의 작품 중에서 셰익스피어를 모방했던 장면들은 가장 '덜' 극적인 부분이다. 라이언은 작가가 미래의 누군가가 진실을 밝힐 수 있도록 그런 장면을 삽입해 놓은 것이 아닐까 의심해 본다. 그리고 그는 자기도 역시 놀란이 꾸민 계획의 한 부분을 이루고 있음을 깨닫는다…… 그는 오랫동안 끈질기게 생각한 후에, 이런 발견에 대해 침묵하기로 결심한다. 그는 영웅의 영광을 기리는 책을 한 권 출판한다. 그런데 어쩌면 이것 또한 이미 예견되어 있었을지도 모른다.

죽음과 나침반

— 만디에 몰리나 베디아*에게

뢴로트의 무모한 통찰력이 발휘된 많은 문제들 중에서, 주기적으로 일어난 일련의 유혈 사건들처럼 기이한 ── 정말로 우리는 '엄밀하게 기이한'이라고 말할 수 있을 것이다. ── 것은 없었다. 그 사건들은 유칼리나무들의 영원한 향내에 묻혀 있는 트리스트 르 로이 별장에서 절정에 이르렀다. 에릭 뢴로트가 마지막 범죄를 막지 못했다는 것은 사실이지만 그가 그것을 예견했다는 사실에는 논란의 여지가 없다. 또 그는 야르몰린스키를 살해한 불운한 살인범의 정체를 예측하지 못했지만, 연속적으로 일어난 사악한 범죄들의 비밀스러운 형태와 그런 범죄에는 또 다른 별명이 '멋쟁이 샤를라흐'인 레드 샤를라흐가 개입되어 있다는 것을 눈치챘다. 그 범죄자는 (다른 수많은 범죄자들처럼) 자기의 명예를 걸고 뢴로트를 죽이겠다고 맹세했으

---

* Mandie Molina Vedia(? ~ ?). 보르헤스의 지인.

나, 뢴로트는 그런 것에 한 번도 겁을 먹지 않았다. 뢴로트는 자기 자신을 오귀스트 뒤팽*처럼 추리와 이성의 기계라고 믿고 있었지만, 그의 내부에는 약간의 모험가 기질뿐 아니라 심지어 도박사의 기질도 있었다.

첫 번째 범죄는 호텔 뒤 노르에서 일어났다. 높은 호텔 건물은 사막의 색을 띤 물이 흐르는 강어귀 위로 우뚝 솟아 있었다. 12월 3일 그 고층 건물(정신 병원의 혐오스러운 흰색과 번호가 새겨진 채 쭉 늘어선 감방, 그리고 매음굴의 일반적인 겉모습을 결합한 것으로 악명이 높은)에는 포돌스크에서 파견된 대표 마르셀로 야르몰린스키 박사가 제3차 탈무드 총회에 참석하기 위해 도착했다. 그는 희끗희끗한 턱수염을 기르고 있었고, 눈 역시 회색이었다. 우리는 그가 호텔 뒤 노르를 마음에 들어 했는지 절대로 알 수 없을 것이다. 그는 삼 년에 걸친 카르파티아 산맥에서의 전쟁과 삼천 년에 걸친 유대인 박해와 학살을 견뎠던 선조들처럼 체념하며 그 호텔 방을 수락했다. 그에게 주어진 방은 R층에 있었다. 그곳은 갈릴리의 영주가 머물고 있던 호화찬란한 스위트룸 맞은편이었다. 야르몰린스키는 저녁을 먹고, 처음 와 본 도시를 살펴보는 일을 다음 날로 미루었다. 그러고 나서 그는 가져온 자기 저서 한 무더기와 귀중품 몇 가지를 벽장에 가지런히 정리하고, 자정이 되기 전에 침실의 불을 껐다.(옆방에서 자고 있던 영주의 운전사가 그렇게 증언했다). 4일 날 오전 11시 3분에 《이디시 차이퉁》의 편집 기자가 그에게 전화를 걸었다. 야르몰린스키 박사는 전화를 받지 않았다.

---

* 에드거 앨런 포의 추리 소설에 등장하는 탐정.

그는 그의 방에서 쓰러진 채 발견되었다. 얼굴은 이미 약간 변색되어 있었고, 전라에 가까운 그의 몸은 시대에 한참 뒤처진 망토에 덮여 있었다. 그는 복도에 면한 방문에서 그리 멀지 않는 곳에 쓰러져 있었다. 깊게 찔린 자상이 그의 가슴을 가르고 있었다. 두 시간 후 바로 그 방에서는 기자들과 사진사들과 경찰들 사이에서 경찰 국장 트레비라누스와 뢴로트가 차분하게 이 문제를 논의하고 있었다.

"문제를 복잡하게 만들 필요는 없을 것 같네." 트레비라누스는 위풍당당한 시가를 머리 위로 쳐들면서 말했다. "다들 갈릴리의 영주가 세상에서 가장 훌륭한 사파이어들을 가지고 있다는 사실을 알고 있지. 누군가가 그것을 훔치려고 하다가, 실수로 이 방에 들어왔을 거야. 그러자 야르몰린스키가 잠에서 깨었고, 도둑은 그를 죽일 수밖에 없었어. 자네는 어떻게 생각하지?"

"있을 수 있는 이야기지만, 재미는 없군요." 뢴로트가 대답했다. "당신은 현실이 재미있어야 할 필요는 조금도 없다고 말씀하시겠지요. 하지만 저는 현실이 재미있어야 할 필요는 없다 해도, 추리만큼은 그래서는 안 된다고 말씀드리고 싶습니다. 당신이 이곳에서 급히 만든 가정에는 우연이 지나치게 많이 개입되어 있습니다. 여기에서 우리는 죽은 랍비를 보고 있습니다. 따라서 저는 상상 속의 도둑이 저지른 상상 속의 실패가 아니라, 순전히 랍비에 어울리는 설명을 채택하고 싶습니다."

그러자 트레비라누스는 불쾌한 얼굴로 대꾸했다.

"나는 랍비에 어울리는 설명 따위에는 관심이 없네. 내 관심사는 이 알려지지 않은 인물을 칼로 찌른 범인을 체포하는 것뿐이야."

"아주 알려지지 않은 사람은 아닙니다." 뢴로트가 트레비라 누스의 말을 바로잡았다. "여기에 그의 전집이 있습니다." 그는 옷장 선반에 한 줄로 나란히 꽂혀 있는 길쭉한 책들을 가리켰다. 거기에는 『카발라의 옹호』, 『로버트 플러드*의 철학 연구』, 『세페르 예치라』**의 직역본, 『바알 셈***의 전기』, 『하시딤 교파의 역사』, 테트라그라마톤****에 관한 독일어 논문, 그리고 『모세 오경』의 신성한 명칭들에 대한 또 다른 소논문이 있었다. 경찰 국장은 거의 혐오감을 드러내며 두려워하는 눈으로 그것들을 바라보았다. 그런 다음 갑자기 웃음을 터뜨렸다.

"나는 불쌍한 기독교인일세." 그가 대답했다. "자네가 원한다면 이 두꺼운 종이 뭉치들을 모두 가져가도록 하게. 유대교 미신에 관해 조사하면서 내 시간을 낭비할 수 없으니."

"아마 이 범죄는 유대교 미신의 역사와 관계가 있을지도 모릅니다." 뢴로트가 나지막이 중얼거렸다.

"기독교 신앙이 그렇듯 말이에요." 《이디시 차이퉁》의 편집 기자가 용기를 내서 덧붙였다. 그는 근시에 무신론자이며 몹시 소심한 사람이었다.

---

* Robert Fludd(1574~1637). 영국의 과학자이자 신비주의자. 유대교 카발라의 영향을 받은 신비주의 사상을 피력했다.
** 카발라의 근본 경전으로 아브라함이 천사로부터 직접 전수받았다고 하며, 제목의 의미는 '형성의 책'이다.
*** Baal Shem Tov(1698~1760). 동유럽의 경건주의 유대교 교파인 하시딤 교파의 창시자 이스라엘 벤 엘리에제르에게 붙여진 이름으로, '신성한 이름의 주인'이라는 의미다.
**** 히브리어로 신을 나타내는 네 글자.

아무도 그의 말에 대답하지 않았다. 경찰관 중 하나가 소형 타자기에 꽂힌 종이 한 장을 발견했다. 거기에는 끝맺지 못한 다음과 같은 문장이 적혀 있었다.

'이름'의 첫 번째 글자가 쓰였다.

뢴로트는 간신히 웃음을 참았다. 갑자기 애서가 혹은 히브리 학자가 되어 버린 그는 죽은 사람의 책들을 꾸리라고 지시했고, 그것들을 자기 아파트로 가져갔다. 그는 경찰 수사에는 관심을 두지 않은 채 그 책들을 공부하는 일에 몰두했다. 한 8절판 책은 그에게 '경건파'의 창시자인 이스라엘 바알 셈 토브의 가르침들을 드러내 주었다. 다른 책은 입에 올리기에는 너무나 황송한 하느님의 이름인 '테트라그라마톤'의 힘과 공포를 밝혀 주었다. 또 다른 책은 하느님이 비밀의 이름을 가지고 있다는 주제를 담고 있었는데, 거기에는 (페르시아 인들이 마케도니아의 알렉산더 대왕의 것이라고 여기는 유리 구체(球體)와 몹시 흡사한) 하느님의 아홉 번째 속성이 담겨 있었다. 그것은 바로 만물의 영속성 — 즉, 즉각적 지식* — 으로 그것들이 우주 속에서 어땠으며, 지금은 어떠하고, 앞으로는 어떠할지를 다루고 있었다. 히브리 전통에서 하느님의 이름은 아흔아홉 개로 열거된다. 히브리 학자들은 이 불완전한 숫자를 짝수에 대한 불가사의한 두려움 탓으로 돌린다. 하시딤 교파는 그

---

* 타자의 매개를 통해서 파생적으로 이루어지는 지식이 아니라 즉각적 혹은 직관적으로 알 수 있는 것을 의미한다. 합리주의 철학은 대부분 진실에 대한 보증으로서 즉각적인 지식을 추구했다.

런 공백이 바로 하느님의 백 번째 이름, 그러니까 '절대적 이름'을 지적한다고 주장한다.

며칠 후 뢴로트는 《이디시 차이퉁》의 기자가 찾아온 탓에 학문의 세계에서 잠시 눈을 돌려야 했다. 편집 기자는 살인 사건에 관해 이야기하고 싶어 했다. 뢴로트는 하느님의 다양한 이름들에 관해 이야기하고자 했다. 그러자 기자는 탐정 에릭 뢴로트가 살인범의 이름을 찾아내기 위해 하느님의 이름들을 연구하는 데 전념하고 있다는 3단 기사를 실었다. 언론의 단순화 작업에 익숙했던 뢴로트는 분개하지 않았다. 누구를 막론하고 누군가는 아무 책이나 살 수밖에 없다는 사실을 깨달은 상인 하나가 『하시딤 교파의 역사』 보급판을 출간했다.

두 번째 범죄는 1월 3일 밤 수도의 서쪽 교외 지역 중에서도 가장 외지고 인적이 드문 곳에서 일어났다. 새벽녘에 고독한 이 지역을 순찰하던 기마 경찰관 하나가 오래된 페인트 공장의 대문 앞에 판초를 뒤집어쓴 채 쓰러져 있는 사람을 발견했다. 딱딱하게 굳은 얼굴은 마치 피의 가면을 쓰고 있는 것 같았다. 깊은 칼자국이 그의 가슴을 갈라놓고 있었다. 벽에는 노란색과 빨간색의 마름모꼴 무늬 위로 분필로 그려 놓은 몇 개의 글자들이 있었다. 그 경찰은 그 글자들을 하나씩 읽어 내려갔다…… 그날 오후 트레비라누스와 뢴로트는 멀리 떨어져 있는 사건 현장으로 향했다. 그들이 탄 자동차 좌우로 도시가 무너져 내리고 있었다. 하늘은 넓어져 갔고, 집들은 갈수록 보잘것없어졌으며, 벽돌 공장이 가마나 포플러 나무는 갈수록 위세를 떨치고 있었다. 그들은 볼품없는 목적지에 도달했다. 그곳은 제멋대로의 석양빛을 어느 정도 반사하고 있는 것처럼 보이는 장밋빛 담장들이 늘어선 골목길의 끝이었다. 죽은 자의 신원은 이미 확인되어 있었다. 그는 다니엘 시몬 아세베도였으며, 북쪽의 오래된 빈민굴에서는 약간의 명성을 누리고 있는 사람이었다. 그는 마부에서 정치 깡패까지 올라갔다가, 다시 도둑으로, 그리고 마침내는 경찰 끄나풀로 전락한 사람이었다. 두 사람 모두 그 특이한 죽음이 그에게 어울린다고 생각했다.(아세베도는 권총이 아니라 단도를 잘 다룰 줄 알던 무법자 세대의 마지막 대표자였기 때문이다.) 분필로 그려 놓은 글자들은 다음과 같았다.

'이름'의 두 번째 글자가 쓰였다.

세 번째 범죄는 2월 3일 밤에 일어났다. 1시가 되기 조금 전에, 트레비라누스 경찰 국장 사무실 전화벨이 울렸다. 어떤 남자의 걸걸한 목소리가 속속들이 비밀스러운 어조로 말했다. 그는 자기 이름이 긴즈버그 혹은 긴스버그이며, 합당한 보상을 해 준다면 아세베도와 야르몰린스키의 죽음에 관련된 세세한 정보를 제공할 수 있다고 말했다. 밀고자의 목소리는 시끄러운 휘파람 소리와 나팔 소리에 파묻히고 말았다. 그런 다음, 전화는 끊기고 말았다. 장난 전화일 가능성을 배제하지는 않았지만 (어쨌거나 사육제 기간이었다.) 트레비라누스는 조사를 통해 그 전화가 툴롱 가에 있는 리버풀 하우스라는 술집에서 걸려왔다는 사실을 알아냈다. 그곳은 세계 각지의 풍경화들과 우유 가게, 창녀촌과 성경 판매상들이 함께 살고 있는 지저분한 거리였다. 트레비라누스는 리버풀 하우스의 주인과 전화 통화를 했다. 그 주인은 (이제는 정직하게 살면서 더러운 과거를 거의 극복한 아일랜드의 전과자 블랙 피네건) 자기 가게의 전화로 마지막 통화를 했던 사람은 세입자인 그리피우스라고 하는 사람이며, 조금 전에 몇몇 친구들과 함께 나갔다고 말했다. 트레비라누스는 즉시 리버풀 하우스로 갔다. 주인은 그에게 다음과 같이 말했다. 일주일 전에 그리피우스는 술집 위층에 있는 방을 빌렸다. 그는 부스스한 회색 구레나룻을 기른 갸름한 얼굴의 소유자였으며, 아무런 특징이 없는 검은 양복을 입고 다녔다. 피네건은 (그 방을 트레비라누스가 어렵지 않게 추측했던 그런 목적으로 사용하고 있던) 의심할 나위 없이 과도한 방 값을 요구했다. 그리피우스는 그 즉시 부르는 금액을 지불했다. 그는 한 번도 외출하지 않았다. 자기 방에서 저녁과 점심 식사를 하곤 했으며, 주점에도 거의 얼굴을 보이지 않았다. 그날 밤 그는 전화를 걸기 위해 피네건의 사무실로 내려왔다. 굳게 닫힌 소형 마차 한 대가 주점 앞에 멈추었다. 마부는 마부석에서 꼼짝도 하지 않았다. 몇몇 손님들은 그가 곰 가면을 쓰고 있었다고 떠올렸다. 마차에서 두 명의 어릿광대들이 내렸다. 키가 몹시 작았고, 누가 보아도 술에 만취해 있다는 것을 알 수 있었다. 그들은 축제의 나팔을 불어 대면서 피네건의 사무실로 쳐들어가더니, 그리피우스를 껴안았다. 그리피우스는 그들을 알고 있는 것처럼 보였지만, 차갑게 인사했다. 그들은 이디시어로 몇 마디를 주고받았다. 그리피우스는 낮고 쉰 목소리로 조용히 말했고 광대들은 찢어질 듯한 가성으로 말했다. 그런 다음 그들은 2층의 구석방으로 올라갔다. 십오 분 후에 세 사람은 몹시 행복한 표정으로 내려왔다. 그리피우스가 비틀거렸던 것으로 보아 나머지 두 사람처럼 술에 몹시 취한 것 같았다. 그는 가면을 쓴 두 어릿광대들 사이로 우뚝 솟은 채 현기증을 느끼며 걸어갔다.(주점 안에 있던 한 여자는 노란색과 빨간색과 초록색의 마름모꼴을 기억했다.) 그는 두 차례 비틀거렸으며, 두 번에 걸쳐 어릿광대들은 그를 부축했다. 세 사람은 마차에 올라타더니, 직사각형 모양으로 해수를 차단하고 있는 인근 방파제 쪽으로 자취를 감추었다. 그러나 그가 마차의 발판을 밟자마자, 마지막 어릿광대가 술집 입구에 있는 칠판에 음탕한 그림 하나와 문장 하나를 휘갈겨 썼다.

트레비라누스는 그 문장을 보았다. 거의 예측 가능했던 그 문장은 다음과 같았다.

'이름'의 마지막 글자가 쓰였다.

그런 다음 트레비라누스는 그리피우스 긴스버그의 작은 방을 조사했다. 바닥에는 생뚱맞은 핏방울이 하나 있었다. 구석구석마다 헝가리산 담배꽁초들이 남아 있었다. 옷장에는 손으로 쓴 주석이 달린 라틴어 서적 — 레우스덴*의 『히브리 그리스 문헌학자들』(1739) — 이 한 권 있었다. 트레비라누스는 화난 얼굴로 그것을 들여다보더니 뢴로트를 찾아오라고 했다. 뢴로트는 모자도 벗지 않은 채 그 책을 읽기 시작했으며, 그동안 경찰 국장은 일어났을 수도 있는 납치에 관해 서로 다른 증언들을 하고 있는 목격자들을 심문했다. 4시에 그들은 밖으로 나

---

* Johann Leusden(1624~1699). 네덜란드의 카발라 신비주의자.

왔다. 꾸불꾸불한 툴롱 가로 나와서 새벽 거리의 축 늘어진 장식 끈들과 색종이 조각들을 밟으면서 트레비라누스가 말했다.

"오늘 밤의 이야기가 위장극이라면 어떻게 하겠나?"

에릭 뢴로트는 미소를 짓고서 근엄한 목소리로 『히브리 그리스 문헌학자들』의 서른세 번째 논지 중의 한 구절(밑줄이 그어진)을 읽었다.

"Dies Judaeorum incipit a solis occasu usque ad solis occasum diei sequentis." 그가 덧붙였다. "이 말은 '유대인의 하루는 해 질 녘에 시작해서 다음 날 해질녘까지 계속된다.'라는 뜻이지요."

그러자 형사가 빈정거리려고 했다.

"그 정보가 바로 오늘 자네가 찾아낸 가장 중요한 것이라는 건가?"

"아닙니다. 가장 중요한 것은 긴즈버그가 했던 한마디 말입니다."

석간신문들은 주기적으로 일어나는 살인 사건을 그냥 넘어가지 않았다. 《칼의 십자가》에서는 그런 사건들을 최근에 있었던 밀교 총회에서 보여 준 경탄할 만한 규율과 질서와 대비시켰다. 《순교자》의 에른스트 팔라스트는 "세 달에 걸쳐 세 유대인이 목숨을 잃었다. 이렇게 비밀리에 조금씩 자행되는 유대인 학살 사건에 대한 조사는 참을 수 없이 지연되고 있다."라고 비난을 퍼부었다. 《이디시 차이퉁》은 "비록 통찰력 있는 많은 사람들이 이런 세 개의 미스터리에 대해 다른 해답이 존재할 거라고 인정하지 않고 있기는 하지만" 반유태주의자들의 음모일 것이라는 무시무시한 가정에 대해서는 부정했다. 남부의 가장 유명한 총잡이인 멋쟁이 레드 샤를라흐는 자기 구역에서는 그런 범죄가 절대로 일어나지 않을 거라고 장담하면서, 프란츠 트레비라누스 국장의 직무 태만을 고발했다.

3월 1일 밤, 트레비라누스는 봉해져 있는 아주 인상적인 봉투를 받았다. 그는 봉투를 열었다. 봉투 안에는 바뤼흐 스피노자라고 서명된 편지 한 장과 베데커 여행 안내서에서 오려 낸 것이 틀림없는 세밀한 도시 지도가 들어 있었다. 편지는 3월 3일에는 네 번째 범죄가 일어나지 않을 것인데, 그것은 서쪽의 페인트 공장, 툴롱 가의 술집, 그리고 호텔 뒤 노르가 신비적인 정삼각형을 이루는 완전한 세 점들이기 때문이라고 밝히고 있었다. 지도에는 붉은색 잉크로 균형을 이룬 삼각형이 정확히 그려져 있었다. 트레비라누스는 체념한 듯한 표정으로 기하학에 의거한 논거를 읽고서, 그 편지와 지도를 뢴로트 ─ 의심의 여지없이 이런 미친 짓에 관심을 보일 ─ 의 집으로 보냈다.

에릭 뢴로트는 지도와 편지를 연구했다. 실제로 세 지점은 똑같은 거리를 두고 있었다. 시간적인 대칭(12월 3일, 1월 3일, 2월 3일) 또한 공간적인 대칭…… 그는 불현듯 자신이 미스터리를 해독할 찰나에 있다는 것을 알았다. 그 급작스러운 영감을 완결되게 해 준 것은 컴퍼스와 나침반이었다. 그는 미소를 짓고서 얼마 전에 배운 '테트라그라마톤'이라는 단어를 말해 보았다. 그런 다음 트레비라누스 국장에게 전화를 걸어서 이렇게 말했다.

"어젯밤에 보내 주신 정삼각형에 감사를 드립니다. 그것 덕택에 이 문제를 풀게 되었습니다. 내일 금요일에 범인들은 감옥에 있게 될 겁니다. 우리는 이제 마음 편히 있을 수 있게 될 겁니다."

"그렇다면 그들이 네 번째 범죄를 계획하고 있지 않다는 말인가?"

"네 번째 범죄를 계획하고 있기 때문에 바로 그렇다는 말입니다."

뢴로트는 전화를 끊었다. 한 시간 뒤 그는 남부 철도 회사의 기차를 타고 버려진 트리스트 르 로이 별장을 향해 가고 있었다. 내가 이야기하는 도시의 남쪽에는 흙탕물이 느릿느릿 흘러가는 개천이 하나 있다. 그 개천은 무두질 공장의 지독한 오수와 오물로 뒤덮여 있기로 유명했다. 그 강 건너편에 공장들로 가득한 변두리가 있는데, 그곳에는 바르셀로나 출신인 두목의 비호 아래 총잡이들이 득실거렸다. 뢴로트는 가장 유명한 총잡이인 레드 샤를라흐가 이런 비밀스러운 방문을 알아내기 위해서라면 무슨 일이라도 했을 것이라고 생각하고 슬며시 미소를 지었다. 아세베도는 샤를라흐 일당 중의 하나였다. 뢴로트는 희미한 가능성이긴 하지만, 샤를라흐가 네 번째 희생자일지도 모른다고 생각했다가 이내 고개를 가로저었다……. 사실상 그는 문제를 해결했다. 단순한 정황들, 그러니까 현실(범인의 이름, 체포, 얼굴들, 재판과 구속 절차)은 이제 별로 관심의 대상이 아니었다. 그는 산책하고 싶었고 책상에 앉아서 벌인 석 달간의 수사에서 벗어나 푹 쉬고 싶었다. 그는 연쇄 살인에 대한 설명이 미지의 삼각형과 회색 먼지가 쌓인 어느 그리스어 단어 속에 담겨 있다고 생각했다. 그러면서 미스터리는 이제 거의 투명해졌다고 여겼다. 그는 이까짓 일에 백 일이라는 시간을 허비했다는 사실이 창피했다.

기차가 조용한 화물역에 멈추었다. 뢴로트는 내렸다. 너무나 황량해서 마치 새벽처럼 보이는 저녁이었다. 음산한 평원의 공기는 축축했고 차가웠다. 뢴로트는 들판을 지나 걷기 시작했다. 그는 개들을 보았고, 끝이 막힌 철길 위에 있는 화차 하나를 보았고, 지평선을 바라보았다. 그리고 웅덩이의 더러운 물을 마시고 있는 은색의 말 한 마리를 보았다. 트리스트 르 로이 별장의 사각형 망루를 발견했을 때는 이미 땅거미가 지고 있었다. 별장을 둘러싸고 있는 유칼리나무들처럼 망루는 우뚝 솟아 있었다. 그러자 하나의 새벽노을과 저녁노을만이(태고로부터 온 동쪽의 빛과 서쪽의 또 다른 빛) 하느님의 이름을 찾는 사람들이 그토록 염원하던 시간에서 자기를 분리시키고 있다는 생각이 머리를 스쳤다.

녹슨 울타리가 별장의 들쭉날쭉한 주변으로 세워져 있었다. 정문은 잠겨 있었다. 그 안에 들어갈 수 있으리라는 기대를 별반 하지 않고 뢴로트는 주위를 한 바퀴 빙 돌았다. 다시 난공불락의 정문 앞에 서게 되자, 뢴로트는 거의 기계적으로 대문 창살 사이로 손을 집어넣었고, 이내 빗장에 닿았다. 삐걱거리는 쇳소리가 그를 놀라게 했다. 힘겹게 복종하면서 대문이 활짝 열렸다.

유칼리나무들 사이로 뢴로트는 앞으로 나아갔다. 그는 언제부터 쌓여 있었는지 짐작하기 힘든 뻣뻣하고 부서진 낙엽 위를 걸었다. 가까이에서 보자, 트리스트 르 로이 별장 건물은 의미 없는 대칭들과 강박적인 반복으로 가득했다. 음산한 벽감에 놓인 싸늘한 디아나 여신상은 두 번째 벽감에 있는 또 다른 디아나 여신상과 똑같았다. 한 발코니는 또 다른 발코니에 반영되어 있었다. 이중 계단은 두 개의 난간을 따라 뻗어 있었다. 두 개의 얼굴을 가진 헤르메스는 흉측한 그림자를 드리우고 있었다. 뢴로트는 별장 주위를 둘러보았던 것처럼 집 주위를 둘러보았다. 그는 모든 것을 살펴보았다. 그리고 테라스 높이에 있는 아주 조그만 덧문 하나를 보았다.

그는 그 문을 밀어 열었다. 몇 개의 대리석 계단이 지하실로 향하고 있었다. 건축가의 취향을 이미 파악한 뢴로트는 지하실의 반대쪽 벽에도 또 다른 층계가 있을 것이라고 짐작했다. 그는 층계를 찾아서 올라갔고, 손을 들어 마루의 뚜껑 문을 열었다.

밝은 빛이 그를 창가로 안내했다. 그는 창문을 열었다. 노랗게 차오른 달이 쓸쓸한 정원 안의, 낙엽 쌓인 두 개의 분수를 또렷이 비치고 있었다. 뢴로트는 집을 조사했다. 식당에 딸린 곁방들과 복도를 지나자, 그는 똑같이 생긴 정원들, 혹은 여러 차례 동일한 정원으로 나왔다. 그는 먼지가 쌓인 계단을 따라 큰 방에 붙은 원형의 대기실로 올라갔다. 서로 마주 보고 있는 거울 속에서 그는 무한히 증식되었다. 그는 반쯤 혹은 활짝 열린 창문들에 짜증이 났다. 밖으로는 서로 다른 높이와 각도에서 바로 그 고적한 정원을 그에게 드러내 주고, 안으로는 누런 덮개에 덮인 가구와 모슬린이 드리워진 샹들리에를 보여 주는 창문이었다. 그때 한 침실이 그의 걸음을 멈춰 세웠다. 거기에는 도자기 꽃병에 꽂힌 단 한 송이의 꽃만 있었다. 그의 손끝이 스치자마자 오래된 꽃잎들이 부서져 버렸다. 그는 2층의 마지막 침실에 이르자, 집이 무한하며 커져 가고 있다는 생각이 들었다. '그리 넓은 집은 아니야.' 그는 생각했다. '어둠과

대칭, 거울과 수많은 세월, 나의 무지와 고독감 때문에 더 넓게 보이는 거야.'

그는 나선 층계를 올라 망루에 도착했다. 그날 저녁의 달이 마름모 형태의 창유리를 비추고 있었다. 창유리들은 노란색과 빨간색과 초록색을 띠고 있었다. 그때 놀라우면서도 혼란스러운 추억 하나가 그의 발걸음을 세웠다.

거칠고 건장하며 땅딸막한 두 사내가 그를 덮치고는 무장 해제시켰다. 키가 매우 큰 또 다른 사람 하나가 그에게 엄숙하게 인사하고서 이렇게 말했다.

"친절하기 짝이 없는 분이시군. 하룻밤과 낮을 절약시켜 주다니."

레드 샤를라흐였다. 남자들이 뢴로트의 손을 묶었다. 마침내 뢴로트가 목소리를 되찾았다.

"샤를라흐, 당신도 '비밀의 이름'을 찾고 있나?"

샤를라흐는 태연하게 계속 서 있었다. 그는 그 짧은 몸싸움에 참여하지 않았다. 나중에야 마지못해 손을 내밀어 뢴로트의 권총을 건네받았을 뿐이었다. 그가 입을 열었다. 뢴로트는 그의 목소리에서 피로에 젖은 승리감, 우주의 크기만 한 증오, 그리고 그 증오보다 작지 않은 슬픔을 감지했다.

"아니." 샤를라흐가 말했다. "나는 그보다 덧없고 사라지기 쉬운 것을 찾고 있다네. 바로 에릭 뢴로트를 찾고 있지. 3년 전 툴롱 가에 있는 어느 도박장 소굴에서 바로 당신이 내 동생을 체포해서 감옥에 처넣었어. 내 부하들이 마차에 탄 채로 벌어진 경찰과의 총격전에서 배에 경찰의 총알 한 발을 맞은 나를 구해 주었네. 아흐레의 낮과 아흐레의 밤 동안 나는 이 대칭형의 을씨년스러운 별장에서 사경을 헤맸어. 고열에 시달렸지. 석양과 여명을 바라보고 있는 두 얼굴의 가증스러운 야누스가 내가 헛소리를 할 때뿐만 아니라 잠을 이루지 못할 때에도 두려움과 공포를 선사했어. 내 몸이 지긋지긋하게 느껴질 정도였다니까. 두 개의 눈, 두 개의 팔, 두 개의 폐가 두 개의 얼굴만큼 기괴하다고 느낄 지경이었네. 아일랜드 사람 하나가 나를 기독교로 개종시키려고 하더군. 그는 나를 향해 기독교인의 금언인 '모든 길은 로마로 통한다.'라는 말을 몇 번이고 반복했어. 밤이면 내 섬망은 그 은유를 자양분으로 섭취했네. 나는 세상이 하나의 미로이며, 거기에서 도망칠 수 없다는 느낌에 사로잡혔지. 북쪽으로 가는 척하든 남쪽으로 가는 척하든, 모든 길은 사실상 로마로 돌아오게 되어 있었으니까. 또한 그 미로는 내 동생이 신음하고 있는 사각형의 감방이고, 트리스트 르로이 별장이기도 했어. 그런 밤들을 보내는 동안, 나는 두 얼굴로 바라보는 신과 열병과 거울을 관장하는 그 모든 신들에게 내 동생을 구속시킨 자 주변에 미로를 짜겠다고 맹세를 했다네. 나는 그 미로를 짰고, 그것은 굳건히 서 있네. 그 재료는 죽은 이교 연구자 하나, 나침반 한 개, 18세기의 어느 교파, 그리스어의 한 단어, 단도, 페인트 공장의 마름모꼴일세.

일련의 사건들 중 첫 번째는 아주 우연한 기회에 내게 다가왔어. 나는 아세베도를 포함한 몇몇 동료들과 함께 갈릴리 영주의 사파이어를 훔칠 계획을 짰거든. 그런데 아세베도가 우리를 배신한 거야. 그는 우리가 선금으로 준 돈을 가지고 술에 취해서 전날 밤에 일을 벌였네. 그는 넓은 호텔 안에서 길을 잃었어. 그리고 새벽 2시쯤에 야르몰린스키의 방 안으로 난입

했지. 불면증을 겪던 그 남자는 그때 글을 쓰기 시작하고 있던 차였다네. 그런데 우연하게도 그가 쓰던 글인지 주석인지가 바로 '하느님의 이름'에 대한 것이었어. 그는 이미 "'이름'의 첫 번째 글자가 쓰였다."라는 말을 쓴 상태였지. 아세베도는 그에게 소리 내지 말라고 위협했네. 야르몰린스키는 비상벨을 누르기 위해 손을 뻗었는데 그것을 눌렀다면 호텔에 있는 모든 경비원들이 깨어났을 걸세. 아세베도는 그의 가슴에 칼을 한 번 찔렀어. 그건 거의 반사적인 행동이었다네. 반세기 동안을 폭력과 함께 살아온 사내였으니까 가장 쉽고 확실한 방법은 죽이는 것이라는 사실을 터득하고 있었던 거야……. 열흘 후 나는 《이디시 차이퉁》에서 당신이 야르몰린스키의 저작들에서 그의 죽음에 관한 열쇠를 찾고 있다는 사실을 알게 되었어. 나는 『하시딤 교파의 역사』를 읽었네. '하느님의 이름'을 말하는 것에 대한 경외감이 '하느님의 이름'은 전지전능하며 깊이 숨겨져 있다는 교리를 탄생시켰다는 사실을 알게 된 걸세. 나는 그 비밀스러운 '하느님의 이름'을 찾던 몇몇 하시딤 교도들이 인간을 제물로 바치기도 했다는 것을 알게 되었어……. 나는 당신이 하시딤 교도들이 랍비를 희생 제물로 삼았다고 추측하고 있음을 알았지. 그래서 그런 추측이 옳다는 근거를 제시하기 위해 전념했던 거야.

마르셀로 야르몰린스키는 12월 3일 밤에 죽었네. 두 번째 '제물'을 위해 나는 1월 3일을 택했지. 야르몰린스키는 북쪽에서 죽었잖아. 두 번째 '제물'은 서쪽에서 죽는 것이 좋겠다고 우리는 생각했던 걸세. 다니엘 아세베도는 선택의 여지가 없는 희생물이었어. 그는 죽어도 할 말 없는 작자였거든. 그는 충동적으로 행동했고 배신을 저질렀어. 또한 그가 체포되는 날이면 모든 계획이 수포로 돌아갈 수도 있었어. 우리 동료 중의 하나가 그를 칼로 찔렀네. 그리고 그의 시체를 첫 번째 시체와 연결시키기 위해, 나는 페인트 공장의 마름모꼴 무늬 위에 "'이름'의 두 번째 글자가 쓰였다."라고 적어 놓았지.

세 번째 '범죄'는 2월 3일에 이루어졌어. 트레비라누스가 추측했던 대로 그것은 순전히 위장극이었어. 그리피우스 긴스버그, 혹은 그리피우스 긴즈버그는 바로 나라네. 나는 툴롱 가의 빙퉁그러진 골방에서 (얇은 천으로 만든 가짜 수염을 달고서) 끝없이 느껴지던 일주일을 보냈어. 그 기간이 끝나자 내 친구들이 나를 납치했지. 마차의 발판에서 그들 중의 하나가 기둥에 "'이름'의 마지막 글자가 쓰였다."라고 적었지. 그 글은 일련의 살인 사건이 세 개로 이루어졌다는 사실을 널리 알렸네. 적어도 신문 독자들은 그렇게 이해했어. 하지만 나는 당신, 그러니까 탁월한 추리력을 가진 에릭 뢴로트가 '네 개의 사건'이라고 깨닫도록 하기 위해 반복된 단서들을 끼워 넣었어. 북쪽에 남은 하나의 표시, 동쪽과 서쪽에 남은 또 다른 표시들은 남쪽에서 네 번째 표시를 필요로 하고 있었지. '테트라그라마톤', 즉 야훼(JHVH)라는 하느님의 이름은 네 글자로 이루어져 있네. 그리고 어릿광대들과 페인트 공장의 상징은 '네 번째 사건'을 암시하고 있었어. 레우스덴의 책에 나오는 한 대목에 밑줄을 그어 놓은 사람은 바로 나였네. 그 대목은 히브리 사람들이 히루를 헤질녘부터 다음 날 헤질녘으로 계산한다는 깃을 말해 주고 있었지.(그러니까 그 대목은 매달 '4일'에 살인이 일어났다는 것을 깨우쳐 주지.) 나는 정삼각형을 트레비라누스에게 보냈어. 나는 당신이 부족한 한 점을 덧붙일 것이라고 예견했네. 완전한 마름모꼴을 만들어 줄 점, 죽음이 당신을 기다리는 정확한 장소를 분명하게 보여 주는 점을 말일세. 에릭 뢴로트, 나는 당신을 고독한 트리스트 르 로이 별장으로 유인하기 위해 이 모든 것을 꾸몄던 거야."

뢴로트는 샤를라흐의 시선을 피했다. 그는 나무들과 하늘을 바라보았다. 그것들은 애매한 노란색과 초록색, 그리고 빨간색의 마름모꼴로 나뉘어져 있었다. 그는 약간의 한기와 비정하고 정체를 파악하기 어려운 모종의 회한을 느꼈다. 벌써 밤이 되어 있었다. 먼지투성이 정원에서 새 한 마리의 부질없는 울음소리가 올라왔다. 마지막으로 뢴로트는 대칭적이며 주기적인 죽음의 문제에 대해 곰곰이 생각했다.

"당신의 미로에 있는 세 개의 선은 너무 많아." 마침내 그가 말했다. "나는 단 하나의 직선으로 된 그리스의 어느 미로에 대해 알고 있지. 수많은 철학자들이 그 직선 속에서 길을 잃었던 것과 마찬가지로, 보잘것없는 탐정도 충분히 길을 잃을 수 있을 거야. 샤를라흐, 만일 또 다른 삶에서 당신이 나를 사냥하게 된다면, A라는 곳에서 첫 번째 범죄가 일어난 척하게.(혹은 저지르게.) 그런 뒤 두 번째 범죄는 A에서 8킬로미터 떨어진 B에서, 그 뒤의 세 번째 범죄는 A와 B에서 4킬로미터 떨어진 C에서, 그러니까 두 곳의 중간 지점에서 벌이게. 그런 다음 A와 C에서 2킬로미터 떨어진 D에서 나를 기다리게. A와 C의 중간 지점에서 말이야. 당신이 지금 트리스트 르 로이에서 나를 죽이게 될 것처럼, D에서 나를 죽이게나."

그러자 샤를라흐가 대답했다.

"다음에 당신을 죽이게 된다면 그 미로를 쓰기로 약속하지. 눈에 보이지도 않고 끝도 없는 하나의 직선으로 된 그 미로에서 말이야."

그는 몇 발자국 뒤로 물러섰다. 그런 다음 아주 조심스럽게 방아쇠를 당겼다.

비밀의 기적

백 년 전 하느님께서 그를 죽게 하여 그를 다시 소생시킨 후
주님께서 "너는 얼마 동안 체류했느뇨."라고 물으니
그 사람 말하되 "하루나 반낮쯤 체류하였습니다."라고 대답하니.
—『코란』, 2장 261절*

1939년 3월 14일 밤, 프라하의 첼레트나 거리의 한 아파트에서 야로미르 흘라딕은 기나긴 체스 게임에 대한 꿈을 꾸었다. 그는 완성되지 않은 비극 『적들』, 『영원에 대한 변호』, 그리고 야코프 뵈메**의 유대교에 관한 간접 출처 연구의 저자였다. 체스 게임은 두 사람이 아니라, 저명한 두 가문이 벌이고 있었다. 시합은 수세기 전에 시작되었다. 그래서 아무도 그 시합에 걸린 상이 무엇인지를 기억조차 못했지만, 사람들 사이에서 그것이 어마어마하고, 아마도 무한한 것이리라는 소문이 돌았다. 체스 말과 체스 판은 어느 비밀의 탑 속에 있었다. 야로미르는 (꿈속에서) 서로 적대하는 두 가문 중에서 한 가문의 첫째 아들이었다. 시계가 더는 미룰 수 없는 게임의 시간을 알리고 있었다. 꿈꾸던 사람은 빗방울이 떨어지는 사막의 모래밭을 달리

---

* 보르헤스는 2장 261절이라고 밝히고 있지만, 이 인용문은 2장 259절이다.
** Jakob Böhme(1575~1624). 독일의 신비주의자이자 신학자.

고 있었지만, 체스의 규칙이나 말들의 모양을 기억할 수 없었다. 바로 그 순간 그는 꿈에서 깨어났다. 시끄럽게 떨어지는 빗방울 소리와 으스스한 시계 소리는 멈췄다. 구호에 따라 박자를 딱 맞춘 발소리가 첼레트나 거리에서 올라오고 있었다. 새벽이었고, 중무장한 제3제국의 선발 부대가 프라하에 입성하고 있었다.

19일에 당국은 한 건의 밀고를 받았다. 같은 날 해질 무렵 야로미르 흘라딕은 체포되었다. 그는 블타바 강 맞은편 제방에 있는 흰색 격리 감옥으로 끌려갔다. 그는 게슈타포가 기소한 혐의 중 단 하나도 반박할 수 없었다. 그의 어머니 성은 야로슬라브스키였고, 그의 몸에는 유대인의 피가 흐르고 있었다. 뵈메에 관한 그의 연구는 유대교를 주제로 하고 있었고, 그는 독일의 오스트리아 합병에 반대하여 항의 서명을 한 사람 중의 하나였다. 1928년에 그는 『세페르 예치라』를 번역하여 헤르만 바르스도르프 출판사에 건네주었다. 과도한 감정에 사로잡힌 이 출판사 도서 목록은 상업적으로 번역자의 명성을 과장했다. 흘라딕의 운명을 쥐고 있던 게슈타포 수뇌 율리우스 로테는 이 목록을 면밀히 읽었다. 자기 영역의 지식을 벗어난 일일 경우, 쉽게 속아 넘어가지 않는 인간은 없는 법이다. 율리우스 로테가 흘라딕을 중요 인사로 보고 다른 사람들을 독려하기 위해 사형을 선고하는 데는 고딕체로 쓰인 두세 개의 형용사만으로 충분했다. 처형 날짜는 3월 29일 오전 9시로 잡혔다. 이렇게 날짜가 늦춰진 것은 (이 연기의 중요성을 독자들은 나중에 알게 될 것이다.) 야채나 행성이 그런 것처럼 비정하고 차분한 진행을 행정 당국이 바랐기 때문이었다.

흘라딕이 첫 번째로 느낀 감정은 절대적인 공포였다. 그는 교수되거나 참수되는 것은 두렵지 않지만, 총살형만큼은 참을 수 없다고 생각했다. 그러면서 죽음이라는 순수하고 일반적인 행위가 두려운 것이지, 그것의 구체적인 상황이 두려운 건 아니라고 수없이 되뇌었지만 모두 헛된 일이었다. 그는 지치지도 않고 상황들을 마음속으로 그려 보았다. 황당한 일이지만 그는 모든 변수들을 내다보려고 애썼다. 불면의 새벽부터 총탄이 발사되는 신비로운 순간까지 그 과정을 끝없이 예측한 것이다. 그렇게 그는 율리우스 로테가 예정한 날이 되기도 전에, 모든 기하학적 각도와 모든 기하학적 형태의 교도소 마당에서 수백 번도 넘게 죽었다. 또한 각양각색의 표정을 지은, 각기 다른 숫자의 병사들에게 기관총을 맞기도 했고, 어떤 때는 멀리서, 그리고 또 어떤 때는 근거리에서 총살을 당하기도 했다. 그는 진정한 두려움으로 (아마도 진정한 용기로) 그런 상상 속의 처형들과 맞섰다. 각각의 모의 처형은 단지 몇 초 동안만 지속되었다. 그런 일련의 과정이 끝나면, 야로미르는 몸서리치는 죽음의 전야로 끊임없이 되돌아오곤 했다. 그러다가 그는 현실이 항상 예상과 딱 들어맞는 것은 아니라는 사실을 깨달았다. 그리고 변칙적인 논리 아래 어느 특정한 상황을 미리 상세하게 떠올려 두면 그런 일이 일어나는 것을 막게 되리라는 추론에 이르렀다. 그는 그런 빈약한 마법을 믿으면서, '끔찍한 일들이 일어나지 않도록' 세세한 사항들을 만들어 내기 시작했다. 당연하게도 그는 그런 것들이 예언일 수도 있다는 두려움에 사로잡혔다. 밤이면 가련하게도 그는 어떤 식으로든 시간이라는 덧없는 본질 속에서 그래도 꿋꿋이 버티려고 애를 썼다. 그는 시간이 29일 새벽을 향해 걸음을 서두르고 있음을 알고 있었다. 그래서 커다란 소리로 "나는 지금 22일 밤에 존재한다. 이 밤이 지속되는 동안 (그리고 나머지 여섯 밤이 지속되는 동안) 나는 불사신이며 불멸이다."라고 혼잣말을 했다. 그는 자신이 잠들었던 밤들이 깊고 어두우며 가라앉을 수 있는 수영장이라고 생각하곤 했다. 가끔씩 그는 초조한 마음으로 즉시 자기의 삶에 영원한 종지부를 찍고, 좋든 나쁘든 상상이라는 덧없는 작업에서 그를 해방시켜 줄 결정적인 총격 장면을 갈망했다. 최후의 황혼이 창문의 높은 쇠창살 위에서 반짝이던 28일 저녁, 그는 자신의 극작품 『적들』에 나오는 장면을 떠올리면서, 그런 절망적인 생각에서 벗어났다.

흘라딕은 마흔 살이 넘어 있었다. 그의 일생은 몇몇 친구들과 잡다한 일상들을 제외하면, 문학적인 문제에 관한 작업으로 이루어져 있었다. 모든 작가들이 그러하듯 그는 다른 작가들이 성취한 것에 의해 그들의 가치를 평가했고, 다른 작가들은 그가 구상하고 계획 중인 것들로 평가해 주기를 원했다. 그가 출판한 모든 책들은 그에게 복잡한 후회의 감정을 불러일으켰다. 뵈메, 압네스라*, 그리고 플러드의 작품에 관한 연구에서는 단순히 그의 근면과 열의만이 드러나고 있었다. 반면에 『세페르 예치라』의 번역은 부주의와 피로와 추측으로 얼룩져 있었다. 그는 아마도 『영원에 대한 변호』가 가장 결점 없는 작품일 것이라고 평가했다. 이 책의 1권에서는 파르메니데스**의

---

* Abenezra(1089~1164). 스페인 출신의 유대교 율법학자. Abraham ibn Ezra 라고도 불린다. 원문에는 Abnesra라고 표기되어 있지만 오류이다.
** Parmenides(기원전 546~501). 고대 그리스의 학자. 엘레아 학파의 창시자이다.

부동의 존재부터 힌턴의 변경 가능한 과거까지 사람들이 생각했던 다양한 영원들을 이야기한다. 2권은 (프랜시스 브래들리와 함께) 우주의 모든 사건들이 하나의 시간적 연속을 구성한다는 사실을 부정한다. 그것은 인간에게 가능한 경험들의 숫자는 무한하지 않으며, 단 하나의 '반복'으로도 시간이 일종의 오류임을 증명하는 데 충분하다고 주장한다……. 하지만 불행하게도, 그런 오류를 증명하고 있는 논지도 적지 않은 오류를 범한다. 흘라딕은 다소 오만하게, 그러면서도 당황한 채 그런 주장을 살펴보곤 했다. 그는 또한 일련의 표현주의적인 시를 쓰기도 했다. 시인 자신도 놀란 일이지만, 이 시들은 1924년에 어느 선집에 포함되었고, 그 이후에 나온 선집들 역시 이 시들을 수록하지 않은 것이 하나도 없었다. 흘라딕은 운문으로 쓴 희곡 『적들』로 의심스럽고 무감동한 모든 과거에서 자신을 구원하고자 했다.(흘라딕은 운문으로 된 희곡을 높이 평가했다. 그것은 관객들에게 예술의 조건인 비현실성을 잊을 수 없게 하기 때문이다.)

이 희곡은 시간과 장소와 행위의 통일성을 준수하고 있었다. 사건은 19세기가 저물어 가는 시기의 어느 날 저녁, 흐라드차니에 있는 뢰머슈타트 남작의 서재에서 일어난다. 1막 1장에서 한 낯선 이가 뢰머슈타트를 찾아온다.(시계가 7시를 알리고, 격렬한 마지막 햇빛이 유리창을 강하게 비추고, 어디서 들어 본 것 같은 열정적인 헝가리 선율이 공기에 실려 온다.) 이 사람에 뒤이어 또 다른 이들의 방문이 계속된다. 뢰머슈타트는 자기를 불시에 방문하는 사람들을 알지 못하지만, 아마도 꿈에서 이미 그들을 만났을지도 모른다는 불쾌한 인상을 받는다. 모두

가 과도할 정도로 그에게 아첨하나, 그들이 그를 파멸시키고자 음모를 꾸미는 비밀스러운 적들이라는 것은 역력하다. 처음에는 연극을 보는 관객들에게, 그다음에는 남작에게 분명하게 그런 사실이 드러난다. 뢰머슈타트는 그들의 복잡한 음모를 저지하거나 피하는 데 성공한다. 어느 대화에서 그들은 그의 약혼자인 율리아 드 바이데나우와 야로슬라브 쿠빈이라는 사람을 언급한다. 야로슬라브 쿠빈은 사랑한다면서 그녀를 괴롭혔던 사람이다. 야로슬라브 쿠빈은 미쳤고, 스스로를 뢰머슈타트라고 믿는다……. 위험이 갈수록 커진다. 2막의 끝에서 뢰머슈타트는 한 음모자를 죽여야만 하는 상황에 이른다. 대단원인 3막이 시작된다. 점차로 앞뒤가 맞지 않는 장면들이 늘어난다. 이야기의 흐름상 이미 제외된 것처럼 보이는 배우들이 다시 등장한다. 그리고 어느 순간 뢰머슈타트가 죽인 사람이 되돌아온다. 어떤 사람이 아직 해가 지지 않았음을 지적한다. 시계는 7시를 알리고, 유리창 상단에서 석양의 빛이 반사되고, 공기는 애끓는 헝가리 선율을 싣고 온다. 가장 먼저 뢰머슈타트와 대화를 나누었던 배우가 등장해 자기가 1막 1장에 했던 대사를 읊조린다. 뢰머슈타트는 태연한 모습으로 그와 이야기한다. 관객은 뢰머슈타트가 바로 가엾은 야로슬라브 쿠빈이라는 것을 깨닫게 된다. 극적인 사건은 일어나지 않는다. 그것은 쿠빈이 끝없이 경험하고, 또 경험한 순환적인 망상이기 때문이다.

흘라딕은 오류로 가득한 그 희비극이 진부한 것인지 아니면 훌륭한 것인지, 또는 신중하게 구성된 것인지 아니면 우발적인 것인지 한번도 자기 자신에게 질문을 던지지 않았다. 내가 여기에 요약한 줄거리에서, 그는 자기의 결점들을 덮어 주고 자기의 장점, 즉 자기 인생에서 가장 중요한 것을 (상징적인 방식으로) 구원해 줄 가능성을 십분 발휘시킬 최고의 방법을 직관적으로 간파했다. 그는 이미 1막과 3막의 한 장을 끝마친 상태였다. 작품 원고는 눈앞에 없었지만, 그는 작품이 지닌 운율적 성격 덕택에 6운각을 지닌 시행들을 바로잡아 가면서 그 작품을 계속해서 점검할 수 있었다. 그는 아직도 써야 할 막이 두 개나 남아 있음에도 자신이 곧 죽을 것이라는 사실에 생각이 미쳤다. 그는 어둠 속에서 하느님에게 말했다.

'만일 제가 어떤 방식으로든 존재하고, 만일 제가 복제품이거나 실수로 생겨난 존재가 아니라면, 저는 『적들』의 저자로서 존재합니다. 제 존재를 정당화하고 당신의 존재를 정당화하도록 이 작품을 마치기 위해 일 년이라는 시간이 더 필요합니다. 당신은 세기들과 시간의 주인이십니다. 그 날들을 제게 주십시오.' 그날은 마지막 밤, 그러니까 가장 잔혹한 밤이었지만, 십분 후 잠이 어두운 바닷물처럼 흘라딕에게 넘쳐흘렀다.

여명이 틀 무렵, 그는 클레멘티눔 도서관의 한 서고에 숨어 있는 꿈을 꾸었다. 검은 색안경을 낀 사서가 그에게 물었다. "무엇을 찾으시지요?" 흘라딕이 대답했다. "하느님을 찾고 있습니다." 그러자 사서가 말했다. "하느님은 클레멘티눔 도서관이 소장한 사십만 권 중의 한 책에 있는 한 페이지의 글자들 중의 하나에 있어요. 내 부모들과 내 부모들의 부모들은 그 글자를 찾았지요. 나도 그것을 찾느라 눈이 멀어 버렸소." 그는 안경을 벗었고, 흘라딕은 이미 죽은 그의 눈을 보았다. 한 열람객이 들어와 지도책 한 권을 반납했다. "이 지도책은 아무 짝에도 쓸데없어요." 그는 그렇게 말하고서 지도책을 흘라딕에게 주었다. 흘라딕은 그냥 아무 곳이나 펼쳤다. 그는 인도의 지도를 보았다. 현기증을 일으키는 페이지였다. 갑자기 확신에 사로잡혀 그는 아주 작은 글자들 중의 하나를 만졌다. 그러자 세상의 모든 곳에 존재하는 목소리가 그에게 말했다. "네가 일할 수 있는 시간이 주어졌노라." 여기서 흘라딕은 잠을 깼다.

그는 인간의 꿈은 하느님에게 속해 있다는 것과, 만일 꿈에서 들은 말이 또렷하고 분명하며, 그것을 말한 사람의 모습을 볼 수 없으면, 그 말은 성스럽다고 한 마이모니데스*의 글을 기억했다. 그는 옷을 입었다. 두 명의 군인이 감방 안으로 들어와, 자기들을 따라오라고 명령했다.

감방 안에서 흘라딕은 복도와 계단과 수용동 들로 이루어진 미로가 전개될 거라고 생각했었다. 그러나 현실은 그렇게 풍요롭지 않았다. 그들은 단 하나뿐인 철제 계단을 따라 뒷마당으로 내려갔다. 몇몇 군인들이 — 그중의 한 사람은 군복 단추도 제대로 채우지 않고 있었다. — 모터사이클을 살펴보면서 그것에 관해 말을 주고받고 있었다. 하사관이 시계를 들여다보았다. 8시 44분이었다. 9시가 될 때까지 기다려야만 했다. 불행하다기보다는 그저 자기 자신에게 아무런 가치도 없다고 느끼면서, 흘라딕은 장작더미 위에 앉았다. 그는 군인들이 자기와 시선을 피하고 있다는 것을 눈치챘다. 기다림의 고통을 덜어 주기 위해 하사관이 그에게 담배 한 개비를 내밀었다. 흘라딕은 담배를 피우지 않았지만 그것을 받았다. 예의상, 아니면 겸손함 때문에 그것을 받았다. 담배에 불을 붙이며, 그는 자기

---

* Moses Maimonides(1135~1204). 스페인 출신의 유대교 사상가.

의 손이 떨리고 있다는 것을 깨달았다. 날이 흐려졌다. 군인들은 이미 그가 죽은 자인 것처럼 조그만 소리로 말하고 있었다. 그는 여자에 대해 생각해 보려 했지만 허사였다. 그에게 여자의 상징은 율리아 드 바이데나우였다…….

총살 집행대가 모이더니 한 줄로 정렬했다. 교도소 벽에 등을 기대고 선 흘라딕은 총소리가 나기를 기다렸다. 누군가가 벽에 핏자국이 묻을지도 모른다고 걱정했다. 그리고 죄수에게 몇 발자국 앞으로 나오라고 명령했다. 어처구니없게도 흘라딕은 사진사들이 사진을 찍기 전에 약간 머뭇거린다는 사실을 떠올렸다. 무거운 빗방울 하나가 흘라딕의 관자놀이를 스치더니 뺨으로 천천히 굴러 떨어졌다. 하사관은 소리 높여 마지막 명령을 내렸다.

물리적인 세계는 멈추었다.

무기들이 모두 흘라딕을 향하고 있었지만, 그를 죽일 사람들은 꼼짝도 하지 않고 있었다. 하사관의 팔은 아직 마치지 못한 움직임 그대로 영영 얼어붙어 있었다. 벌 한 마리가 마당의 보도 위에 움직이지 않는 그림자를 드리우고 있었다. 바람은 꼭 그림 속에서처럼 멈춰 있었다. 흘라딕은 소리를 질러 보고, 한마디 말을 뱉어 보고, 한 손을 움직여 보려고 시도했다. 그는 자기 몸이 마비되어 있다는 것을 깨달았다. 정지된 세계에서는 아주 작은 소리조차도 들려오지 않았다. 그는 '나는 지옥에 있어. 나는 죽었어.'라고 생각했다. 그는 '나는 미쳤어.'라고 생각했다. 또한 '시간이 멈춰 버렸어.'라고도 생각했다. 그러자 그는 만일 그런 것이 사실이라면, 자기의 생각도 멈추었을 것이라고 생각했다. 그는 이런 추측을 시험해 보고 싶었다. 그래서 (입술을 움직이지 않고) 베르길리우스*의 신비스럽기 그지 없는 네 번째 목가시를 되풀이해서 읊었다. 그리고 이제는 저 멀리 있는 군인들도 자기의 번민을 함께 느끼고 있을 것이라고 상상했다. 그는 그들과 말을 할 수 있기를 바랐다. 그는 자기가 오랫동안 꼼짝도 하지 않고 있는데도 전혀 피로하지도 않고, 아무런 어지러움도 느끼지 않는다는 것에 놀랐다. 헤아리기 힘든 시간이 지난 후 그는 잠에 빠졌다. 그가 깨어났을 때에도 세상은 계속 움직이지 않고 아무 소리도 내지 않았다. 그의 뺨에는 빗방울 하나가 여전히 매달려 있었다. 그리고 마당에는 벌의 그림자도 그대로 있었다. 또 다른 하루가 지나갔지만, 그는 그런 사실을 깨닫지 못했다.

그는 신에게 자기의 작업을 끝낼 수 있도록 꼬박 일 년이라는 기간을 달라고 부탁했다. 전지전능한 하느님은 그에게 일 년을 부여했다. 하느님은 그에게 비밀의 기적을 내렸다. 독일군의 탄환은 정해진 시간에 그를 죽일 것이었지만, 하사관이 명령을 내리고 군인들이 명령을 실행하는 사이에 그의 마음속에서는 일 년이 흐르고 있었던 것이다. 그는 당혹감에서 무감각의 상태로, 무감각의 상태에서 체념으로, 체념에서 갑작스러운 감사의 마음으로 옮겨 갔다.

그는 기억 이외의 그 어떤 문서도 가지고 있지 않았다. 그는 자기가 덧붙이고 있던 6음절의 운문을 하나하나 익혀야만 했다. 그것은 그에게 애매하고 덧없는 문구를 시도해 보다가 잊어버리고 미는 미숙한 사람들은 상상도 해 보지 못했을 임격

---

* Publius Vergilius Maro(기원전 70~기원전 19). 고대 로마의 시인.

한 훈련을 요구했는데 그건 일종의 행운이었다. 그것은 후대를 위한 작업도, 어떤 문학적 취향의 소유자인지 모를 하느님을 위한 작업도 아니었다. 그는 시간 속에서 움직이지 않은 채 세심하고 비밀스럽게 눈에 보이지 않는 자신의 고상한 미로를 만들었다. 그는 3막을 두 번씩이나 고쳤다. 그리고 반복되는 종소리나 음악처럼 너무나 분명한 상징을 지워 버렸다. 어떤 세부적인 것도 그를 애먹이지 않았다. 그는 잘라 내고, 축약하고, 확장시켰다. 어떤 경우에는 원본을 그대로 선택하기도 했다. 그는 마당과 교도소를 사랑하게 되었다. 그의 앞에 서 있는 어떤 얼굴이 뢰머슈타트의 성격에 대한 그의 생각을 수정시켰다. 그는 플로베르를 그토록 놀라게 만들었던 불협화음이 단지 시각적 미신에 불과하다는 것을 깨달았다. 그것은 바로 소리 나는 말이 아닌 글자로 적힌 글이 지닌 약점이자 불쾌감이었다……. 그는 자기의 희곡을 완성했다. 이제 단 하나의 성질 형용사를 해결하는 일만이 남아 있었다. 그는 그것을 찾아냈다. 그러자 그의 뺨에서 빗방울이 흐르기 시작했다. 그는 미친 듯이 비명을 질렀고, 얼굴을 마구 흔들었고, 네 번에 걸친 일제 사격에 쓰러지고 말았다.

야로미르 흘라딕은 3월 29일 아침 9시 2분에 죽었다.

유다에 관한 세 가지 이야기

타락에 확신이 있는 듯했다.
— 토머스 에드워드 로렌스*
『지혜의 일곱 기둥』, 103장

우리의 신앙이 시작된 지 2세기가 지났을 때, 소아시아, 혹은 알렉산드리아에서 바실리데스는 우주란 불완전한 천사들이 만들어 낸 무모하거나 유해한 즉흥작이라고 공언했다. 그당시에 닐스 루네베리**는 비범한 지적 열정에 가득 차 어느 그노시스 비밀 집회를 이끌고 있었을 것이다. 아마도 단테는 루네베리를 불의 무덤으로 보냈을지도 모른다. 그리고 그의 이름은 사토르닐루스***와 카르포크라테스**** 사이에 있으면서 중요치

---

* Thomas Edward Lawrence(1888~1935). 영국의 군인. 아랍과 터키 간 발발한 전쟁에서 공을 세워 이름을 알렸으며 그때의 경험을 바탕으로 쓴 소설『지혜의 일곱 기둥』의 작가로 유명하다.
** 가상의 인물.
*** Satornilus(? ~ ?). 안티오크의 그노시스 학자, 2세기경 활동했으며 초기 그노시스의 이론을 수립한 것으로 유명하다.
**** Carpocrates(? ~ ?). 알렉산드리아의 그노시스 학자. 2세기경 활동했으며 나스티시즘의 창시자이다.

않은 이단자들의 명단을 늘렸을 것이다. 그의 가르침은 악담으로 현란하게 장식되고, 그의 설교가 담긴 몇몇 부분들은 외경 『이단 단죄서』에 남아 전해지거나, 아니면 어느 수도원의 도서관에서 난 불이 『교회법』의 마지막 사본을 삼켜 버렸을 때 사라졌을지도 모른다. 그러나 하느님은 그에게 20세기와 룬드의 대학 도시를 주셨다. 1904년 그곳에서 그는 『그리스도 대 유다』 초판을 출간했고, 1909년에 또한 그곳에서 대작인 『비밀의 구세주(Den hemlige Walsaren)』를 발간했다.(후자는 1912년에 에밀 셰링에 의해 독일어로 번역되었다. 그 번역서 역시 『비밀의 구세주(Der heimliche Heiland)』라는 제목을 달고 있다.)

앞에서 말한 작업들을 점검하기 전에 '개신교 국가 연합'의 회원이었던 닐스 루네베리가 독실한 종교인이었다는 것을 반복해 둘 필요가 있다. 파리, 어쩌면 부에노스아이레스에서도 동호회에 속한 문인이라면 어려움 없이 루네베리의 논문들을 재발견할 수 있을 것이다. 그런 모임에서 추천된 논문들은 경솔하거나 불경한 생각으로 가득한 쓸모없고 경박한 습작일 것이다. 그러나 루네베리에게 그것들은 신학의 핵심적인 비밀을 푸는 열쇠였다. 그것들은 사색과 분석의 재료였고, 역사적이고 문헌학적인 논쟁과 교만, 그리고 기쁨과 공포로 가득한 내용을 담고 있었다. 그것들이 바로 그의 삶을 정당화시켜 주었고, 동시에 그의 삶을 망가뜨렸다. 이 글을 읽는 사람들은 이것이 루네베리의 논증이나 예증들이 아닌 결론만을 기록하고 있음을 유념해야 한다. 어떤 사람은 결론이 의심할 여지없이 '예증' 보다 앞서 나와 있다고 지적할지도 모른다. 그러나 스스로 믿지도 않는 것의 증거나 전혀 중요하게 여기지도 않는 가르침의 증거를 찾기 위해 헌신할 사람이 어디 있겠는가?

『그리스도 대 유다』 초판에는 다음과 같은 명백한 제사(題詞)가 실려 있는데, 몇 년 후 닐스 루네베리는 손수 그것의 의미를 엄청날 정도로 상세하게 부연하였다. "전통적으로 유다 이스가리옷이 저질렀다고 알려진 것은 하나뿐만 아니라 모든 것이 다 거짓이다."(드퀸시, 1857년) 자기보다 앞서 그런 말을 했던 어느 독일인처럼, 드퀸시는 유다가 예수를 넘긴 것은 예수가 자신의 신성을 선언하고 로마의 압제에 대항하는 거대한 반란에 불을 붙이기 위해서였다고 추측했다. 그래서 루네베리는 일종의 형이상학적 성격으로 입증하겠다고 제안한다. 그는 영리하게 유다의 행동이 얼마나 불필요했는지 강조하는 것으로 시작한다. 그는 (로버트슨*과 같이) 회당에서 매일 설교를 하고 수천 명의 군중이 보는 앞에서 기적을 행하던 스승을 확인하기 위해서는 굳이 사도의 배신이 필요하지 않았다고 말한다. 그러나 그런 일이 일어나고 말았다. 성경에 실수가 있다고 추정하는 것은 용납할 수 없는 일이다. 세계사에서 가장 커다란 사건에 우연한 행동이 개입되었다고 추측하는 행위도 마찬가지로 용납될 수 없는 일이다. 그러므로 유다의 배반은 우연한 행동이 아니다. 그것은 미리 예정된 일로, 구원의 경제학에서 신비한 위치를 점하고 있다. 루네베리는 계속해서 이렇게 말한다. "'말씀'은 육화되면서** 편재(偏在)에서 특정 공간으로, 영원에서 역사로, 끝없는 행복에서 덧없는 변화와 죽음이 되

---

* Frederick William Robertson(1816~1853). 영국 국교회 성직자
** 예수 그리스도가 지상에서 탄생한 것을 의미한다. 구약 성경에서 '말씀'은 하느님을 뜻하며 그 '말씀'이 인간의 몸을 취하여 지상에 내려온 것이 '육화'이다.

었다. 그런 희생에 보답하려면 모든 인간을 대표하는 한 인간이 똑같이 희생을 치러야만 했다. 유다 이스가리옷은 바로 그런 사람이었다. 사도들 중에서 유일하게 유다는 비밀스러운 신성과 예수의 가공할 만한 목적을 깨달았다. '말씀'은 스스로를 낮추어 사람이 되었다. 따라서 '말씀'의 제자인 유다도 스스로를 낮추어 밀고자(파렴치한 행위 중에서도 가장 극악무도한 범죄)가 되어 영원히 꺼지지 않는 불길 속에서 살았을 것이다."
하위 질서는 상위 질서의 거울이다. 그러므로 지상의 모습들은 천국의 모습들과 일치한다. 또한 피부의 검버섯들은 부패하지 않는 별자리들의 지도이다. 어쨌거나 유다는 예수의 반영이다. 바로 거기서 서른 냥의 은화와 입맞춤이 도출된다. 그리고 거기서 영원한 벌을 받아 마땅하다는 사실을 강조하기 위해 자발적으로 죽었다는 결론이 나온다. 그렇게 루네베리는 유다의 수수께끼를 설명했다.

모든 종교 단체의 신학자들이 그런 주장을 반박했다. 라스페터 엥스트롬은 그가 삼위일체를 무시했거나 간과했다고 비난했다. 악셀 보렐리우스는 예수의 인간적 속성을 부정했던 가현설(仮現設)*이라는 이단의 이론을 되풀이하고 있다고 그를 비난했다. 또한 엄하고 무정한 룬드의 주교는 그의 주장이 루카 복음서 22장 3절을 부정하고 있다고 비난했다.**

이런 여러 저주의 말들이 루네베리에게 영향을 끼쳤다. 그는 비난받은 책을 부분적으로 다시 썼고, 거기에 담긴 자신의

* 하느님의 아들인 예수는 사람으로 태어났지만 물질적인 육체와 결합할 수 없는 존재이며, 오직 외관상 육체의 형태를 취하였을 뿐이라는 주장.
** 이상의 인물들은 가상의 인물이다.

교리를 수정했다. 그리고 신학적 영역은 자신의 적들에게 맡겨 놓고서, 도덕적 이치에 의거한 완곡한 주장을 제안했다. 그는 예수가 '전지전능하신 하느님이 주실 수 있는 강력한 수단들을 갖추고' 있었으며, 인류를 구원하기 위해서는 그 어떤 사람도 필요로 하지 않는다는 점을 인정했다. 그런 뒤 그는 우리가 도저히 납득할 수 없는 그 배신자에 대해 알 수 있는 것이 아무것도 없다고 주장하는 사람들을 반박했다. 그러면서 우리는 그가 열두 사도 가운데 한 명이며, 하늘의 왕국을 알리고, 병든 사람들을 치료하고, 문둥병을 낫게 해 주고, 죽은 사람들을 부활시키고, 악마들을 쫓아내기 위해(마태오 복음서 10:7~8, 루카 복음서 9:1) 선택된 사람 중의 하나라는 것을 알고 있다고 말했다. 그렇게 구세주가 발탁한 사람의 행적이기에, 그 행적은 우리에게 가장 훌륭한 해석을 받을 가치가 있다. 그의 죄를 탐욕의 탓으로 돌리는 것은 (요한 복음서 12장 6절을 인용하면서 몇몇 사람들이 그렇게 했던 것처럼) 가장 비열한 동기를 수용하는 것과 다름없다. 닐스 루네베리는 과장되고 심지어는 무한한 금욕주의 때문이라는 완전히 상반되는 동기를 제안한다. 하느님의 크신 영광을 위해 금욕주의자는 육체를 비하하고 고행한다. 유다는 영혼을 비하하며 고행했다. 좀 덜 영웅적으로 쾌락을 거부했던 사람들처럼, 그는 명예와 안락, 평화와 천국을 포기했다.* 그는 지독하게 명민한 정신으로 자기의 죄를 계획했다. 간음에는 늘 애정과 포기가 중요한 역할을 하고, 살인

---

* 보렐리우스는 비웃으면서 이렇게 질문한다. "왜 포기하는 행동을 포기하지 않았을까? 왜 포기하는 행동을 포기하는 것을 포기하지 않았을까?"(저자 주)

에는 용기가 그 역할을 하는 법이다. 불경과 신성 모독에는 일종의 악마적 열정이 중요한 역할을 한다. 유다는 그런 부류의 그 어떤 미덕도 찾아볼 수 없는 죄를 선택했다. 그것은 바로 믿음의 악용(요한 복음서 12:6)과 밀고였다. 그는 말로 형용할 수 없을 만큼 겸손하게 그 일을 했고, 스스로 착한 사람이 될 자질이 없다고 믿었다. 사도 바울은 "그래서 성경에도 "자랑하려는 자는 주님 안에서 자랑하라."고 기록되어 있습니다."(코린토1서 1:31)라고 썼다. 유다는 하느님 안에서 충분한 기쁨을 누리고 있었기에 지옥을 추구했다. 그는 선행과 마찬가지로 행복도 하느님의 속성이며, 따라서 사람들이 그것을 빼앗아서는 안 된다고 생각했다.*

그 일이 있은 후 많은 사람들은 루네베리의 그럴듯한 시작 부분에는 엉뚱한 결론이 들어 있으며, 『비밀의 구세주』는 단지 『그리스도 대 유다』를 곡해하거나 더욱 악화시켜 놓은 책에 불과하다는 사실을 깨달았다. 루네베리는 1907년 말에 원고를 마치고 수정했다. 하지만 그 원고를 출판사에 넘기지 않

---

* 루네베리가 알지 못했던 책에서 에우클리지스 다 쿠냐는 카누두스의 이교도 성직자 안토니우 콘셀에이루에게 미덕은 '거의 불경한 것'이라고 적고 있다. 아르헨티나의 독자는 알마푸에르테의 작품에 수록된 비슷한 대목을 떠올릴 수 있을 것이다. 루네베리는 《일곱 봉인》이라는 상징주의 잡지에 「비밀의 호수」라는 주도면밀하게 묘사적인 시를 발표했다. 첫 연은 아주 소란스러운 어느 날의 사건들을 서술하고 있고, 마지막 연은 빙하의 호수를 발견한 것을 이야기하고 있다. 시인은 그 고요한 물의 영원성은 우리의 불필요한 폭력을 교정하지만, 어떤 경우에는 그런 폭력을 허용하고 용서한다고 암시한다. 이 시는 다음과 같은 말로 끝난다. "숲 속의 물은 행복하다. 그래서 우리는 사악하고 고통스러워하는 존재가 될 수 있다."(저자 주)

고 이 년이라는 시간을 보냈다. 1909년 10월에 그 책은 덴마크의 히브리 학자 에릭 에르프요르트*의 서문(도저히 이해가 되지 않을 정도로 애매한)과 "그분께서 세상에 계셨고 세상이 그분을 통하여 생겨났지만 세상은 그분을 알아보지 못하였다."(요한 복음서 1:10)라는 부실한 제사와 함께 세상에 모습을 드러냈다. 전반적인 논지는 그다지 복잡하지 않았지만, 결론은 터무니없었다. 닐스 루네베리는 하느님이 인류를 구원하기 위해 자신을 인간으로 낮추었다고 주장한다. 따라서 우리는 하느님이 행하신 희생은 완전했으며, 태만에 의해 무효화되거나 감소되지 않았다고 추측할 수 있다. 하느님께서 받으신 죽음의 고통을 어느 날 오후 십자가에서 겪은 고뇌로 한정시키는 것은 불경스러운 것이다.** 그가 인간이었으면서도 죄를 지을 수 없었다고 주장하는 것은 모순에 빠지는 것이다. '무죄성'과 '인간성'은 양립할 수 없기 때문이다. 켐니츠***는 구세주가 피로와 추위, 비탄과 배고픔과 갈증을 느낄 수 있었다고 인정하고, 또

---

* 가상의 인물.

** 모리스 아브라모비츠는 이렇게 말한다. "이 스칸디나비아 사람에 따르면, 예수는 항상 가장 좋은 역할만 맡는다. 식자공들의 기술 덕분에 그의 고난은 여러 언어로 명성을 누린다. 그가 사람들과 삼십삼 년을 살았던 장소는 결국 휴가지에 불과했다.『기독교 교리』의 세 번째 부록에서 에르프요르트는 이 대목을 반박한다. 그는 하느님이 십자가에 못 박히신 행위는 끝나지 않았는데, 그것은 시간 속에서 단 한 번 일어난 것은 영원 속에서는 쉬지 않고 반복되기 때문이라고 적는다. 지금 유다는 계속해서 은화를 받고 있으며, 계속해서 예수 그리스도의 발에 입을 맞추고 있으며, 계속해서 은화를 사원에 내던지고 있으며, 계속해서 피의 벌판에서 올가미의 매듭을 매고 있다.(이런 주장을 합리화하기 위해 에르프요르트는 야로미르 홀라딕의『영원에 대한 변호』1권의 마지막 장을 인용한다.)(저자 주)

*** 가상의 인물.

한 죄를 지을 수 있었고 타락하여 파멸할 수도 있었다는 것도 인정한다. 많은 사람들은 유명한 구절인 "그는 메마른 땅에 뿌리를 박고 가까스로 돋아난 햇순이라고나 할까? 늠름한 풍채도, 멋진 모습도 그에게는 없었다. 눈길을 끌 만한 볼품도 없었다. 사람들에게 멸시를 당하고 퇴박을 맞았다. 그는 고통을 겪고 병고를 아는 사람, 사람들이 얼굴을 가리고 피해 갈 만큼 멸시만 당하였으므로 우리도 덩달아 그를 업신여겼다."(이사야 53:2~3)를 그리스도가 십자가에 못 박혀 죽음을 맞게 될 것이라는 예시로 여긴다. 하지만 몇몇 사람들은 (가령 한스 라센 마르텐센*) 이 대목을 그리스도가 근사하게 생겼다는 일반적인 통념을 반박하는 것으로 생각한다. 루네베리는 이 대목이 한 순간이 아니라 시간과 영원 속에 존재하는 모든 끔찍한 미래이자 육화된 '말씀'에 대한 정확한 예언이라고 간주한다. 신은 완전히 인간이 되었다. 심지어 부정한 인간, 영원한 벌을 받아 끝없이 깊은 구렁에 빠질 정도의 인간이 되었다. 우리를 구원하기 위해 그리스도는 역사의 복잡한 그물을 짜는 사람들 중에서 아무나 선택할 수 있었다. 그는 알렉산더나 피타고라스, 또는 루릭**이나 예수가 될 수 있었다. 하지만 그는 비열하고 경멸스러운 운명을 선택했다. 그것이 바로 유다였다.

스톡홀름과 룬드의 서점들은 독자들에게 이런 의외의 사실을 내놓았지만 허사였다. 회의적인 사람들은 선험적으로 그것을 지루하고 따분한 신학적 장난에 불과하다고 여겼고, 신학

자들은 그런 생각을 업신여겼다. 이런 모든 사람들의 무관심 속에서 루네베리는 거의 기적적인 것이 확인된다는 사실을 알았다. 그것은 하느님이 그런 무관심을 명하셨으며, 하느님께서는 자신의 가공할 만한 비밀이 이 땅 위에 유포되는 것을 원치 않으신다는 사실이었다. 루네베리는 아직 때가 차지 않았음을 깨달았다. 그는 고대로부터 내려오던 하느님의 저주가 자기에게 집중되고 있다는 것을 느꼈다. 그러자 산에서 하느님을 보지 않도록 얼굴을 가렸던 엘리야와 모세가 떠올랐다. 그리고 지상을 영광으로 가득 채운 그분을 눈으로 보자 공포에 질렸던 이사야를 기억했다. 또한 다마스쿠스로 가는 길에 눈이 멀어 버렸던 사울*을 생각했다. 그 외에 천국을 보고는 세상을 떠났던 랍비 시므온 벤 아사이**도 생각했다. 또한 삼위일체의 하느님을 보자 미치고 말았던 유명한 예언자 비테르보의 요한***을 떠올렸다. 그리고 하느님의 비밀스러운 이름인 '셈 하메포라시'****라는 말을 함부로 말하는 불경한 사람들을 혐오하던 성경 해석서들을 떠올렸다. 아마도 그 역시 그런 비밀의 죄를 저지른 사람은 아닐까? 절대로 용서받지 못할 (마태오 복음서 12 : 31) 성령에 대한 신성 모독은 아닐까? 발레리우스 소라누스*****는 로마의 숨겨진 이름을 밝힌 탓에 죽었다. 하느님의 무서운 이름을 발견하고 그것을 발설한 죄로 루네베리에게는 어떤 무한한 벌이 내려질까?

불면과 어지러운 논리에 취해서 닐스 루네베리는 말뫼의 거리를 떠돌아다니면서 커다란 소리로 '구세주'와 지옥을 공유할 수 있는 축복을 내려 달라고 빌었다.

그는 1912년 3월의 첫날 동맥류 파열로 사망했다. 이교 연구자들은 어쩌면 그를 기억할지도 모른다. 그가 오랫동안 너무 많이 다루어진 '하느님의 아들'이라는 개념에 불행과 악으로 이루어진 복잡한 것을 덧붙였기 때문이다.

1944년

끝

레카바렌은 자리에 누운 채로 실눈을 뜨고서 두툼한 갈대로 만든 경사진 천장을 보았다. 다른 방에서는 어설픈 솜씨의 기타 연주가 들려왔다. 무한하게 엉켰다가 풀어지곤 하는 하찮은 미로와도 같았다……. 그는 조금씩 현실감, 그러니까 일상적인 것들이 이제 일상적인 것으로만 남아 있다는 느낌을 되찾았다. 그는 전혀 유감스럽지 않은 눈으로 쓸모없고 커다란 자기 몸과 다리를 덮고 있는 싸구려 모직 판초를 쳐다보았다. 바깥에, 그러니까 창문 창살 저 너머로는 평원과 저녁이 드넓게 펼쳐져 있었다. 자다 일어났는데도 아직 하늘에는 햇빛이 많이 남아 있었다. 그는 왼팔로 더듬어서, 침대 발치에 있던 놋쇠 방울을 찾았다. 그리고 그것을 한두 번 흔들었다. 문 밖에서는 잔잔한 음률이 계속되고 있었다. 기타를 연주하는 사람은 검둥이였다. 어느 날 밤 자기가 가수라면서 우쭐대며 나타난 그는 다른 외지인 한 명에게 도전하여 오랜 시간에 걸쳐 노래 시합을 벌였다. 시합에서 진 그는 마치 누군가를 기다리듯 계속해서 그 선술집에 드나들었다. 그는 기타를 치며 몇 시간씩 보내곤 했지만 다시는 노래를 부르지 않았다. 아마도 시합에 졌다는 사실을 견디기 어려운 것 같았다. 사람들은 악의 없는 이 사내에 이미 익숙해져 있었다. 선술집 주인인 레카바렌은 그 노래 시합을 절대로 잊지 못할 것이었다. 그것은 시합이 있었던 다음 날, 말에 건초 뭉치를 싣다가 갑자기 몸의 오른쪽이 마비되었을 뿐만 아니라 말도 할 수 없게 되었기 때문이었다. 소설 속의 주인공들이 겪는 불행을 가엾게 여기도록 배운 덕택에, 우리는 우리 자신의 불행에 대해서 과도할 정도로 자기 연민을 느끼곤 한다. 하지만 그런 일을 당한 레카바렌은 그러지 않았다. 그는 이전에 라틴아메리카 대지의 혹심함과 고독을 받아들였던 것처럼 그렇게 반신마비를 받아들였다. 동물들이 그렇듯이 현재를 살아가는 일에 익숙해진 그는 지금 하늘을 바라보면서, 붉은 기가 도는 달무리는 비의 전조라고 생각했다.

원주민 모습의 한 꼬마(아마 그의 아들일지도 모른다.)가 조심스레 문을 열었다. 레카바렌은 소년에게 눈짓으로 손님이 있느냐고 물었다. 과묵한 소년은 아니라는 의미로 손을 가로저었다. 검둥이는 그의 셈에 들어 있지 않았던 것이다. 이제 드러누운 사람만 혼자 남았다. 그는 마치 권력을 행사하려는 것처럼, 잠시 방울을 가지고 놀았다.

마지막 햇빛을 받고 있는 평원은 마치 꿈에서 보이는 것처럼 거의 추상적이었다. 지평선에서 점 하나가 너울거리더니 차츰 커져서 마침내 집 쪽을 향해 말을 타고 달려오는, 혹은 그렇게 보이는 사람이 되었다. 레카바렌은 테가 넓은 모자와 어두운 빛깔의 판초, 그리고 흑백 얼룩무늬 말을 보았지만, 말에 탄 사람의 얼굴은 보지 못했다. 마침내 말 탄 사람은 고삐를 당기고서 빠른 걸음으로 집을 향해 다가왔다. 그가 약 이백 야드 앞에서 방향을 바꾸었다. 레카바렌은 더 이상 그를 볼 수가 없었지만, 그 사람이 이야기를 하고, 말에서 내리고, 말을 전봇대에 묶고, 뚜벅뚜벅 걸어서 술집 안으로 들어가는 소리를 들었다.

검둥이는 마치 기타 안에서 무언가를 찾듯이 기타에서 눈을 떼지 않은 채 정다운 말투로 말했다.

"믿을 만한 분이라는 걸 알고 있었소."

상대방이 거슬리는 목소리로 대꾸했다.

"나 역시 자넬 믿을 만한 작자라고 생각했다네, 검둥이 친구. 비록 오래 기다리게 하기는 했지만 이제 내가 여기 왔네."

침묵이 흘렀다. 마침내 검둥이가 다시 대답했다.

"기다리는 데에야 이골이 났소. 여태까지 칠 년을 기다렸으니."

그러자 상대방이 서두르지 않고 천천히 설명했다.

"나는 칠 년 넘게 내 자식들을 보지 못했네. 바로 그날 아이들과 만났는데, 자식들에게 내가 칼싸움이나 하고 돌아다니는 인간이라는 걸 보여 주고 싶지 않더군."

"충분히 이해하오." 검둥이가 말했다. "당신 아이들이 모두 건강하게 지내기를 바라오."

그러자 바에 앉은 이방인이 껄껄거리며 웃었다. 그는 술 한 잔을 주문하고서, 그것을 한두 번 홀짝홀짝 들이켰지만, 모두 마셔 버리지는 않았다. 그가 말했다.

"자식들에겐 충고 몇 개를 해 줬어. 과욕은 금물이고 낭비도 하지 말라고. 꽤 여러 가지 이야기를 했는데 그중에 사람은 다른 사람의 피를 흘리게 해서는 안 된다는 말도 있었다네."

느린 기타 선율이 울리고 검둥이가 대답했다.

"좋은 충고 하셨군. 그래야 우리처럼 되지 않을 테니까."

"적어도 나처럼은 안 되겠지." 이방인은 이렇게 말하더니, 마치 큰 소리로 생각을 하듯이 덧붙였다. "운명은 내가 죽이는 것을 원한 모양이야. 그리고 지금 다시 내 손안에 칼을 쥐여 주고 있어."

검둥이는 그 말을 못 들은 것처럼 이렇게 말했다.

"가을이 되니 해가 짧아지는 듯하오."

"남은 빛만으로도 내겐 충분해." 이방인이 몸을 일으키며 대답했다.

이방인은 검둥이 앞에 서더니 지친 듯이 말했다.

"이제 기타는 놓아두게나. 오늘은 또 다른 종류의 시합이 기다리고 있으니까 말일세."

두 사람은 문으로 걸어갔다. 문을 나서며 검둥이가 중얼거렸다.

"아마 이번에도 지난번처럼 내게 운이 따르지 않을 것 같소."

그러자 상대방이 심각한 말투로 대답했다.

"지난번 시합에서 자네에게 운이 안 따랐다고는 할 수 없어. 사실 그때 자네는 두 번째 시합을 벌이고 싶어서 안달 나 있었지 않은가."

그들은 나란히 말을 타고 가면서 마을에서 약간 떨어진 곳으로 갔다. 평원의 그 장소는 평원의 다른 곳과 다르지 않았고, 달은 환하게 빛을 비추고 있었다. 갑자기 그들은 서로를 쳐다보더니, 발길을 멈추었다. 이방인이 박차를 벗었다. 이미 두 사람은 팔에 판초를 걸쳐 들고 있었다. 검둥이가 입을 열었다.

"싸우기 전에 부탁 하나만 합시다. 칠 년 전 당신이 내 형제를 죽인 시합에서 그랬던 것처럼 이번 결투에서도 용기와 실력을 전부 발휘해서 결투에 임해 주시오."

그들의 대화에서 아마도 처음으로 마르틴 피에로는 증오심을 읽었던 것 같았다. 그의 피는 마치 바늘에 찔린 것처럼 그것을 느꼈다. 그들은 뒤엉켜 싸웠고, 날카로운 칼날이 검둥이의 얼굴에 자국을 새겼다.

평원이 무언가 말을 하려는 저녁 시간이 있다. 그러나 평원은 절대로 그것을 말하지 않는다. 아니, 아마도 끝도 없이 그걸 말하지만, 우리가 알아듣지 못하는 것인지도 모른다. 아니면 알아듣기는 하지만, 마치 음악처럼 말로 옮길 수 없는 것인지도 모른다……. 허름한 자기 침대에서 레카바렌은 끝을 보았다. 한 차례 공격을 받자, 검둥이가 뒷걸음질 치다가 발을 헛디뎠고, 적의 얼굴에 칼을 내리치는 척했다. 그런 다음 칼을 깊이 내질렀고, 그 칼은 배 속으로 파고들었다. 그런 다음 다시 찔렀지만, 선술집 주인은 그 모습을 제대로 볼 수 없었다. 피에로는 일어나지 않았다. 꼼짝도 하지 않은 채 검둥이는 쉴 새 없이 고통스럽게 신음하는 모습을 지켜보고 있는 듯했다. 그는 피범벅이 된 칼을 풀숲에 닦고서 뒤도 돌아보지 않고서 천천히 마을로 되돌아왔다. 정의의 사도로서 과제를 완수한 그는 이제 그 누구도 아니었다. 더 엄밀히 말해 그는 다른 사람이 되어 있었다. 이제 이 땅에서 그에게는 더 이상 갈 곳이 없었다. 그는 이미 한 사람을 죽였던 것이다.

불사조 교파

불사조 교파가 헬리오폴리스*에 기원을 두고 있다고 쓰면서, 그것이 종교 개혁자 아메노피스 4세** 사후에 진행된 종교 회복에서 시작되었다고 주장하는 사람들은 헤로도투스***와 타키투스의 저작, 이집트 비문을 인용한다. 그러나 그들은 '불사조 교파'라는 명칭이 흐라바누스 마우루스**** 이전이 아니며, 가장 오

래된 출처들(예를 들자면 『사투르누스 축제』*나 플라비우스 요세푸스**)에서는 단지 '관습의 백성'이나 '비밀의 백성'에 대해서만 말하고 있다는 사실을 알지 못하거나, 혹은 그런 척하려고 한다. 이미 그레고로비우스***는 페라라에서 열린 한 비밀 집회에서 '불사조'라는 말은 구어에서 거의 언급되지 않는다고 지적했다. 제네바에서 나는 장인들을 만났는데 그들에게 '불사조 교파' 사람들이냐고 묻자, 그들은 전혀 내 말을 이해하지 못했다. 하지만 즉시 자신들이 '비밀의 백성'이라는 사실을 인정했다. 내가 틀리지 않았다면 동일한 현상이 불교도들에게도 일어난다. 세상에 알려진 그들의 명칭은 그들이 자신들을 지칭할 때 쓰는 명칭이 아니기 때문이다.

미클로쉬치****는 매우 유명한 어느 페이지에서 '불사조 교파'의 교도들을 집시들과 같다고 말했다. 칠레와 헝가리에는 집시들도 있고 '불사조 교파'의 교도들도 있다. 그러나 이처럼 세계 방방곡곡에 존재한다는 점을 제외하면, 그들에게는 공통점이 거의 없다. 집시들은 말 장수나 도공, 혹은 대장장이나 점쟁이다. 반면에 '불사조 교파' 교도들은 일반적으로 자유업 분야에서 행복하게 일하고 있다. 집시들은 특정한 신체적 유형을 지니고 있고, 비밀의 언어를 말하거나 혹은 때때로 말하곤 했다. 반면에 불사조 교도들은 일반인과 전혀 구별되지 않으며, 그것은 그들이 전혀 박해를 받지 않았다는 데서 증거를 찾아볼 수 있다. 집시들은 눈길을 끌도록 치장을 하고, 엉터리 시인들에게 영감을 주었다. 하지만 민요나 그림엽서나 볼레로 무곡은 불사조 교파의 교도들을 다루지 않는다……. 마르틴 부버*는 유대인들이 본질적으로 애처롭다고 말한다. 그러나 불사조 교파의 교도들은 모두가 그런 것은 아니며, 심지어 어떤 교도들은 비애감을 혐오하기조차 한다. 이렇게 공공연하게 널리 알려진 사실은 '불사조 교파'가 이스라엘에서 파생되었다는 세속의 실수(터무니없게도 우르만**에 의해 옹호된)를 반박하기에 충분하다. 사람들은 대체로 이렇게 이야기한다. '우르만은 예민한 사람이었다. 우르만은 유대인이었다. 우르만은 프라하의 유대인 동네에 살고 있던 교도들을 자주 만났다. 우르만이 느낀 유사성은 실제 사실을 증명한다.' 솔직하게 말하자면 나는 그런 결론에 동의할 수 없다. 유대교 환경 속에서 사는 불사조 교파의 교도들이 유대인들과 비슷하다고 해도, 그것은 아무것도 증명해 주지 않는다. 그러나 부정할 수 없는 것은 해즐릿***이 셰익스피어는 무한히 많은 사람들과 마찬가지라고 말한 것처럼, 이 세상의 모든 사람들은 서로 비슷하게 보인다는 사실이다. 그들은 예수의 사도처럼 모든 점에서 다른 모든 사람과 같다. 얼마 전 파이산두에 살고 있는 후안 프란시스코 아마로**** 박사는

---

* Martin Buber(1878~1965). 독일의 유대인 사상가.
** 가상의 인물.
*** William Hazlit(1778~1830). 영국의 비평가.
**** 가상의 인물.

백인들이 원주민들과 얼마나 쉽게 동화되었는지 고찰했다.

나는 앞에서 불사조 교파의 역사에는 박해가 기록되어 있지 않다고 말했다. 그것은 사실이지만, 인간들의 단체치고 불사조 교파의 신자들이 포함되지 않은 것은 없기 때문에, 이 교파의 교도들이 당하거나 가하지 않았던 박해나 가혹 행위가 없으리라는 것도 사실이다. 그들은 서양에서 벌어진 전쟁이나 머나먼 동양에서 일어난 전쟁에서 각각 적의 깃발 아래 수세기 동안 피를 흘렸다. 그들을 지구상의 국가들과 동일시하는 것은 거의 의미 없는 일이다.

이스라엘을 하나로 묶은 성경처럼, 그들을 하나로 묶을 수 있는 성스러운 책 없이, 공통된 기억도 없고, 언어라는 또 다른 기억도 없이, 피부색도 다르고 생김새도 다른 그들은 지구상에 뿔뿔이 흩어져 살았다. 그러나 단 한 가지, 즉 비밀이 그들을 하나로 만들고 있으며, 세상이 끝날 때까지 그들을 하나로 묶어 줄 것이다. 한때는 이 '비밀' 이외에도 하나의 전설(아마도 우주 발생의 신화)이 있었지만, 천박한 '불사조 교파'의 교도들은 그것을 잊어버렸고, 오늘날에는 단지 처벌에 관한 분명치 않은 이야기만 남아 있다. 그것이 처벌에 관한 것인지, 아니면 계약에 관한 것, 혹은 특권에 관한 것인지는 잘 알 수가 없다. 왜냐하면 그것에 관해서는 여러 판본이 존재하고, 판본마다 서로 다르기 때문이다. 그러나 그 판본들에서는 하느님이 어느 종족에게 만일 대대로 특정 의식을 거행한다면 영원한 삶을 보장하겠다고 판결하는 내용을 희미하게나마 엿볼 수 있다. 나는 여행자들의 보고서들을 대조했고, 원로들과 신학자들과 이야기를 나누었다. 그래서 나는 '불사조 교파'의 교도들이 지키는 유일한 종교 행위는 의식을 행하는 것이라고 증언할 수 있다. 종교 의식은 바로 '비밀'이다. 내가 이미 지적한 대로 '비밀'은 대대로 물려 내려오고 있지만, 어머니가 그것을 자식들에게 가르쳐서는 안 되며, 심지어 사제들도 그래서는 안 된다고 금하는 것이 그들의 전통이다. 신비로 들어가는 입사 의식은 가장 저급한 교도들이나 하는 일이다. 노예, 문둥병 환자나 거지는 비법 전수자의 역할을 담당한다. 또한 어린아이라도 다른 어린아이에게 교리를 가르칠 수 있다. 그 행위 자체는 그리 대단치 않고 순간적이며 어떤 설명도 요하지 않는다. 그때 사용되는 재료들은 코르크나 밀랍이나 아라비아산 고무다.(전례 때에는 찰흙에 대해서 언급되는데, 그것 역시 자주 사용된다.) 예배를 드리기 위한 전용 사원은 없으나, 폐허나 지하실 혹은 현관이 예배에 적당한 장소로 여겨진다. '비밀'은 신성하지만, 약간 엉뚱하기도 하다. 의식은 은밀하게, 심지어는 철저히 비밀리에 치러지며, 신자들은 그것에 대해 말하지 않는다. 그들에게는 그것을 지칭할 만한 버젓한 단어가 없지만, 모든 단어가 그것을 지칭한다고, 보다 정확히 말하자면 불가피하게 그것을 암시한다고 이해한다. 그래서 대화하면서 내가 별반 중요하지 않은 말을 해도, 그들은 미소를 짓거나 불편한 표정을 짓곤 했다. 그것은 그들이 내가 '비밀'을 건드리고 있다고 느꼈기 때문이다. 게르만 민족의 문학에는 '불사조 교파'의 교도들이 쓴 시들이 있다. 이 시들의 표면적인 주제는 바다, 혹은 지는 해다. 나는 여러 차례 그것들이 어떤 방식으로든 '비밀'을 상징한다는 이야기를 들었다. "세상의 놀이는 거울이다."라는 말은 뒤 캉주*가 그의 『용어집』에 기록해 놓은 출처가 의심스러운 금언과 일맥상통한다. 일종의 신성한 공포는 몇몇 독실한 신자들에게 아주 간단한 의식조차 올리지 못하게 만든다. 한편 다른 신자들은 그들을 경멸하지만, 그들은 자신들을 더욱 경멸한다. 반면에 일부러 '관습'을 거부하고 신성과 직접적으로 교류하는 사람들은 커다란 존경을 받고 있다. 이 사람들은 그런 교류에 대해 말하기 위해 전례의 상징들을 이용한다. 그래서 존 오브 더 루드**는 다음과 같이 썼다.

> 하느님이 마치 코르크나 진흙처럼 즐겁고 쾌적하다는 것을
> 아홉 하늘들이 알게 하소서.

나는 세 개의 대륙에서 독실한 '불사조 교파'의 많은 신도들과 우정을 나눌 수 있었다. 그래서 나는 처음에 그들에게 '비밀'이 진부하며 수치스럽고 평범하며 (더욱 이상하게도) 믿을 수 없는 것처럼 생각되었다는 것을 알고 있다. 그들은 자신의 부모들이 그따위 수작에 굴복했을 것이라는 사실을 받아들일 수 없었다. 그러나 신기한 것은 '비밀'이 오래전에 죽지 않았다는 사실이다. 세상이 흥망성쇠를 거듭했고, 수많은 전쟁이 벌어졌고, 수없이 많은 대이동이 있었지만, '비밀'은 너무나 두렵게도 모든 '불사조 교파' 신자들에게 다가온다. 혹자는 일말의 주저함 없이, 이제 그것은 본능이라고 주장한다.

---

* Seigneur du Cange(1610~1688). 프랑스의 역사가이자 사전 편찬학자.
** 가상의 인물.

남부

1871년 부에노스아이레스에서 하선한 사람의 이름은 요하네스 달만이었다. 그는 개신교 목사였다. 1939년 코르도바 거리에 있는 시립 도서관에서 비서로 일하던 그의 손자 후안 달만은 마음속 깊이 자신을 아르헨티나 사람이라고 생각했다. 그의 외할아버지는 제2 전투 보병대의 용사였으며, 부에노스아이레스 지방의 경계에서 카트리엘*이 이끄는 원주민의 창을 맞고 전사한, 프란시스코 플로레스였다. 그러한 서로 상이한 두 혈통을 물려받은 후안은 (아마도 게르만 혈통의 충동에 이끌려) 낭만적인 선조 혹은 낭만적인 죽음을 맞은 선조 쪽 혈통을 선택했다. 무표정하고 수염이 텁수룩한 사람의 은판 사진이 든 작은 상자, 오래된 칼 한 자루, 몇몇 노래를 들으며 떠올리는 기

---

* Cipriano Catriel(? ~1874). 아르헨티나의 군인. 원주민 추장이었으나 정부 측에서 칠레의 원주민 침략군과 싸웠다.

뽐과 용기, '마르틴 피에로'의 시구들을 되뇌는 습관, 지나간 세월, 의욕 결핍, 그리고 고독이 약간 계획적이긴 하지만 결코 과시적이지 않은 그런 토속화를 조장했다. 몇 가지 애로 사항이 있었지만 달만은 '남부'에 있는 커다란 농장 건물을 구해 낼 수 있었다. 그 농장은 플로레스 가문의 소유였었다. 향기 그윽한 유칼리나무들과, 한때는 짙은 붉은색이었으나 지금은 분홍색으로 색이 바랜 기다란 집의 모습은 그의 소중한 기억 중 하나였다. 해야 할 일들과 어쩌면 나태함 때문에 그는 도시에 머물고 있었다. 매년 여름이 되면, 그는 평원의 특정한 장소에서 그의 집이 자신을 기다리고 있다는 확신과 그곳을 소유하고 있다는 막연한 생각에 만족감을 느꼈다. 그런데 1939년 2월 말 그에게 어떤 사건이 일어났다.

운명은 죄를 감안하지 않기에, 조금만 한눈을 팔아도 무자비해질 수 있다. 그날 오후 달만은 바일*이 번역한 너덜거리는 『천하루 밤의 이야기』 한 권을 손에 넣었었다. 그는 발견한 책을 살펴보고 싶은 조급한 마음에 엘리베이터가 내려올 때까지 기다리지도 않고 급히 층계를 뛰어 올라갔다. 어둠 속에서 무엇인가가 그의 이마를 스쳤다. 박쥐, 아니면 새였을까? 그에게 문을 열어 준 아내의 얼굴에는 공포가 새겨져 있었다. 이마를 문지른 그의 손에서 빨간 피가 묻어 나왔다. 최근에 누가 페인트를 칠한 뒤 닫는 것을 잊어버린 여닫이 창문의 모서리에 부딪쳐 상처가 난 것이었다. 달만은 일단 잠들 수 있었지만 새벽에 깨어났고, 그때부터 모든 게 끔찍한 맛으로 변해 버리고 말

---

* Gustav Weil(1808~1889). 독일의 동양학자.

았다. 높은 열이 그를 기진맥진하게 만들었고, 『천하루 밤의 이야기』에 나오는 삽화들이 악몽을 장식했다. 친구들과 친척들이 그를 찾아와서는 억지 미소를 지으며 그에게 아주 좋아 보인다고 말하곤 했다. 달만은 약간 혼미한 상태로 그들의 말을 듣곤 했으며, 자신이 지옥 속에 있다는 사실을 그들이 알아보지 못한다는 것에 적지 않게 놀라곤 했다. 마치 여덟 세기와도 같은 여드레가 지나갔다. 어느 날 오후 그의 주치의가 새 의사와 함께 나타났고, 그들은 달만을 에콰도르 거리에 있는 병원으로 데려갔다. 반드시 엑스레이를 찍어야만 했기 때문이다. 달만은 의사들과 자신을 싣고 간 승합 마차 안에서, 자기 방이 아닌 방에서도 결국은 잠을 잘 수 있을 거라고 생각했다. 그러자 마음이 편안해졌고 수다쟁이가 된 것 같은 느낌이었다. 그러나 병원에 도착하자 그의 옷은 벗겨졌고 그의 머리는 죄다 깎였으며, 간이침대에 눕혀져 쇠사슬로 묶였다. 그러더니 그들은 눈이 부시고 어지러울 정도로 강한 빛을 쪼이더니, 청진기로 진찰을 했고, 마스크를 한 누군가가 그의 팔에 주삿바늘을 꽂았다. 붕대에 감긴 채 구역질을 느끼며, 그는 우물 바닥 같은 병실에서 깨어났다. 수술 이후 몇 번의 밤과 낮을 보낸 뒤, 그는 그때까지 자기가 지옥 언저리를 헤맸다는 사실을 깨달았다. 입에 얼음을 넣어도 조금도 시원하다는 느낌이 들지 않았다. 그 기간 동안 달만은 철저하게 자기 자신을 증오했다. 자기의 정체성을 증오했고, 자기의 육체적 욕구를 증오했으며, 자기의 수치심을 증오했고, 얼굴에 바늘처럼 서 있는 수염도 증오했다. 그는 몹시 괴로운 치료를 꿋꿋하게 견뎌 냈다. 그러나 의사가 패혈증으로 죽기 일보 직전이었다는 말을 하자, 달만은 자기의 운명에 동정을 느낀 나머지 울음을 터뜨리고 말았다. 초라해진 육체와 잠을 이루지 못할 것 같다는 끝없는 예감에 시달려 그는 죽음과 같은 추상적인 것들에 대해 생각할 수가 없었다. 다음 날 의사가 이제 그는 회복되고 있으며, 얼마 안 가 농장에서 요양을 할 수 있게 될 것이라고 말했다. 놀랍게도 약속된 날이 되었다.

현실은 대칭과 약간의 시대착오를 좋아한다. 달만은 승합마차를 타고 병원으로 왔는데, 이제는 승합 마차를 타고 콘스티투시온 광장에 있는 기차역을 향하고 있었다. 무기력하게 만드는 여름이 끝나고 찾아온 이른 가을의 서늘한 기온은 그의 운명이 죽음과 고열에서 구원받았다는 자연의 상징과도 같았다. 오전 7시에도 도시는 밤에 느껴지는 낡은 집과 같은 분위기를 잃어버리지 않았다. 거리는 마치 기다란 복도 같았고 광장은 마당 같았다. 오랫동안 입원해 있다 퇴원한 달만은 기쁨과 약간의 현기증을 느끼며, 도시의 모든 것을 알아보았다. 눈으로 직접 그것들을 보기 직전, 그는 길모퉁이와 극장 입구, 부에노스아이레스의 적당히 다양한 풍경들을 떠올리고 있었다. 밝아 오는 새날의 노란빛 속에서 모든 것이 다시 예전처럼 돌아오고 있었다.

'남부'가 리바다비아 거리 맞은편에서 시작한다는 것을 모르는 사람은 없다. 달만은 그것이 그저 사람들이 하는 말이 아니며, 그 거리를 건너는 사람은 아주 오래되고 안정적인 세계로 들어가는 것이라고 반복해서 말하곤 했다. 마차에 탄 채로 그는 신축 건물들 사이로 정교한 쇠창살이 달린 창문과 문 두드리는 고리쇠, 출입구의 아치, 긴 현관과 숨겨진 안마당을 찾고 있었다.

기차역 대합실에서 그는 아직 삼십 분이나 남아 있다는 것을 알았다. 문득 그는 브라질 거리의 어느 카페(이리고엔* 대통령 생가에서 얼마 떨어지지 않은)에 마치 오만한 신이라도 되는 양 사람들이 쓰다듬는 것을 허락하는 고양이 한 마리가 있었다는 것을 떠올렸다. 그는 그 카페에 들어갔다. 거기에 잠든 고양이가 있었다. 그는 커피 한 잔을 시키고서, 천천히 설탕을 넣은 뒤 맛을 보았다.(병원에서는 이런 즐거움이 금지되어 있었다.) 고양이의 새까만 털을 쓰다듬는 동안, 그는 그 감촉이 꿈이며 자기와 고양이는 마치 유리를 사이에 두고 떨어져 있는 것 같다고 생각했다. 그것은 인간은 시간 가운데, 즉 연속성 가운데 살고 있지만, 마술적인 동물은 현재에, 즉 순간의 영원 속에 살기 때문이었다.

기차는 끝에서 두 번째 플랫폼에서 기다리고 있었다. 달만은 객차들을 지나쳐 걸어가다가 텅 비다시피 한 객차에 이르렀다. 그는 선반에 가방을 올렸다. 기차가 출발하자 그는 가방을 열고서 조금 머뭇거린 다음, 『천하루 밤의 이야기』 첫째 권을 꺼냈다. 그에게 닥친 불행의 역사와 인연이 깊은 그 책과 함께 여행을 한다는 것은 그 불행이 이미 끝났다는 것을 확인하는 것이었고, 동시에 패배한 악의 힘에 아무도 모르게 기쁜 마음으로 도전하는 것이었다.

기차 양쪽으로 도시는 변두리가 되어 갔다. 그는 이런 풍경

---

* Hipólito Yrigoyen(1852~1933). 아르헨티나의 대통령. 급진당 출신으로, 2선에 걸쳐 대통령을 역임했다.

과 다음에 나타난 정원들과 별장들 때문에, 책 읽는 것을 잠시 제쳐 놓았다. 사실 달만은 거의 책을 읽지 않았다. 자석의 산과 자기 은인을 죽이겠다고 맹세했던 어느 천재의 이야기는 놀라웠고, 그 사실을 부정할 사람은 아무도 없다. 하지만 그것은 그날 아침이나 자기가 살아 있다는 사실에 비하면 훨씬 덜 놀라운 것이었다. 그러한 기쁨이 그에게 셰헤라자드와 과잉된 기적들에게서 한눈을 팔게 하고 있었다. 달만은 책을 덮었고, 그저 살아 있다는 것의 기쁨만 음미했다.

점심 식사(어린 시절 아득한 여름 방학 중의 점심처럼 반짝이는 쇠 사발에 담긴 고기 수프를 곁들인)는 또 하나의 잔잔하고 감미로운 즐거움이었다.

'내일 나는 내 농장에서 잠을 깰 거야.'라고 그는 생각했다. 그는 꼭 동시에 두 사람이 된 것만 같았다. 한 사람은 가을날을 보내면서 고향 땅을 조용히 걷고 있었고, 다른 한 사람은 병원에 갇혀 체계적인 치료를 받고 있었다. 그는 기차가 지나가는 모습을 하염없이 지켜보고 있는 길모퉁이의 길고 허름한 벽돌집들을 보았다. 또한 흙길로 말을 타고 가는 사람들을 보았다. 그리고 도랑과 웅덩이와 농장을 보았고, 대리석처럼 보이는 길고 환한 구름들을 보았다. 이런 모든 것들은 마치 평원의 꿈들처럼 우연히 본 것들이었다. 또한 그는 나무와 경작지를 알아보았다고 생각했지만, 그중 어떤 것의 이름도 말할 수는 없었을 터였다. 시골에 대해 그가 직접 배운 지식들은 향수에 찬 문학적 지식들보다 훨씬 적었기 때문이었다.

가끔씩 그는 선잠에 빠져들었다. 꿈속에서도 기차는 흔들리고 있었다. 견디기 힘들던 정오의 흰색 햇빛은 해질녘의 노란

빛으로 바뀌어 있었고, 얼마 안 있어 곧 붉게 물들 것이었다. 또한 객차도 달라져 있었다. 그것은 이제 부에노스아이레스의 콘스티투시온 역에서 플랫폼을 뒤로 하고 떠나 버린 그 객차가 아니었다. 평원과 시간들이 객차 안으로 스며들어 그 모습을 변하게 한 것이었다. 차창 밖에서는 기차의 너울거리는 그림자가 지평선을 향해 길게 늘어져 있었다. 부락이나 사람들의 그 어떤 흔적도 자연 그대로의 땅을 해치지 않았다. 모든 것이 광활했지만 동시에 은밀했고, 어떤 점에서는 비밀스럽기까지 했다. 거대한 들판에 가끔씩 황소 한 마리 외에는 아무것도 없었다. 고독은 완벽했고, 아마도 적의에 차 있는 것 같았다. 달만은 자기가 '남부'를 향해 가고 있을 뿐만 아니라 동시에 과거를 향해 가고 있는 것은 아닐까 하고 의심했다. 그런 환상적인 추측에서 깨어나게 만든 사람은 차장이었다. 차장은 그의 차표를 보더니 항상 정차하던 그 역이 아니라 조금 앞에 있는 역에서 내려 줄 것이라고 일러 주었다. 달만이 잘 알지 못하는 역이었다.(차장은 왜 그런지 설명을 덧붙였지만, 달만은 그 말을 이해하려고 하지 않았고, 심지어는 들으려고도 하지 않았다. 그런 사실들의 과정 따위에는 관심이 없었기 때문이었다.)

기차가 들판의 거의 한가운데서 힘겹게 멈추었다. 철길 건너편에 역사가 있었지만, 그것은 지붕을 얹은 플랫폼과 거의 다를 바가 없었다. 그곳에는 탈것이라고는 단 하나도 없었다. 그러나 역장은 달만이 가게에 가면 탈것을 구할 수 있을 것이라 생각하고, 열두어 블록쯤 떨어진, 가게가 있는 곳을 가리켰다.

달만은 거기까지 걷는 것을 모종의 작은 모험 정도로 받아들였다. 태양은 이미 시야에서 사라져 있었으나 마지막 광채가 생기로 가득한 조용한 들판을 더욱 붉게 물들이고 있었다. 피로를 느끼지 않기 위해서라기보다는 그런 풍경이 오랫동안 지속되도록 하기 위해, 달만은 예사롭지 않은 행복감에 사로잡혀 클로버 향내를 맡으면서, 천천히 길을 걸었다.

가게는 예전에 짙은 붉은색이었던 것 같았으나, 세월이 그 폭력적인 색깔을 부드럽게 만들어 놓아 오히려 전보다 나아 보였다. 그 초라한 건물의 무엇인가가 달만에게 어쩌면 『폴과 비르지니』*의 오래된 판본에서 보았을지도 모르는 한 동판화를 떠올리게 했다. 몇 마리의 말들이 말뚝에 묶여 있었다. 집 안으로 들어간 달만은 자신이 가게 주인을 알고 있다고 생각했다. 그러나 곧 그의 생김새가 병원의 한 직원과 닮아 착각을 했다는 것을 깨달았다. 달만의 사정 얘기를 들은 주인은 사륜 마차를 구해 주겠다고 말했다. 그날의 또 다른 사건 하나를 만들고 마차를 구할 때까지 시간을 때우기 위해 달만은 그 가게에서 식사를 하기로 마음먹었다.

한쪽 테이블에서 험상궂은 인상의 몇몇 청년들이 먹고 마시면서 시끄럽게 떠들고 있었다. 처음에 달만은 그들에게 관심을 보이지 않았다. 아주 나이 많은 노인이 카운터에 기대어 물건처럼 꼼짝도 하지 않은 채 바닥에 웅크리고 있었다. 물살이 돌을 반들반들하게 만들고, 여러 세대가 지나면서 격언들이 세련되어지듯, 오랜 세월이 그를 왜소하고 지치게 만든 것이다. 그는 자그마했고 거무스름했으며 삐쩍 말라 있었다. 노인은 마치 시간에서 벗어나 영원 속에 있는 것 같았다. 달만은 노인의 미

---

* 프랑스의 작가 베르나르댕 드 생피에르의 목가적인 소설.

릿수건과 두꺼운 판초, 그리고 헐렁한 가우초 바지와 망아지 가죽으로 만든 장화를 기분 좋은 시선으로 바라보았다. 그는 '북부' 지역의 사람들이나 '엔트레 리오스'* 지방 사람들과 벌였던 불필요한 말싸움들을 떠올리면서, 그런 가우초들은 이제 '남부'에만 남았을 것이라고 생각했다.

달만은 창가 옆에 자리를 잡았다. 시골 들판은 어둠에 덮이는 중이었으나 그 향내와 두런거리는 소리는 아직도 쇠창살 사이로 스며들고 있었다. 주인이 그에게 정어리를 내오고서 잠시 후 구운 고기를 가져왔다. 달만은 적포도주 몇 잔과 함께 음식을 먹어치웠다. 그는 여유롭게 떫은맛을 음미하면서 약간 졸린 눈으로 가게 안을 이리저리 둘러보았다. 대들보에는 석유등이 하나 걸려 있었다. 다른 테이블에 앉아 있는 동네 사람들은 모두 셋이었다. 두 명은 농장 노동자로 보였고, 원주민처럼 거칠게 생긴 다른 한 사람은 테가 넓은 모자를 쓰고서 술을 마시고 있었다. 달만은 일순 얼굴에 뭔가가 가볍게 스친 것 같은 느낌을 받았다. 탁한 빛깔의 싸구려 유리잔 옆에, 그리고 식탁보의 줄무늬 위에 조그만 빵 부스러기가 하나 있었다. 그게 다였다. 누군가가 그를 향해 던진 것이었다.

다른 테이블에 앉아 술을 마시던 사람들은 그가 거기 있는지도 모르는 것 같았다. 어리둥절해진 달만은 아무 일도 일어나지 않았다고 생각하기로 했다. 그리고 현실을 덮어 버리려는 듯이 『천하루 밤의 이야기』를 펼쳤다. 잠시 후 또 다른 빵 조각이 그를 때렸다. 이번에는 농장 노동자들이 깔깔대고 웃었

---

* 우루과이와 경계를 이룬 아르헨티나 동부 지역.

다. 달만은 자기가 겁을 먹지는 않았으나, 아직 완쾌되지 않은 채로 낯선 사람들에게 이끌려 혼란스러운 싸움을 벌이는 것은 말도 안 된다고 생각했다. 그는 거기서 나가기로 결심했다. 그가 일어서자 주인이 그에게 다가와서, 놀란 목소리로 타일렀다.

"달만 씨, 저 젊은이들에게 마음 쓰지 마시오. 이미 취해 있으니까요."

달만은 이제 가게 주인이 자기 이름을 알고 있다는 사실을 전혀 의아해하지 않았다. 그러나 그는 이런 달래는 말이 사태를 오히려 악화시키고 있음을 감지했다. 바로 전까지만 해도 일꾼들은 아무에게나 시비를 건 참이었다. 그러니까 특정한 누군가를 겨냥한 것이 아니었다. 하지만 이제는 그와 그의 이름을 공격하고 있었고, 다른 테이블에 앉아 있던 마을 사람들도 그런 사실을 알게 되었을 터였다. 달만은 가게 주인을 한쪽으로 밀어내고는, 일꾼들을 마주 쳐다보고서 도대체 원하는 게 뭐냐고 물었다.

원주민 얼굴을 한 젊은 작자가 비틀거리며 일어섰다. 그리고 후안 달만의 코앞으로 다가오더니, 마치 달만이 아주 멀리 떨어져 있기라도 한 듯이 큰 소리로 욕을 내뱉었다. 그 작자는 몹시 취한 척했는데, 그 과장된 행동은 모질고 비아냥거리는 인상을 주었다. 남자는 음탕한 말과 욕설을 퍼붓고는 공중에 긴 칼을 던진 뒤, 그것을 유심히 쳐다보았다. 그리고 그 칼을 잡더니 달만에게 결투를 하자면서 도전했다. 주인은 떨리는 목소리로 달만이 맨손이라고 주장했다. 바로 거기서 예상지 못한 일이 일어났다.

한쪽 구석에 가만히 있던 노인이, 그러니까 달만이 '남부'(달만도 남부 출신이었다.)의 상징을 보았던 사람이 칼집에서 칼을 뽑아 달만에게 던졌고, 그 칼이 달만의 발치에 떨어진 것이다. 그건 마치 '남부'가 달만에게 결투를 받아들이라고 결정한 것 같았다. 달만은 몸을 숙여 단도를 집으면서 두 가지를 느꼈다. 첫째, 거의 본능적인 그 행동은 자기가 결투를 벌이겠다는 사실을 약속하는 것이었다. 둘째는 그 무기가 자기의 서툰 손안에서 자신을 지켜 주는 것이 아니라 상대방이 자신을 죽이는 행위를 정당화시켜 주는 데 이용될 것이라는 사실이었다. 언젠가 한번 그는 다른 모든 남자들처럼 단도를 가지고 논 적이 있었다. 그러나 칼싸움에 관한 그의 지식은 공격을 할 때는 칼이 위를 향해야 하고, 칼날은 안쪽으로 가게 쥐어야 한다는 희미한 기억을 넘지 않고 있었다. '병원에서는 내게 이런 일들이 일어나지 않도록 했을 텐데.'라고 그는 생각했다.

"밖으로 나가지."라고 다른 사람이 말했다.

그들은 나갔다. 달만에게는 희망이 없었기에 두려움도 없었다. 문턱을 나서며 그는 병원에서 보낸 첫날밤 주사를 맞고 있을 때, 이렇듯 넓은 하늘 아래서 칼싸움을 벌이며 적과 맞붙어 싸우면서 죽었다면 그것이 자기에게는 해방이며 행복이고 축제가 되었을 것이라고 생각했다. 그리고 그는 자신이 자신의 죽음을 선택하거나 꿈꿀 수 있었다면, 이것이 그가 선택했거나 꿈꾸었을 죽음임을 알았다.

달만은 아마 어떻게 사용해야 하는지도 모를 칼을 굳게 움켜쥐고 평원으로 나갔다.

작품 해설

1. 왜 보르헤스의 『픽션들』을 다시 번역하는가

아르헨티나의 작가 호르헤 루이스 보르헤스의 작품집 『픽션들』은 열일곱 편의 단편 소설이 수록된 그리 길지 않은 책이지만, 20세기 후반의 문학뿐만 아니라 정치, 문화, 사회, 과학, 철학 등에 걸쳐 기존의 패러다임을 바꾸는 데 결정적인 역할을 한 작품이다. 이런 점에서 이 작품은 문학이 사회를 반영할 뿐만 아니라 변화시킬 수 있는 혁명적인 힘을 지니고 있다는 것을 보여 주는 현대의 대표적인 세계 고전이기도 하다. 이 책이 '라틴아메리카'라는 공간을 뛰어넘어 '세계 고전'이라고 불리는 이유는 너무나 자명하다. 그것은 제라르 주네트, 모리스 블랑쇼, 미셸 푸코, 자크 데리다 등의 유럽 비평가와 사상가들을 비롯해, 알랭 로브그리예나 장 뤽 고다르, 베르나르도 베르톨루치, 움베르토 에코, 밀란 쿤데라 등의 작가와 영화감독 등

유럽의 거의 모든 지식인들이 보르헤스의 영향을 받았기 때문이다. 또한 1960년대 이후 보르헤스는 미국에 상륙하면서 로버트 쿠버와 도널드 바셀미, 토머스 핀천 등을 비롯한 대부분의 미국 작가에게 영향을 끼칠 뿐만 아니라, 그들 문학의 핵심을 이루게 된다.

『픽션들』은 1960년대부터 유럽과 미국에 본격적으로 수용되어 영향을 끼치지만, 우리나라에서는 험난한 과정을 겪으면서 뒤늦게 그 진가를 인정받았다. 1970년대와 1980년대 한국 문단을 지배했던 민중 문학은 보르헤스를 '엘리트 문학'이며 민중성과 괴리를 두고 있다고 성급하게 판단하면서 '수용 불가능'한 것으로 인식했다. 그것은 이 작품이 보여 주는 문학 혁명을 감지하지 못한 채, 단지 토착적 혹은 편협한 민족주의적 문화 자산에만 관심을 두면서, 익숙하지 않다는 이유만으로 '엘리트 문학'으로 분류한 탓이다. 이후 우리나라의 사회·정치 상황이 바뀌기 시작한 1980년대 말부터 포스트모더니즘 문학이 소개되면서 보르헤스는 본격적으로 수용되기 시작하고, 이제 『픽션들』은 문학을 비롯한 많은 분야에 영향을 끼치면서 반드시 읽어야 할 책으로 꼽히게 되었다.

보르헤스의 『픽션들』 번역은 1980년대 초부터 진행된다. 1982년 출간된 김창환 번역의 『죽지 않는 인간』에는 사십여 편의 보르헤스 작품이 수록되어 있는데, 거기에는 『픽션들』의 대부분의 작품이 포함되었다. 그러나 이 번역본은 당시의 국내 상황 때문에 거의 주목을 받지 못하고 보르헤스를 제대로 읽히지 못했다. 이후 1992년에 박병규 번역의 『허구들』이 출판되면서 본격적으로 보르헤스의 이름이 거론되기 시작된다. 같

은 해에 『바벨의 도서관』이라는 제목으로 출간된 김춘진 번역
본에는 『픽션들』에 수록된 네 편의 단편이 포함되었다. 그리고
1994년에 저작권 계약을 맺어 정식으로 출판된 황병하 번역의
『픽션들』이 출간되면서 보르헤스는 비로소 우리 독자들에게
널리 알려졌다. 1995년에는 국문학자인 이남호가 『보르헤스 만
나러 가는 길』에서 여덟 편의 단편을 번역하면서 해설을 덧붙
이기도 한다. 이들 네 개의 번역본은 다른 언어권에서 흔히 발
견되는 대동소이한 번역이 아니라, 모두 다른 번역본이다.

그런데 왜 『픽션들』을 다시 번역하게 된 것일까? 사실 보르
헤스의 작품을 번역한다는 것은 험난한 일이다. 그것은 보르헤
스가 현학적인 내용을 구사하기 때문이기도 하지만, 그가 집
약적이고 다의적 의미가 담긴 형용사와 부사를 많이 사용하기
때문이다. 보르헤스가 사용하는 형용사와 부사는 작품의 응
축성과 매우 관련이 깊기에, 설명식의 번역을 하면 작품의 밀
도가 떨어진다. 또한 보르헤스의 번역은 유려한 문체보다는 건
조하고 비감정적인 문체를 요구한다. 그래서 여기에서는 가능
한 한 이런 문체를 사용하면서 보르헤스 작품의 원래 맛을 느
끼도록 하려고 노력했음을 밝혀 둔다.

또한 외국 작품을 우리말로 옮길 때는 번역의 충실도뿐만
아니라 가독성과 해당국에서의 수용 가능성도 매우 중요한 요
소로 작용한다. 기존의 번역본에는 많은 역주가 달려 있다. 아
마도 이것은 1994년 출판 당시 역자가 보르헤스의 작품에서
언급되는 많은 인물과 지명 혹은 철학적 지식에 대해 독자들
이 당황하지 않도록 배려한 것에 기인할 것이다. 특히 기존 번
역본의 경우 리얼리즘 사조에서 벗어난 지 얼마 되지 않는 시

점에서 국내 독자들이 '픽션', 즉 허구라는 점을 제대로 인식하지 못하고 읽을 가능성을 염두에 두었고, 실제로 그 당시에는 그런 노력이 요구되었던 것이 사실이다. 기존의 『픽션들』 번역은 1990년대 초반의 우리나라 상황에 맞는 번역이었고, 실제로 우리의 문학과 문학관을 바꾸는 데 지대한 공헌을 한 것은 부인할 수 없는 사실이다.

그러나 보르헤스의 『픽션들』이 출판된 지 꽤 시간이 지난 지금, 우리의 문학은 많이 바뀌었고, 독자들도 더 이상 리얼리즘에 집착하지 않는다. 『픽션들』이 20세기 후반의 패러다임을 바꿀 수 있었던 것은 현실의 지시물을 상상의 세계를 구축하기 위해 자의적으로 사용하고, 기존에 진리라는 이름으로 수용되거나 이성적으로 포장된 모든 것이 결국의 인간이 만들어 낸 또 다른 허구임을 우리에게 깨닫게 해 준 덕분이다. 따라서 지금은 그런 지시물을 허구로 읽으면서 『픽션들』이 보여 주는 허구적 이야기의 참맛, 즉 독자들의 호기심 유발, 교묘하게 구성된 서스펜스, 뜻하지 않은 결말 등 스토리텔링에 초점을 맞춘 새로운 번역이 요구되는 시점이라는 판단하에 독자들의 기대 지평선의 변화에 부응하여 보르헤스 사망 25주년을 맞이한 새로운 번역본을 선보이게 되었다. 덧붙여 각주는 작품 읽기에 방해가 되지 않는 선으로 조정했음을 밝혀 둔다.

하지만 이것 역시 결정판은 아니다. 보르헤스는 작가가 마침표나 쉼표 혹은 형용사 하나를 잘못 썼다고 후회할 수도 있으며, 또 언어는 계속 변화하기 때문에 결코 '결정판'이라는 말을 해서는 안 된다고 지적한다. 번역도 마찬가지다. 게다가 보르헤스의 작품은 다양한 측면에서 볼 수 있으며, 지금도 계속해서 새로운 연구 영역이 개척되고 있다. 즉, 보르헤스의 작품은 변화와 움직임이 없는 화석 같은 죽은 존재가 아니라, 아직도 우리에게 많은 것을 시사해 주는 살아서 생동하는 작품인 것이다. 그러므로 보르헤스 작품의 번역에 결정판이란 존재할 수 없다. 그것은 그의 작품 번역이 영원히 살아 있으며, 따라서 가능한 한 시대에 맞게 여러 번 번역될 가치가 있기 때문이다.

2. 보르헤스, 구조주의, 탈구조주의

보르헤스의 작품 중에서도 『픽션들』과 『알레프』는 유럽과 미국의 문학 및 문학 비평계에 커다란 영향을 끼쳤다. 특히 『픽션들』 속에 수록되어 있는 「틀뢴, 우크바르, 오르비스 테르티우스」, 「피에르 메나르, 『돈키호테』의 저자」, 「바벨의 도서관」, 「바빌로니아의 복권」, 「두 갈래로 갈라지는 오솔길들의 정원」은 소설의 죽음이 선포되었던 20세기 말의 문학 세계에 새로운 가능성을 제공한 대표적인 작품들로 손꼽힌다.

우선 보르헤스 작품의 의미를 세계적으로 인정하여 그의 영향을 수용한 프랑스 비평가들을 살펴보면 흥미로운 현상이 발견된다. 1964년에 간행된 《레르느(L'Herne)》지는 처음으로 보르헤스 특집을 기획하는데, 전 세계적으로 알려진 60여 명의 필자들 이름 중에는 주네트를 비롯한 일련의 구조주의자들의 이름이 발견된다. 또한 이들과 더불어 보르헤스의 작품은 구조주의의 한계를 밝히면서 탈구조주의를 선언하는 데리다, 푸코 등에게도 영향을 미친다.

이는 구조주의와 탈구조주의가 서로 양립할 수 없는 사상임을 생각할 때, 이상하게 여겨질 수 있다. 하지만 우리에게 과학적 체계로 알려진 방법론적 구조주의와는 달리, 주네트가 말하는 '열린 구조주의' 사상이 존재했다는 사실은 그리 잘 알려진 것 같지 않다. 프랑스 구조주의에는 두 종류가 있었는데, 그중의 하나는 텍스트를 닫힌 상태에 놓고 내적 구조를 해석하는 로만 야콥슨과 레비스트로스의 「고양이」에 관한 분석 같은 닫힌 구조주의이다. 그리고 또 다른 구조주의는 롤랑 바르트가 『신화학(Mithologique)』에서 다른 텍스트(신화)를 보았던 것처럼, 한 텍스트에서 다른 텍스트를 읽는 행위이다.

닫힌 구조주의는 개개의 텍스트들의 특성과 가치를 무시한 채, 전체적인 구조만을 중시하고 있으며, 보편적 구조와 문법을 찾아내고 수립하려는 과정 속에서 경직된 과학적 이론이 되고 말았다. 하지만 당시 이러한 닫힌 체계 속의 구조주의와는 달리 열린 구조주의가 병존하고 있었다. 열린 구조주의 학자들은 보르헤스를 수용하여, 그들의 사상을 탈구조주의로 승화하게 되는데, 특히 그들은 주로 보르헤스의 작품 속에 나타난 관계적 독서(텍스트에서 다른 텍스트의 존재와 그 기능을 읽는 행위)를 통해 탈구조주의로 탈바꿈하게 된다.

이런 측면에서 살펴볼 때, 보르헤스의 영향을 받은 바르트와 주네트를 위시한 일군의 구조주의자들이 탈구조주의자로 변신하게 된 것은 어찌 보면 전혀 이상한 일이 아니다. 사실 레비스트로스와 야콥슨을 위시한 구조주의자들은 괴기의 근원과 중심, 그리고 절대적 진리에 대한 강렬한 유토피아적 향수를 갖고 있었다. 그러나 데리다와 주네트는 이런 잃어버린 순진성에 대한 동경이 단지 낭만적 환상 또는 '근원'의 신비화에 불과하다고 여기고 있었으며, 모든 언어는 자의성을 지니고, 인간들은 우주의 비밀을 진정으로 묘사할 수 없다는 의식을 갖고 있었다.

이러한 탈구조주의자들에게 있어서 현대는 신이 사라진 시대, 곧 진리가 베일 속에 가려진 시대이며, 따라서 계시는 아직 나타나지 않고 유보되어 있는 시대이다. 다시 말하면, 우리가 궁극적인 진리라고 믿고 섬기고 있는 것도 우리가 만들어낸 '우상'일 뿐이라는 것이다. 데리다가 '진리/허구'의 이분법적 대립을 해체하면서 자신의 이론을 시작하고 있는 이유도 바로 거기에 있다. 그리고 진리의 절대성과 우위성에 대한 해체는 바로 곧 모든 것의 허구성 — 혹은 허구의 가능성 — 을 인정하는 결과를 가져왔다. 문학의 경우 그러한 인식은 곧 현실과 허구 사이에 명확한 경계선의 설정이 가능하다는 종래의 관념을 수정시켜, 1960년대 이후의 서구 소설에서는 흔히 현실과 허구가 구별되지 않고 서로 뒤섞이게 되었다.

이런 현실의 허구성 혹은 허구의 현실성이라는 이분법 파괴는 보르헤스가 사용한 미로 개념 속에 집약되어 나타난다. 세계 문학사에 걸쳐 수없이 많은 작가들이 사용했던 미로는 현대에 이르러 '미로 = 보르헤스'라는 등식을 자연적으로 연상하게 할 정도로 보르헤스 문학의 핵심을 이루는 요소이다*. 보

---

* 미로의 개념은 포스트모더니즘이 숭앙하면서 동시에 배격하는 모더니즘 작가인 조이스와 카프카에게도 주요 사상으로 등장한다. 하지만 보르헤스와 비교해 볼 때 이 미로를 통해 나타나는 그들의 전망은 매우 상이하다. 조이스에게 중앙을 향하는 미로의 개념이 항상 초월적 계시를 숨기고 있는 반면에, 보르헤스

르헤스가 자신의 단편들과 에세이와 시에서 구현하고 있는 미로의 핵심은 현실의 질서를 지배하는 법칙을 감지하지 못하는 인간의 무력함 때문에, 인간들 스스로 만든 인간의 정리된 법칙에 의해 자신들의 현실을 고안해 낸 것이라는 점에 있다. 닫힌 구조주의와 모더니즘에 대한 비판으로 보이는 이 개념을 전제로, 보르헤스는 미로를 우리를 둘러싼 현실에 대한 이해 불가능성으로 파악한다.

보르헤스의 미로 이미지는 우주가 보여 주는 혼돈 상태와 긴밀한 관계를 갖고 전개된다. 이러한 미로는 하느님의 문자로써 우주의 사상을 나타내기도 하며, 꿈, 책의 무한성, 체스 놀이 등의 메타포를 통해 어찌할 수 없는 의지 앞에서 보잘것없고 우연적인 존재로 축소되어 버린 인간의 조건을 상징하기도 한다. 이런 현상은 문학에 있어서 무한성, 혼돈, 무질서 등의 문제를 통해 구체화된다. 정통 기독교와 이단의 관계에 있는 그노시스 사상과 카발라에 입각하여 전개되는 보르헤스의 다원적 사상은 「바벨의 도서관」과 「바빌로니아의 복권」 속에서 더욱 뚜렷하게 구현된다. 「바벨의 도서관」에서 도서관은 우주와 그 혼란의 상징으로 작용한다. 도서관은 '나머지 모든 책들의 암호 해독서이면서 그것들을 완전하게 요약하는' 절대적인

에게 있어서 미로는 그 중심에 계시와 드러남이 아니라 인간의 힘으로는 어찌할 수 없는 비밀스런 성질을 지닌 것이다. 한편 카프카는 인간의 운명을 고통스럽고 중심을 찾는 데 실패하는 것으로 그리고 있으면서도, 그 중심에 항상 인간과 화해할 수 없는 신이 위치하고 있다. 그러나 보르헤스가 구사하는 미로는 카프카식의 신학이 아니라, 패러디를 통해 진정한 신학의 반대되고 모순적인 면을 드러냄으로써 절대자의 개념을 파괴하려는 의도를 지니고 있다.

책(혹은 완벽한 공식)을 발견할 수 없다는 사실과 사서들이 그러한 진리를 읽지 못한 채 끊임없이 해석만 하는 혼란한 책들로 이루어진 혼돈의 세계를 보여 주기 때문이다. 또한 「바빌로니아의 복권」에서 복권은 신의 미로 속에서 육십 일 동안 밤마다 실시되는 추첨을 통해 우주의 혼란을 인간의 생활을 지배하는 우연 속에서 보여 준다.

이 두 경우에 있어서 신적인 절대적 질서는 인간의 지성으로는 감지할 수 없는 미로의 이미지로 나타나며, 이는 결과적으로 인간의 힘으로는 해석될 수 없는 비밀스러운 것이다. 이러한 우주의 혼란에 자극받아 인간의 지성은 리얼리즘과 모더니즘처럼 질서를 찾고자 부단히 노력한다. 플라톤 이후 서구 문명의 역사는 바로 이러한 인간의 노력으로 점철되어 있다. 한 문명, 혹은 사상이 등장한 초창기에는 그것이 우주가 제시하는 모든 복잡함과 비이성을 해결할 것처럼 보인다. 그러나 그것은 곧 또 다른 실패로 남는다. 즉, "하나의 철학 이론은 처음에는 세상을 그럴듯하게 묘사한다. 하지만 세월이 흐르면 그것은 철학사의 한 장"으로만 남게 되는 것이다.

이러한 우주의 혼돈은 해결 방법을 아는 사람 — 즉 신이거나 신과 같은 존재 — 에게는 완벽한 질서이지만, 이 혼란의 미로가 숨기는 해결 방법에 도달할 수 없는 사람 — 인간이거나 인간적인 존재 — 에게는 무질서한 혼돈의 구성물이다. 이런 미로의 특징은 인간이 자기의 운명을 만들고 개척하는 사람이라는 것과 그의 운명이 이미 텍스트나 하느님의 계획에 있다는 상반되는 모순으로 나타나면서, 우주 앞에 선 인간의 문제를 비교하게 한다. 그리고 이러한 우주의 신성한 질서에 대한 이해 불가능성은 인간의 질서에 의거하여 건설된 상상적이고 환상적인 우주의 가능성을 제안한다. 이 우주가 바로 구체적 경험에 의존하지 않는 논리로 이루어졌으며 관념론에 의해 지배되는 틀뢴이다.

보르헤스는 「틀뢴, 우크바르, 오르비스 테르티우스」에서 인간들의 체계성과 과학성을 환상적 세계에서 구체적으로 재구성하며, 관념론의 비현실을 현실로 창조한다. 즉, 틀뢴은 정돈된 우주이고, 또한 인간의 지성이 꿈꾸어 온 반(反)혼돈의 상태를 상징한다. 이러한 틀뢴은 정돈된 우주의 성격을 광범위하고도 자세히 보여 준다. 그러면서 틀뢴은 미로이지만 인간에 의해 만들어진 미로, 즉, 인간이 해석할 수 있도록 운명 지어진 미로라고 말한다. 그러나 이러한 관념론이 인간의 경험적 현실을 정말로 묘사할 수만 있었다면, 틀뢴은 우리가 살고 있는 지구가 되었을 것이다. 하지만 틀뢴은 인간의 지성이 만들어 낸 것에 불과하며, 이 행성의 허구적 성격은 모든 인간의 지성으로 만들어진 물건들처럼 이미 처음부터 『틀뢴의 제1 백과사전』 11권의 1001페이지에서 명확히 드러나 있다. 틀뢴의 백과사전이 인간의 상상력의 산물이라는 것이 밝혀지는 순간, 보르헤스는 이 세상을 정리하고 설명하려는 모든 시도는 다름 아닌 꾸며 낸 이야기, 즉 픽션들에 불과하다는 것을 보여 준다.

이와 같이 보르헤스의 주인공들은 미로 속에서 길을 잃으면서 궁극적으로 '현실/허구'라는 이분법적 사고방식을 해체한다. 그리고 여행의 끝에서 자신이 찾고 있는 이미의 '중심' 또는 자신의 '근원'의 정점에 도달하여 거기에서 삶의 모든 불가사의를 밝혀 줄 절대적 진리가 모습을 드러내기를 원하지만, 그 순간에 그가 발견하는 것은 점점 짙어져 가는 안개 속에 다만 진리의 '있음의 없음' 또는 진리의 '흔적'일 뿐이다. 이러한 보르헤스의 사상은 곧, 중심을 부정하는 데리다를 비롯한 해체주의자들의 중심 사상이며, 이 사상은 미국으로 건너가 해체주의 사상과 동일한 맥락을 이루고 있는 포스트모더니즘 소설을 탄생시키는 데 중요한 역할을 한다.

3. 보르헤스와 포스트모더니즘

미국에서의 보르헤스 역사는 1961년 그가 베케트와 함께 국제 출판인상을 수상하면서 시작된다. 그해 보르헤스는 텍사스 대학의 초빙으로 텍사스 대학을 비롯한 미국의 여러 유명 대학에서 강연했다. 그 이듬해 보르헤스의 작품인 『픽션들』과 그의 단편과 에세이를 모아 놓은 선집이 『미로(Labyrinths)』라는 이름으로 출판되었다. 보르헤스의 『픽션들』이 프랑스어로 번역된 것이 1951년이었던 데 비하면 비교적 늦게 미국 땅에 상륙한 것이다. 하지만 이런 '지각'에도 불구하고, 보르헤스는 그 어느 곳보다도 미국의 문학 세계에 아주 깊은 흔적을 남기게 된다. 아마도 이런 보르헤스의 문학성을 미국에서 본격적으로 언급한 것은 존 바스일 것이다.

존 바스는 「고갈의 문학」에서 모더니즘 미학의 고갈을 선언하면서, 그 고갈의 해결책으로 보르헤스를 들고 있다. 바스가 보르헤스를 통해 이해한 포스트모더니즘은 모더니즘의 종식 또는 모더니즘의 죽음 위에 세워진 것이다. 바스는 '실제 세계의 비현실'로 정의되는 미로를 통해 소설은 영원히 고정된 것이 아니라 계속하여 변하는 부동(浮動)의 세계이며, 우리가 살고 있는 세계란 상대성으로 점철된 미로라는 보르헤스의 사상을 파악한다. 또한 틀뢴의 세계처럼 인간이 만들고 해석할 수 있는 미로의 이미지는 소설이 상상력이라는 인간의 불완전한 영감에 의해 이루어졌다는 점에서 문학 텍스트의 생산양식과 동일하며, 또한 이런 점에서 고갈의 문학과 밀접한 관계를 갖고 있다고 설명한다.

바스가 지적하듯이 고갈의 문학은 우리가 창조하는 세계가 거짓이거나 혹은 허구라는 사실을 상기시키며, 우리의 현실은 미세하고도 끝없는 비이성의 균열이 발견되는 꿈이라는 '무한으로의 회귀'라는 개념으로 확산된다. 보르헤스는 모든 문학 형식이 고갈된 상태에서 옛 작품을 현대적 관점에서 재활용하여 생동적으로 부활시킴으로써 이러한 세계를 만드는 데 성공한다. 그는 상상력의 한계를 이런 식으로 돌파하는데, 이러한 모더니즘의 고갈에 대해 결정적인 미학을 제시한 작품이 『픽션들』에 수록된 「피에르 메나르, 『돈키호테』의 저자」이다.

보르헤스는 이 단편에서 아이러니컬하게도 20세기에 쓰인 『돈키호테』가 17세기의 『돈키호테』보다 훨씬 더 그 의미가 풍부하고 심오하다고 말한다. 이 작품은 세르반테스와 피에르 메나르라는 고전 작가와 현대 작가의 대립으로 이루어진다. 이 돈키호테적 창작에서 보르헤스는 『돈키호테』의 단어 하나하나를 그대로 옮겨 적는 20세기의 작가에 관해 다루고 있다. 그러나 그 작가는 그대로 베껴 쓰는 것이 아니며, 17세기의 스페인 사람이 되려고 하지도 않는다. 그는 현대적 감각으로 그 작품을 '다시 쓰는' 것이다. 세르반테스가 역사를 찬양하기 위해 수사적 표현으로 쓴 말은 20세기에는 더 이상 통용되지 않는다. 그래서 보르헤스는 "세르반테스의 작품과 피에르 메나르의 작품은 글자상으로는 하나도 다르지 않고 똑같다. 그러나 피에르 메나르의 작품은 세르반테스의 작품보다 거의 무한할 정도로 풍요롭다.(그를 비방하는 사람들은 더 '모호'하다고 말할 것이다. 그러나 모호성은 풍요로움이다.)"라고 지적한다. 여기에서 피에르 메나르의 아이러니컬한 정신 상태의 미로성이 드러난다. 그리고 메나르를 고안해 낸 보르헤스의 심리 상태는 메나르보다 한 단계 더 복잡한 미로를 지니고 있는 것이다.

이렇게 보르헤스는 메나르의 상상적인 예를 통해 창작이라는 종래의 글쓰기 행위를 부정한다. 즉, 최소한의 패러디를 통해 메나르는 『돈키호테』를 글자 그대로 옮겨 쓰면서도, 동일한 두 작품 사이의 역사적 거리로 인해 두 번째 것이 첫 번째 것과는 다르다는 것을 보여 준다. 이는 인식소와 독자와 작가의 상황이 변화하면서 이루어지는 것이며, 패러디가 텍스트 자체에 있는 것이 아니라 독자의 지평선 속에서 구현될 수 있다는 것을 보여 준다. 여기서 메나르는 독서를 글쓰기 행위로 간주함으로써 둘 사이의 이분법적 경계를 해체한다.

이와 같이 옛것을 가지고 새것을 만드는 예술은 독창적으로 만들어진 산물보다 더욱 복잡하고 더욱 달콤하며, 이렇게 얻어진 새로운 기능은 옛것과 겹쳐진다. 이것은 흔히 팔림세스트의 이미지를 통해 표현된다. 팔림세스트는 동일한 양피지 위에 새로운 텍스트가 이전의 텍스트를 숨기지 않은 채 보이게 하는 그런 양피지이다. "나는 그의 마지막 『돈키호테』에서 일종의 팔림세스트, 즉 우리 친구가 썼다가 지운 흔적들이 — 희미하지만 알아볼 수는 있는 — 어렴풋이 들여다보일 양피지를 확인할 수 있다고 생각했다."라고 말하는 보르헤스는 무(無)에서 유(有)를 만들어 낸다는 순진한 의미의 '창작'이라는 개념과는 달리, 문학은 생산 혹은 재생산 과정임을 시사하고 있다. 또한 이 문제는 아직 문학 속에서 얼마나 많이 '말할 것'이 남아 있으며 또 얼마나 많은 재료가 있는가를 보여 준다.

이러한 관점에서 볼 때 메타 픽션 작가들이 추구하는 글쓰기는 프랑스 사상가들이 추구했던 독서 행위와 동일하다고 볼 수 있다. 즉, 피에르 메나르는 문학에서 한 작품이 다른 작품과 상이성을 띠는 것은 텍스트 그 자체가 아닌 읽는 방법의 상이성에 의거한다고 역설한 것이다. 이런 경우는 문학에만 한정되지 않는다. 회화에서는 다빈치의 모나리자에 수염을 그림으로써 시각 예술의 혁명을 이룩한 뒤샹의 경우를 들 수 있다. 그 작품이 미미한 재료를 사용하여 이룩한 가시적인 시각적 공헌에 불과할지라도, 이는 피에르 메나르적 관점에서 본다면 이탈리아 르네상스의 작품에 현대적인 불순한 행위와 회의주의를 삽입한 것이며, 따라서 다빈치의 작품보다 더 현대적이고 의미가 풍부하다고 말할 수 있다. 영화에서 이 개념은 자의식의 수단으로 발전되는데, 이는 자기 패러디의 형식으로 표출된다. 이러한 '메나르 효과'를 강하게 드러내는 작품으로는 우디 앨런의 「카사블랑카여 다시 한 번(Play It Again, Sam)」(1972)을 들 수 있다. 이 작품은 고전 영화인 「카사블랑카(Casablanca)」(1942)의 마지막 장면을 그대로 재현하면서 시작하는데, 여기에서 모로코 공항에서 일어나는 멜로드라마의 의미를 완전히 코믹하게 변형시키고 있다. 즉, 전쟁 속에서 일어나는 보가트와 버그만의 사랑이야기가 우디 앨런의 영화에서는 아주 익살스럽게 사용되는 것이다.

그러나 보르헤스의 작품성을 더욱 풍부하게 하는 것은, 보르헤스가 상상적 텍스트를 요약하면서 가짜 상호 텍스트를 만들어 현실과 허구를 전혀 구별할 수 없게 함으로써 '허구/현실'의 경계를 무너뜨린다는 점이다. 즉, 주네트가 말하는 '진지한 모방(forgerie)'의 정신에 의해 보르헤스는 실존하지 않는 텍스트를 실존하는 것처럼 위장한다. 대표적인 경우는 바로 우크바르에 관한 브리태니커 백과사전이며, 또한 미르 바하두르 알리라는 거짓 작가의 이름을 등장시킨 「알모타심으로의 접근」도 이런 범주에 속한다. 하지만 이런 경우 이 작품들을 위작(僞作)이라고 말할 수는 없다. 그것은 이것들이 문자 그대로 과거의 텍스트를 재생산한 것이 아니라, 단지 서평 형식을 통해 만들어 낸 요약이기 때문이다. 그리고 이러한 가짜 상호 텍스트는 비평이나 비평을 유발할 수 있는 것과 혼합되기 일쑤이다. 이렇게 출처가 의심스런 작품이나 거짓으로 다른 작품이라고 말하는 것 역시 보르헤스 놀이의 한 부분을 구성하고 있으며, 이런 현상 역시 비평의 허구화를 통해 소설의 재미를 만끽하게 하는 메타 픽션에 영향을 주었던 것으로 보인다.

4. 왜 보르헤스를 읽는가

왜 우리는 보르헤스를 읽는가? 아니, 왜 읽어야 하는 것일까? 보르헤스의 『픽션들』이 출판된 지 거의 칠십 년이 다 되어 가고, 유럽에서 수용된 지는 육십 년이 흘렀으며, 미국에 본격적으로 영향을 미치기 시작한 지 오십 년 이상이 지난 지금, 과연 우리는 보르헤스를 읽을 필요가 있을까? 그의 작품들이 현대의 고전이 되었기 때문에, 『오디세이아』나 『햄릿』을 읽는 것과 마찬가지로 교양을 풍부하게 하기 위해 읽는 것에 불과한 것은 아닐까? 그렇지 않으면 단순히 유럽과 미국 문학에서 보르헤스를 높이 평가하기 때문에 마냥 동조하고 있는 것은 아닐까? 그것도 아니면 보르헤스를 읽어야 현대인이라는 말을 들을 수 있기 때문인 것일까?

사실 보르헤스 문학은 현실과 허구의 경계를 무너뜨리고 있기 때문에, 냉전 시대에 미국학자들이 지니고 있던 정치적 무관심을 합리화시켜 주었고, 또 아직도 비정치성을 합리화시킬 수 있는 무한한 가능성을 내포한 위험한 작품이다. 그러나 이러한 위험성에도 불구하고 보르헤스를 1950년대부터 수용하기 시작하여 현대 문학을 주도하고 있는 라틴아메리카 현대 소설이 대단히 정치적이라는 것은 익히 알려진 사실이다. 이러한 현상은 보르헤스의 소설이 다원성을 통해 우리에게 알려지지 않은 또 다른 역사의 측면을 여러 상이한 관점 아래서 파헤칠 수 있으며, 이런 역사의 다원성을 통해 획일화를 추구하는 종래의 정치관과 공식 역사관의 허구성을 보여 줄 수 있다는 것을 시사한다. 그리고 이러한 면은 실제로 보르헤스의 후계자인 인도의 살만 루슈디, 모로코의 타하르 벤 젤룬, 팔레스티인의 안톤 샴마스나 콜롬바아의 가브리엘 가르시아 마르케스 등과 같은 비서구 작가들에 의해서 이루어지고 있다.

우리나라 현대 문학의 정전이라고 일컬어지는 작품들의 상당수는 1970년대와 1980년대의 산업화 과정에서 희생된 인간의 모습과 개인적인 자유를 배제한 공동체 의식을 너무나 강조한 나머지, 뜻하지 않게 발생한 계급 간의 갈등 문제를 중점적으로 취급했다. 이로 인해 문학은 예술의 영역을 벗어나 거의 사회학의 일부로 탈바꿈하는 모습을 보일 정도로 경직된 면을 보이기도 했다. 물론 그 작품들이 추구했던 획일적인 진리가 1980년대 후반의 민주적 사회로 나아가는 데 큰 역할을 한 것은 틀림없는 사실이다. 하지만 그 작품들은 문학의 다원성을 무시한 채 문학에마저 정치와 마찬가지의 획일화를 추구했다는 것은 부정할 수 없는 사실이다.

종래의 이런 획일적인 비판과는 달리, 조세희의 「뫼비우스의 띠」처럼 모든 것은 안도 없고 밖도 없다는 해체 사상이 의미하는 '발상의 전환'을 통해 다원주의 시대의 소설은 보다 더효과적으로 역사성을 구사할 수 있을 것이다. 그리고 그러한시각을 통해 우리는 그동안 알지 못했던 것들을 회복하고, 또이미 알고 있었던 것을 다른 시각으로 조망함으로써 새로운의미를 찾을 수 있을 것이다. 이런 의미에서 보르헤스의 작품은 모든 성스러운, 또는 표준화된 작품으로부터 신성성을 제거하고, 문학을 인문학으로 만들고자 하는 소망이 인류에게 존재하는 한 영원히 우리의 세계 속에 꿈처럼 존재할 것이다.

2011년 10월

송병선

작가 연보

1899년 8월 24일 아르헨티나 부에노스아이레스에서 변호사의
        아들로 태어남.

1900년 6월 20일 산 니콜라스 데 바리 교구에서 호르헤 프란
        시스코 이시도로 루이스 보르헤스라는 이름으로 세
        례를 받음.

1907년 영어로 다섯 페이지 분량의 단편 소설을 씀.

1910년 아일랜드의 작가 오스카 와일드의 『행복한 왕자』를
        번역함.

1914년 2월 3일 보르헤스의 가족이 유럽으로 떠남. 파리를
        거쳐 제네바에 정착함. 중등 교육을 받고 구스타프 메
        이링크의 『골렘(Golem)』과 파라과이 작가 라파엘 바
        레트를 읽음.

1919년 가족이 스페인으로 여행함. 시 「바다의 송가」 발표.

1920년 보르헤스의 아버지가 마드리드에서 문인들과 만남.

3월 4일 바르셀로나를 출발함.

1921년 부에노스아이레스로 돌아옴. 문학 잡지 《프리스마 (Prisma)》 창간.

1922년 마세도니오 페르난데스와 함께 문학 잡지 《프로아 (Proa)》 창간.

1923년 7월 23일, 가족이 두 번째로 유럽으로 여행을 떠남. 플리머스 항구에 도착하여 런던과 파리를 방문하고, 제네바에 머무름. 이후 바르셀로나로 여행하고, 첫 번째 시집 『부에노스아이레스의 열기(Fervor de Buenos Aires)』 출간.

1924년 가족과 함께 바야돌리드를 방문한 후 리스본으로 여행함. 7월 30일 리스본을 떠나 7월 19일 부에노스아이레스에 도착. 8월에 리카르도 구이랄데스와 함께 《프로아》 2호 출간.

1925년 두 번째 시집 『맞은편의 달(Luna de enfrente)』 출간.

1926년 칠레 시인 비센테 우이도브로와 페루 작가 알베르토 이달고와 함께 『라틴아메리카의 새로운 시(Indice de la nueva poesia americana)』 출간. 에세이집 『내 희망의 크기(El tamano de mi esperanza)』 출간.

1927년 처음으로 눈 수술을 받음. 후에 노벨 문학상을 받게 될 칠레 시인 파블로 네루다와 처음으로 만남. 라틴아메리카의 최고 석학 알폰소 레예스를 만남.

1928년 시인 로페스 메리노를 기리는 기념식장에서 자신의 시를 낭독. 에세이집 『아르헨티나 사람들의 언어(El idioma de los argentinos)』 출간.

1929년 세 번째 시집 『산마르틴 공책(Cuaderno San Martin)』
　　　　출간.

1930년 평생의 친구가 될 아돌포 비오이 카사레스를 만남.
　　　　『에바리스토 카리에고(Evaristo Carriego)』 출간.

1931년 빅토리아 오캄포가 창간한 문학 잡지 《수르(Sur)》의
　　　　편집 위원으로 활동함. 이후 이 잡지에 본격적으로
　　　　자신의 글을 발표함.

1932년 에세이집 『토론(Discusion)』 출간.

1933년 여성지 《엘 오가르(El hogar)》의 고정 필자로 활동함.
　　　　이 잡지에 책 한 권 분량의 영화평과 서평을 발표함.

1935년 『불한당들의 세계사(Historia universal de la infamia)』
　　　　출간.

1936년 『영원의 역사(Historia de la eternidad)』 출간.

1937년 버지니아 울프의 『자기만의 방(A Room of One's
　　　　Own)』과 『올랜도(Orlando)』를 스페인어로 번역함.

1938년 아버지가 세상을 떠남. 지방 공립 도서관 사서 보조로
　　　　근무함. 큰 사고를 당하고 자신의 지적 능력을 상실되
　　　　었을지 몰라 걱정함. 프란츠 카프카의 『변신』 번역.

1939년 최초의 보르헤스적인 작품으로 평가되는 「피에르
　　　　메나르, 『돈키호테』의 저자(Pierre Menard, autor del
　　　　Quijote)」를 《수르》에 발표함.

1940년 아돌포 비오이 카사레스와 실비나 오캄포와 함께
　　　　『환상 문학 선집(Antología de la literatura fantastica)』
　　　　출간.

1941년 『두 갈래로 갈라지는 오솔길들의 정원(El jardin de

senderos que se bifurcan)』 출간. 윌리엄 포크너의 『야생 종려나무(The Wild Palms)』와 앙리 미쇼의 『아시아의 야만인(Un barbare en Asie)』 번역.

1942년 비오이 카사레스와 공저로 『이시드로 파로디의 여섯 가지 사건(Seis problemas para Isidro Parodi)』 출간.

1944년 『두 갈래로 갈라지는 오솔길들의 정원』과 『기교들(Artificios)』을 묶어 『픽션들(Ficciones)』이라는 제목으로 출간.

1946년 페론이 정권을 잡으면서 반정부 선언문에 서명하고 민주주의를 찬양했다는 이유로 지방 도서관에서 해임됨.

1949년 히브리어의 첫 알파벳을 제목으로 삼은 『알레프(El Aleph)』 출간.

1950년 아르헨티나 작가회의 의장으로 선출됨.

1951년 로제 카유아의 번역으로 프랑스에서 『픽션들』이 출간.

1952년 에세이집 『또 다른 심문(Otras inquisiciones)』 출간.

1955년 페론 정권이 붕괴되면서 국립 도서관 관장으로 임명됨.

1956년 '국립 문학상' 수상. 부에노스아이레스 대학에서 영국 문학과 미국 문학을 가르침. 이후 십이 년간 교수로 재직.

1960년 『창조자(El hacedor)』 출간

1961년 사무엘 베케트와 '유럽 출판인상(Formentor)' 공동 수상. 미국 텍사스 대학 객원 교수로 초청받음.

1964년 시집 『타인, 동일인(El otro, el mismo)』 출간.

1967년	예순여덟 살의 나이로 엘사 아스테테 미얀과 결혼. 비오이 카사레스와 함께 『부스토스 도메크의 연대기 (Cronicas de Bustos Domecq)』 출간.
1969년	시와 산문을 모은 『어둠의 찬양(Elogio de la sombra)』 출간.
1970년	단편집 『브로디의 보고서(El informe de Brodie)』 출간. 엘사 아스테테와 이혼.
1971년	영국 옥스퍼드 대학에서 명예 박사를 받음.
1972년	시집 『금빛 호랑이들(El oro de los tigres)』 출판.
1973년	국립 도서관장 사임.
1974년	보르헤스의 전 작품을 수록한 『전집(Obras completas)』 출간.
1975년	단편집 『모래의 책(El libro de arena)』 출간. 어머니가 아흔아홉의 나이로 세상을 떠남. 시집 『심오한 장미 (La rosa profunda)』 출간.
1976년	시집 『철전(鐵錢)(La moneda de hierro)』 출간. 알리 시아 후라도와 함께 『불교란 무엇인가?(¿Qué es el budismo)』 출간.
1977년	시집 『밤 이야기(Historias de la noche)』 출간.
1978년	소르본 대학에서 명예 박사를 받음.
1980년	스페인 시인 헤라르도 디에고와 함께 '세르반테스 상' 을 공동 수상. 에르네스토 사바토와 함께 '실종자' 문 제에 관한 공개서한을 보냄. 강연집 『칠일 밤(Siete noches)』 출간
1982년	『단테에 관한 아홉 편의 에세이(Nueve ensayos dantescos)』

출간.

1983년 미국 위스콘신 대학에서 명예 박사를 받음. 프랑스 국가 최고 훈장인 레지옹 도뇌르 훈장을 받음. 『셰익스피어의 기억(La memoria de Shakespeare)』 출간.

1984년 도쿄 대학과 로마 대학에서 명예 박사를 받음.

1985년 시집 『음모자(Los conjurados)』 출간.

1986년 4월 26일에 마리아 코다마와 결혼. 6월 14일 아침에 제네바에서 세상을 떠남. 1936년부터 1939년 사이에 《가정》에 쓴 글을 모은 『매혹의 텍스트(Textos cautivos)』 출간.

세계문학전집 **275**

픽션들

1판 1쇄 펴냄 2011년 10월 21일
1판 32쇄 펴냄 2024년 7월 25일

지은이 호르헤 루이스 보르헤스
옮긴이 송병선
발행인 박근섭, 박상준
펴낸곳 (주)민음사

출판등록 1966. 5. 19. (제 16-490호)
서울특별시 강남구 도산대로1길 62(신사동) 강남출판문화센터 5층 (우편번호 06027)
대표전화 02-515-2000 **팩시밀리** 02-515-2007
www.minumsa.com

ISBN 978-89-374-6275-7 04800
ISBN 978-89-374-6000-5 (세트)

* 잘못 만들어진 책은 구입처에서 교환해 드립니다.

세계문학전집 목록

세계문학전집은 계속 간행됩니다.